Eva Bluestein
510/232 4351
evablue @ sbcglobal.net

JOSEPH JOFFO

Un sac de billes

POSTFACE DE L'AUTEUR

JEAN-CLAUDE LATTÈS

A ma famille.

Je tiens à remercier mon ami l'écrivain Claude Klotz, qui a bien voulu relire mon manuscrit et le corriger de sa main si sûre.

PROLOGUE

Ce livre n'est pas l'œuvre d'un historien.

C'est au travers de mes souvenirs d'enfant de dix ans que j'ai raconté mon aventure des temps de l'occupation.

Trente années ont passé. La mémoire comme l'oubli peuvent métamorphoser d'infimes détails. Mais l'essentiel est là, dans son authenticité, sa tendresse, sa drôlerie et l'angoisse vécue.

Afin de ne pas heurter des susceptibilités, de nombreux noms de personnes qui traversent ce récit ont été transformés. Récit qui raconte l'histoire de deux petits enfants dans un univers de cruauté, d'absurdité et aussi de secours parfois les plus inattendus.

I

La bille roule entre mes doigts au fond de ma poche.

C'est celle que je préfère, je la garde toujours celle-là. Le plus marrant c'est que c'est la plus moche de toutes : rien à voir avec les agates ou les grosses plombées que j'admire dans la devanture de la boutique du père Ruben au coin de la rue Ramey, c'est une bille en terre et le vernis est parti par morceaux, cela fait des aspérités sur la surface, des dessins, on dirait le planisphère de la classe en réduction.

Je l'aime bien, il est bon d'avoir la Terre dans sa poche, les montagnes, les mers, tout ça bien enfoui.

Je suis un géant et j'ai sur moi toutes les planètes.

– Alors, merde, tu te décides ?

Maurice attend, assis par terre sur le trottoir juste devant la charcuterie. Ses chaussettes tirebouchonnent toujours, papa l'appelle l'accordéoniste.

Entre ses jambes il y a le petit tas de quatre billes : une au-dessus des trois autres groupées en triangle.

Sur le pas de la porte, Mémé Epstein nous regarde. C'est une vieille Bulgare toute ratatinée, ridée comme il n'est pas permis. Elle a bizarrement gardé le teint cuivré que donne au visage le vent des grandes steppes, et là dans ce renfoncement de porte, sur sa chaise paillée, elle est un morceau vivant du monde balkanique que le ciel gris de la porte de Clignancourt n'arrive pas à ternir.

Elle est là tous les jours et sourit aux enfants qui s'en reviennent de l'école.

On raconte qu'elle a fui à pied à travers l'Europe, de pogromes en pogromes, pour venir échouer dans ce coin du XVIIIe arrondissement où elle a retrouvé les fuyards de l'Est :

Russes, Roumains, Tchèques, compagnons de Trotsky, intellectuels, artisans. Plus de vingt ans qu'elle est là, les souvenirs ont dû se ternir si la couleur du front et des joues n'a pas changé.

Elle rit de me voir me dandiner. Ses mains froissent la serge usée de son tablier aussi noir que le mien ; c'était le temps où tous les écoliers étaient en noir, une enfance en grand deuil, c'était prémonitoire en 1941.

– Mais, bon Dieu, qu'est-ce que tu fous ?

Bien sûr, j'hésite ! Il est chouette, Maurice, j'ai tiré sept fois déjà et j'ai tout loupé. Avec ce qu'il a empoché à la récré, ça lui fait des poches comme des ballons. Il peut à peine marcher, il grouille de billes et moi j'ai mon ultime, ma bien-aimée.

Maurice râle :

– Je vais pas rester le cul par terre jusqu'à demain…

J'y vais.

La bille au creux de ma paume tremblote un peu. Je tire les yeux ouverts. A côté.

Eh bien, voilà, y a pas de miracle. Il faut rentrer à présent.

La charcuterie Goldenberg a une drôle d'allure, on dirait qu'elle est dans un aquarium, les façades de la rue Marcadet ondulent bigrement.

Je regarde du côté gauche parce que Maurice marche à ma droite, comme ça, il ne me voit pas pleurer.

– Arrête de chialer, dit Maurice.

– Je chiale pas.

– Quand tu regardes de l'autre côté je sais que tu chiales.

Un revers de manche de tablier et mes joues sont sèches. Je ne réponds pas et accélère. On va se faire gronder : plus d'une demi-heure qu'on devrait être rentrés.

On y est : là-bas, rue de Clignancourt c'est la boutique, les lettres peintes sur la façade, grandes et larges, bien écrites comme celles que trace la maîtresse du préparatoire, avec les pleins et les déliés : « Joffo – Coiffeur ».

Maurice me pousse du coude.

– Tiens, rigolo.

Je le regarde et prends la bille qu'il me rend.

Un frère est quelqu'un à qui on rend la dernière bille qu'on vient de lui gagner.

Je récupère ma planète miniature ; demain sous le préau, j'en gagnerai un tas grâce à elle et je lui piquerai les siennes. Faut pas qu'il croie que c'est parce qu'il a ces foutus vingt-quatre mois en plus qu'il va me faire la loi.

J'ai dix ans après tout.

Je me souviens qu'on est entrés après dans le salon et voilà que les odeurs m'envahissent.

Chaque enfance a ses odeurs sans doute, moi j'ai eu droit à tous les parfums, de la lavande à la violette, toute la gamme, je revois les flacons sur les étagères, l'odeur blanche des serviettes et le cliquetis des ciseaux, cela aussi je l'entends, ce fut ma musique première.

Lorsque nous sommes entrés Maurice et moi c'était la presse, tous les fauteuils pleins. Duvallier m'a tiré l'oreille au passage comme d'habitude. Je crois bien qu'il passait sa vie au salon celui-là, il devait aimer le décor, les bavardages... Ça se comprend : vieux et veuf, dans son trois-pièces de la rue Simart, au quatrième, ça devait être affreux, alors il descendait la rue et passait l'après-midi chez les youpins, le même siège toujours, près du vestiaire. Quand tous les clients étaient partis, il se levait et s'installait : « C'est pour la barbe », disait-il.

C'était papa qui le rasait. Papa aux belles histoires, le roi de la rue, papa du crématoire.

On a fait les devoirs. J'avais pas de montre à l'époque mais ça ne devait pas dépasser les quarante-cinq secondes. J'ai toujours su mes leçons avant de les apprendre. On a traîné un peu dans la chambre pour que maman ou l'un des frangins ne nous renvoient pas aux études et puis on est ressortis.

Albert s'occupait d'un grand frisé et suait sang et corps sur la coupe américaine, il s'est quand même retourné.

– C'est déjà fini les devoirs ?

Papa nous a regardés aussi, mais on a profité qu'il rendait la monnaie à la caisse pour filocher jusqu'à la rue.

Ça, c'était le bon moment.

Porte de Clignancourt 1941.

C'était un coin rêvé pour des gosses. Aujourd'hui, ça m'étonne toujours les « réalisations pour enfants » dont parlent les architectes, il y a dans les nouveaux squares des nouveaux immeubles des bacs à sable, des toboggans, des balançoires, des tas de trucs. Conçus exprès, pour eux, par des experts possédant trois cent mille licences de psychologie enfantine.

Et ça ne marche pas. Les enfants s'ennuient, le dimanche et les autres jours.

Alors je me demande si tous ces spécialistes n'auraient pas intérêt à se demander pourquoi, nous, nous étions heureux dans ce quartier de Paris. Un Paris gris, avec les lumières des boutiques, les toits hauts et les bandes du ciel par-dessus, les rubans des trottoirs encombrés de poubelles à escalader, de porches pour s'y cacher et de sonnettes, il y avait de tout, des concierges jaillissantes, des voitures à chevaux, la fleuriste et les terrasses des cafés en été. Et tout cela à perte de vue, un dédale, une immensité de rues entrecroisées... On allait à la découverte. Une fois je me souviens, on avait trouvé un fleuve, il s'ouvrait sous nos pieds, au détour d'une rue sale. On s'était sentis explorateurs. J'ai appris bien plus tard que c'était le canal de l'Ourcq. On avait regardé couler les bouchons et les moires de gas-oil avant de rentrer avec la nuit.

– Qu'on va ?

C'est Maurice qui pose les questions, presque toujours.

Je vais répondre lorsque mes yeux se sont portés vers l'avenue, tout en haut.

Et je les ai vus arriver.

Il faut dire qu'ils étaient voyants.

Ils étaient deux, vêtus de noir, des hommes grands et bandés de ceinturons.

Ils avaient de hautes bottes qu'ils devaient frotter des jours entiers pour obtenir un brillant pareil.

Maurice s'est retourné.

– S.S. murmura-t-il.

On les regardait avancer, ils n'allaient pas vite, d'une démarche lente et raide comme s'ils étaient sur une place immense remplie de trompettes et de tambours.

– Tu paries qu'ils viennent pour leurs tifs ?

Je ne pense pas que l'un de nous ait eu l'idée plus vite que l'autre.

On s'est collés devant la devanture comme si nous étions des siamois, et les deux Allemands sont entrés.

C'est là qu'on a commencé à rire.

Masqué par nos deux corps il y avait un petit avis placardé sur la vitre, fond jaune et lettres noires :

« *Yiddish Gescheft* »

Dans le salon, dans le silence le plus intense que jamais sans doute salon de coiffure ait pu connaître, deux S.S. têtes de mort attendaient genoux joints au milieu des clients juifs de confier leurs nuques à mon père juif ou à mes frères juifs.

Dehors se gondolent deux petits Juifs.

II

Henri a épousseté le col de Bibi Cohen qui a quitté le fauteuil et s'est dirigé vers la caisse. Nous sommes derrière, Maurice et moi, à suivre les événements.

J'ai un peu d'inquiétude au creux du ventre : là, on y est peut-être allé un peu fort. Introduire ces deux lascars en plein cœur de la colonie juive, c'était gonflé. Un peu trop.

Henri s'est tourné vers l'Allemand.

— Monsieur, s'il vous plaît.

Le S.S. s'est levé, s'est installé, la casquette sur les genoux. Il se regardait dans le miroir comme si son visage avait était un objet sans intérêt, même un peu répugnant.

— Bien dégagé ?

— Oui, la raie droite s'il vous plaît.

J'en suffoque derrière la machine enregistreuse. Un Allemand qui parle français ! Et bien encore, avec moins d'accent que beaucoup du quartier.

Je le regarde. Il a un étui de revolver tout petit, tout brillant, on aperçoit la crosse avec un anneau qui se balance un peu comme celui de mon Solido. Tout à l'heure il va comprendre où il est et il va le sortir, pousser des cris et nous massacrer tous, même maman là-haut qui fait la cuisine et ne sait pas qu'elle a deux nazis dans le salon.

Duvallier lit le journal dans son coin. A côté de lui il y a Crémieux, un voisin qui travaille aux assurances, il amène son fils pour la brosse mensuelle. Je le connais le fils Crémieux, il va dans mon école et on joue à la récréation. Il ne bouge pas, il est petit mais il donne en ce moment l'impression de vouloir l'être encore davantage.

Je ne me souviens plus des autres, j'ai dû bien les connaître pourtant mais j'ai oublié, j'avais de plus en plus peur.

Je ne sais qu'une chose, c'est que c'est Albert qui a attaqué en aspergeant de lotion les cheveux crantés de son client.

– Pas drôle la guerre, hein?

Le S.S. a eu un sursaut. Ce devait être la première fois qu'un Français lui adressait la parole et il a sauté dessus comme sur une aubaine.

– Non, pas drôle...

Ils ont continué à parler, les autres s'en sont mêlés, ça devenait amical. L'Allemand traduisait pour son copain qui ne comprenait pas et participait par des hochements de tête qu'Henri essayait de maîtriser. S'agissait pas de lui flanquer une estafilade, au grand seigneur de la race germaine, la situation était assez compliquée comme ça.

Je le voyais s'appliquer, mon père, tirer la langue, et les fesses me cuisaient déjà de la dérouillée qui n'allait pas tarder, les deux types n'auraient pas passé la porte que je serais en travers sur les genoux d'Albert, Maurice sur ceux d'Henri et il faudrait attendre qu'ils aient trop mal aux mains pour pouvoir continuer.

– A vous, s'il vous plaît.

C'est mon père qui a pris le deuxième.

Là où j'ai ri quand même, malgré la trouille, c'est lorsque Samuel est entré.

Il passait souvent le soir, dire un petit bonjour, comme ça, en copain. Il était brocanteur aux puces, à deux cents mètres, spécialité de vieilles pendules, mais on trouvait de tout dans son stand, on y allait Maurice et moi faire de la farfouille...

Il est entré joyeux.

– Salut tout le monde.

Papa avait la serviette à la main, il la déplia d'un coup sec avant de la passer au cou du S.S.

14

Samuel avait juste eu le temps de voir l'uniforme.

Ses yeux sont devenus plus ronds que mes billes et trois fois plus gros.

– Oh, oh, dit-il, oh, oh, oh…

– Eh oui, dit Albert, on a du monde.

Samuel s'est lissé la moustache.

– Ça fait rien, a-t-il dit, je repasserai quand ça sera plus calme.

– D'accord, mes hommages à Madame.

Samuel ne bougeait toujours pas, sidéré, regardant les étranges clients.

– Ça sera fait, murmura-t-il, ça sera fait.

Il resta planté encore quelques secondes et disparut en marchant sur des œufs.

Trente secondes après, de la rue Eugène-Sue aux confins de Saint-Ouen, du fin fond des restaurants yiddish jusqu'aux arrière-boutiques des boucheries cashers, tout le monde savait que le père Joffo était devenu le coiffeur attiré de la Wehrmacht.

Le coup du siècle.

Dans le salon, la conversation continuait de plus en plus amicale. Mon père en remettait.

Dans la glace, le S.S. a aperçu nos deux têtes qui dépassaient.

– A vous les petits garçons ?

Papa a souri.

– Oui, ce sont des voyous.

Le S.S. a hoché la tête, attendri. C'est drôle comme les S.S. pouvaient s'attendrir en 1941 sur les petits garçons juifs.

– Ah, a-t-il dit, la guerre est terrible, c'est la faute aux Juifs.

Les ciseaux ne se sont pas arrêtés, ce fut le tour de la tondeuse.

– Vous croyez ?

L'Allemand a hoché la tête avec une certitude que l'on sentait inébranlable.

– Oui, j'en suis sûr.

Papa a donné les deux derniers coups sur les tempes, un œil fermé comme un artiste.

Un mouvement de poignet pour lever la serviette, la présentation du miroir.

Le S.S. a souri, satisfait.

– Très bien, merci.

Ils se sont approchés de la caisse pour régler.

Papa est passé derrière pour rendre la monnaie. Tassé contre mon père je voyais son visage très haut, très souriant.

Les deux soldats remettaient leurs casquettes.

– Vous êtes satisfaits, vous avez été bien coiffés ?

– Très bien, excellent.

– Eh bien, a dit mon père, avant que vous partiez, je dois vous dire que tous les gens qui sont ici sont des Juifs.

Il avait fait du théâtre dans sa jeunesse, le soir quand il nous racontait des histoires, il mimait avec des gestes amples, à la Stanislavsky.

A cet instant aucun acteur n'aurait pu avoir devant la rampe plus de majesté que le père Joffo derrière son comptoir.

Dans le salon le temps s'était arrêté. Puis Crémieux s'est levé le premier, il serrait la main de son fils qui s'est dressé aussi. Les autres ont suivi.

Duvallier n'a rien dit. Il a posé son journal, rentré sa pipe et François Duvallier, fils de Jacques Duvallier et de Noémie Machegrain, baptisé à Saint-Eustache et catholique pratiquant s'est dressé à son tour. Nous étions tous debout.

Le S.S. n'a pas bronché. Ses lèvres m'ont paru plus fines soudain.

– Je voulais parler des Juifs riches.

La monnaie a tinté sur la plaquette de verre du comptoir et il y eut un bruit de bottes.

Ils devaient déjà être au bout de la rue que nous étions encore figés, pétrifiés et il me sembla un instant que comme dans les contes une fée maligne nous avait changés en statues de pierre et que jamais nous ne reviendrions à la vie.

Lorsque le charme fut rompu et que tous se rassirent lentement, je savais que j'avais échappé à la fessée.

Avant de reprendre son travail, la main de mon père effleura la tête de Maurice et la mienne, et je fermais les yeux pour que mon frère ne puisse pas dire que deux fois dans la même journée il m'avait vu pleurer.

– Voulez-vous vous taire !

Maman crie à travers la cloison.

Comme chaque soir elle est venue vérifier nos dents, nos oreilles, nos ongles. Une tape sur l'oreiller, elle nous a bordés, embrassés et a quitté la pièce, et comme chaque soir, la porte n'est pas refermée que mon oreiller vole dans la chambre obscure et atteint Maurice qui jure en charretier.

Nous nous battons souvent. Le soir surtout, en essayant de faire le moins de bruit possible.

En général, c'est moi qui attaque.

J'écoute, l'oreille tendue. J'entends le froissement des draps sur ma droite : Maurice a quitté son lit. Je le sais au chant modulé du ressort, il doit en cet instant s'apprêter à bondir sur moi. Je bande mes biceps-ficelles en haletant de terreur et de joie : je suis prêt à une bataille forcenée et...

Lumière.

Ebloui, Maurice se jette dans son lit et je m'efforce de donner l'apparence du repos total.

Papa est là.

Inutile de feindre, il ne se laisse jamais avoir par nos truquages.

– Suite de l'histoire, annonce-t-il.

Ça c'est formidable, c'est la plus chic chose qui puisse arriver.

De tous mes souvenirs d'enfance, mais on verra qu'elle fut courte, voici l'un des meilleurs.

Certains soirs, il entrait, s'asseyait sur mon lit ou sur celui de Maurice et commençait les récits de grand-père.

Les enfants aiment les histoires, on leur en lit, on leur en invente, mais pour moi ce fut différent. Le héros en était mon grand-père dont je pouvais voir dans le salon un daguerréotype sur cadre ovale. Le visage sévère et moustachu avait pris avec le temps une couleur rose délavé comme en ont les layettes des bébés. On devinait sous l'habit bien coupé une musculature qu'accentuait encore la pose cambrée qu'avait dû imposer le photographe. Il s'appuyait sur un dossier de chaise qui semblait ridiculement chétif et prêt à s'effondrer sous le poids du géant.

Il me reste de ses récits le souvenir confus d'une série d'aventures s'imbriquant les unes dans les autres comme des tables gigognes dans un décor de déserts blancs de neige, de rues tortueuses au cœur de villes semées de clochetons dorés.

Mon grand-père avait douze fils, était un homme riche et généreux, connu et estimé des habitants d'un grand village au sud d'Odessa, Elysabethgrad en Bessarabie russe.

Il vivait heureux et régnait sur la tribu jusqu'aux jours où commencèrent les pogromes.

Ces récits ont bercé mon enfance, je voyais les crosses des fusils s'enfoncer dans les portes, brisant les vitres, la fuite éperdue des paysans, les flammes courant sur les poutres des isbas, il y avait dans mes yeux un tourbillon de lames de sabre, d'haleines de chevaux lancés, des lueurs d'éperons et par-dessus tout, se détachant dans la fumée, la figure gigantesque de mon aïeul Jacob Joffo.

Mon grand-père n'était pas homme à laisser massacrer ses amis sans rien faire.

Le soir il quittait sa belle robe de chambre à ramages, descendait à la cave et à la lumière d'une lanterne sourde, il revêtait des bottes et des habits de moujik. Il crachait dans la paume de ses mains, les frottait contre la muraille et les passait ensuite sur son visage. Noir de poussière et de suie, il partait alors seul dans la nuit, en direction du quartier des casernes et des bouges à soldats. Il guettait dans l'ombre et lorsqu'il en voyait trois ou quatre, sans hâte et sans colère, avec l'âme pure du juste, il les assommait en leur cognant le crâne contre les murs puis rentrait chez lui, satisfait, en chantonnant un air yiddish.

Et puis les massacres s'amplifièrent et grand-père comprit que ses expéditions punitives n'étaient plus efficaces et y renonça à regret. Il convoqua la famille et lui apprit avec tristesse qu'il lui était impossible à lui tout seul d'assommer les trois bataillons que le tsar envoyait dans la région.

Il fallait donc fuir, et vite.

Le reste de l'histoire est une cavalcade animée et pittoresque à travers l'Europe, la Roumanie, la Hongrie, l'Allemagne où se succèdent les nuits d'orage, les beuveries, les rires, les larmes et la mort.

Nous écoutâmes ce soir-là comme d'habitude : la bouche ouverte. Les douze ans de Maurice ne l'empêchaient pas d'être fasciné.

La lampe faisait des ombres sur la tapisserie et les bras de papa s'agitaient au plafond. Les murs se peuplaient de fuyards, de femmes terrifiées, d'enfants tremblants, aux yeux d'ombre inquiète, ils quittaient des villes sombres pluvieuses aux architectures tarabiscotées, un enfer de passés tortueux et de steppes glaciales, et puis, un jour, ils franchissaient une dernière frontière. Alors le ciel s'éclairait et la cohorte découvrait une jolie plaine sous un soleil tiède, il y avait des chants d'oiseaux, des champs de blé, des arbres et un village tout clair, aux toits rouges avec un clocher, des vieilles à chignons sur des chaises, toutes gentilles.

Sur la maison la plus grande, il y avait une inscription : « Liberté – Egalité – Fraternité ». Alors tous les fuyards posaient le balluchon ou lâchaient la charrette et la peur quittait leurs yeux car ils savaient qu'ils étaient arrivés.

La France.

J'ai toujours trouvé l'amour des Français pour leur pays sans grand intérêt, c'est tellement compréhensible, c'est naturel sans doute, sans problème, mais moi je sais que nul n'a aimé autant ce pays que mon père né à huit mille kilomètres de là.

Comme les fils d'instituteurs du début de la laïque, gratuite et obligatoire, j'ai eu dès mon plus jeune âge droit à une incommensurable liste de discours-sermons où morale, instruction civique, amour du pays se mélangeaient à qui mieux mieux.

Je ne suis jamais passé devant la mairie du XIXᵉ sans qu'il serre un peu ma main dans la sienne. Son menton désignait les lettres sur le fronton de l'édifice.

– Tu sais ce que ça veut dire, ces mots-là ?

J'ai su vite lire, à cinq ans je lui annonçais les trois mots.

– C'est ça, Joseph, c'est ça. Et tant qu'ils sont écrits là-haut, ça veut dire qu'on est tranquilles ici.

Et c'était vrai qu'on était tranquilles, qu'on l'avait été. Un soir, à table, lorsque les Allemands étaient arrivés, maman avait posé la question :

– Tu ne crois pas qu'on va avoir des ennuis maintenant qu'ils sont là ?

On savait ce qu'Hitler avait fait déjà en Allemagne, en Autriche, en Tchécoslovaquie, en Pologne, le train des lois raciales marchait d'un bon pas là-bas. Ma mère était russe, elle aussi n'avait dû la liberté qu'à des faux papiers, elle avait vécu le cauchemar et ne possédait pas le bel optimisme de mon père.

Je faisais la vaisselle que Maurice essuyait. Albert et Henri rangeaient le salon, on les entendait rire à travers la cloison.

Papa avait eu son grand geste apaisant, son geste de sociétaire de la Comédie Française.

– Non, pas ici, pas en France. Jamais.

La belle confiance avait été sérieusement ébranlée depuis quelque temps. Depuis les formalités pour la carte d'identité et surtout lorsque deux types en imperméables étaient venus sceller l'affiche sur la vitrine sans rien dire. Je revois le plus grand, il avait un béret, une moustache, ils avaient placardé l'avis et s'étaient enfuis comme des voleurs dans la nuit.

– Bonne nuit les enfants.

Il a refermé la porte, nous sommes dans le noir. On est bien sous les couvertures, des voix étouffées nous parviennent puis se taisent. C'est une nuit comme toutes les nuits, une nuit de 1941.

III

– A ton tour, Jo.

Je m'approche mon veston à la main. Il est huit heures et c'est encore la nuit complète dehors. Maman est assise sur la chaise derrière la table. Elle a un dé, du fil noir et ses mains tremblent. Elle sourit avec les lèvres seulement.

Je me retourne. Sous l'abat-jour de la lampe, Maurice est immobile. Du plat de la paume il lisse sur son revers gauche l'étoile jaune cousue à gros points :

JUIF

Maurice me regarde.

– Pleure pas, tu vas l'avoir aussi ta médaille.

Bien sûr que je vais l'avoir, tout le quartier va l'avoir. Ce matin lorsque les gens sortiront ce sera le printemps en plein hiver, une floraison spontanée : chacun son gros coucou étalé à la boutonnière.

Quand on a ça, il n'y a plus grand-chose que l'on peut faire : on n'entre plus dans les cinémas, ni dans les trains, peut-être qu'on n'aura plus le droit de jouer aux billes non plus, peut-être aussi qu'on n'aura plus le droit d'aller à l'école. Ça serait pas mal comme loi raciale, ça.

Maman tire sur le fil. Un coup de dents au ras du tissu et ça y est, me voilà estampillé ; des deux doigts de la main qui vient de coudre, elle donne une petite tape sur l'étoile comme une couturière de grande maison qui termine un point difficile. Ça a été plus fort qu'elle.

Papa ouvre la porte comme j'enfile ma veste. Il vient de se raser, il y a l'odeur du savon et de l'alcool qui est entrée avec lui. Il regarde les étoiles puis sa femme.

— Eh bien, voilà, dit-il, voilà, voilà…

J'ai ramassé mon cartable, j'embrasse maman. Papa m'arrête.

— Et maintenant tu sais ce qui te reste à faire ?

— Non.

— A être le premier à l'école. Tu sais pourquoi ?

— Oui, répond Maurice, pour faire chier Hitler.

Papa rit.

— Si tu veux, dit-il, c'est un peu ça.

Il faisait froid dehors, nos galoches claquaient sur le pavé. Je ne sais pas pourquoi, je me suis retourné, nos fenêtres donnaient au-dessus du salon et je les ai vus tous les deux qui nous regardaient derrière les vitres, ils s'étaient pas mal ratatinés depuis quelques mois.

Maurice fonçait devant en soufflant fort pour faire de la buée. Les billes sonnaient toutes ensemble dans ses poches.

— On va la garder longtemps, l'étoile ?

Il s'arrête pour me regarder.

— J'en sais rien, moi. Pourquoi, ça te gêne ?

Je hausse les épaules.

— Pourquoi ça me gênerait ? C'est pas lourd, ça m'empêche pas de cavaler, alors…

Maurice ricane.

— Alors si ça te gêne pas, pourquoi tu mets ton cache-nez devant ?

Il voit toujours tout, ce mec.

– Je mets pas mon cache-nez devant. C'est le vent qui l'a rabattu dessus.

Maurice rigole.

– T'as raison mon petit pote, c'est le vent.

A moins de deux cents mètres, c'est la grille de l'école, la cour des marronniers, noirs en cette saison. D'ailleurs, les marronniers de l'école de la rue Ferdinand-Flocon m'ont paru toujours noirs, peut-être étaient-ils morts depuis long-temps, à force de pousser dans le bitume, serrés dans des grilles de fer, ce n'est pas une vie d'arbre.

– Hé… Joffo !

C'est Zérati qui m'appelle. C'est mon copain depuis le préparatoire, à trois culottes l'année on en a usé deux bonnes douzaines à nous deux sur ces sacrés bancs.

Il court pour me rattraper, son nez rouge de froid sort du passe-montagne. Il a des moufles et est engoncé dans la pèlerine grise que je lui ai toujours vue.

– Salut.

– Salut.

Il me regarde, fixe ma poitrine et ses yeux s'arrondissent. J'avale ma salive.

C'est long le silence quand on est petit.

– Bon Dieu, murmure-t-il, t'as vachement du pot, ça fait chouette.

Maurice rit et moi aussi, un sacré soulagement m'a envahi. Tous les trois nous pénétrons dans la cour.

Zérati n'en revient pas.

– Ça alors, dit-il, c'est comme une décoration. Vous avez vraiment du pot.

J'ai envie de lui dire que je n'ai rien fait pour ça mais sa réaction me rassure, au fond c'est vrai, c'est comme une grande médaille, ça ne brille pas mais ça se voit quand même.

Il y a des groupes sous le préau, d'autres courent, lou-voient à toute vitesse entre les pylônes qui soutiennent le toit.

– Eh, les mecs, vous avez vu Joffo ?

C'était pas la mauvaise intention, au contraire, il voulait m'exhiber un peu, Zérati, me faire briller aux yeux des copains, comme si du jour au lendemain j'avais accompli un acte héroïque et qu'il ait voulu le faire savoir à tout le monde.

22

Un cercle s'est formé et j'en ai été le centre.

Kraber a souri tout de suite, la lampe éclairait son visage.

– T'es pas le seul, il y en a qu'ont la même en deuxième année.

Dans l'ombre derrière, il y a un remous et deux visages sont apparus, pas souriants ceux-là.

– T'es un youpin, toi ?

Difficile de dire non quand c'est écrit sur le revers de sa veste.

– C'est les youpins qui font qu'il y a la guerre.

Tiens, cela me rappelle quelque chose, il n'y a pas si longtemps…

Zérati n'en revient pas. Il ne doit pas dépasser trente-cinq kilos et au concours de biceps c'est toujours le dernier, il a beau contracter ses muscles au maximum, il n'arrive qu'à fournir un imperceptible renflement. Pourtant il se retourne vers le grand.

– T'es tout con, toi, c'est la faute à Jo si il y a la guerre ?

– Parfaitement, faut les virer, les youds.

Murmures.

Mais qu'est-ce qui vient d'arriver ? J'étais un gosse, moi, avec des billes, des taloches, des cavalcades, des jouets, des leçons à apprendre, papa était coiffeur, mes frères aussi, maman faisait la cuisine, le dimanche papa nous emmenait à Longchamp voir les canassons et prendre l'air, la semaine en classe et voilà tout, et tout d'un coup on me colle quelques centimètres carrés de tissu et je deviens juif.

Juif. Qu'est-ce que ça veut dire d'abord ? C'est quoi, un Juif ?

Je sens la colère qui vient doublée de la rage de ne pas comprendre.

Le cercle s'est resserré.

– T'as vu son tarin ?

Rue Marcadet il y avait une affiche au-dessus du marchand de chaussures, juste à l'angle, une très grande affiche en couleur. Dessus, on voyait une araignée qui rampait sur le globe terrestre, une grosse mygale velue avec une tête d'homme, une sale gueule avec des yeux fendus, des oreilles en chou-fleur, une bouche lippue et un nez terrible en lame de cimeterre. En bas c'était écrit quelque chose du genre : « Le Juif cherchant à posséder le monde ». On passait souvent devant avec Maurice. Ça nous faisait ni chaud ni froid, c'était pas nous ce monstre ! On n'était pas des araignées et on n'avait pas une tête pareille, Dieu merci ; j'étais blondinet, moi, avec les yeux bleus et un pif comme tout le monde. Alors c'était simple : le Juif c'était pas moi.

Et voilà que tout d'un coup, cet abruti me disait que j'avais un tarin comme sur l'affiche ! Tout ça parce que j'avais une étoile.

– Qu'est-ce qu'il a mon tarin ? C'est pas le même qu'hier ?

Il a rien trouvé à répondre le grand dadais, je voyais qu'il cherchait la réplique lorsque ça a sonné.

Avant de me mettre en rang j'ai vu Maurice à l'autre bout de la cour, il y avait une dizaine d'élèves après lui et ça avait l'air de discuter dur, quand il est allé se ranger derrière les autres, il avait sa tête des mauvais jours. J'ai eu l'impression qu'il était temps que ça sonne parce que la bagarre n'aurait pas tardé.

J'ai traîné un peu, ce qui n'était pas mon genre et je me suis placé derrière, à la queue de la file.

On est entrés deux par deux devant le père Boulier et j'ai gagné ma place à côté de Zérati.

La première heure c'était la géo. Ça faisait longtemps qu'il m'avait plus interrogé et j'avais un peu la trouille, j'étais sûr d'y passer. Il a promené son regard sur nous comme tous les matins mais il ne s'est pas arrêté sur moi, ses yeux ont glissé et c'est Raffard finalement qui est allé au tableau pour se ramasser sa bulle. Cela m'a donné une mauvaise impression : peut-être que je ne comptais déjà plus, peut-être que maintenant je n'étais plus un élève comme les autres. Il y a encore quelques heures cela m'aurait ravi mais à présent, cela m'ennuyait, qu'est-ce qu'ils avaient donc tous après moi ? Ou ils cherchaient à me casser la gueule ou ils me laissaient tomber.

– Prenez vos cahiers. La date dans la marge, en titre : le sillon rhodanien.

Comme les autres j'ai obéi, mais ça me turlupinait qu'il ne m'ait pas interrogé. Il fallait en avoir le cœur net, il fallait que je sache si j'existais encore ou bien si je comptais pour du beurre.

24

Le père Boulier il avait une manie : c'était le silence. Il voulait toujours entendre les mouches voler, quand il entendait un bavardage, un porte-plume qui tombait ou n'importe quoi d'autre, il n'y allait pas par quatre chemins, son index désignait le coupable et la sentence tombait en couperet : « Au piquet à la récréation, trente lignes – Conjuguer le verbe "faire moins de bruit à l'avenir" au passé composé, plus-que-parfait et futur antérieur. »

J'ai posé mon ardoise sur le coin du bureau. C'était une vraie ardoise et c'était rare à l'époque, la plupart d'entre nous avaient des sortes de rectangles de carton noir qu'il ne fallait pas trop mouiller et sur lequel on écrivait mal.

Moi c'était une vraie avec un cadre de bois et un trou qui laissait passer la ficelle retenant l'éponge.

Du bout du doigt, je l'ai poussée. Elle s'est balancée un court moment et est tombée.

Braoum.

Il écrivait au tableau et s'est retourné.

Il a regardé l'ardoise par terre puis moi. Tous les autres nous fixaient.

C'est rare qu'un élève cherche à être puni. Ce n'est peut-être jamais arrivé, eh bien, moi, ce matin-là, j'aurais donné cher pour que l'instituteur tende vers moi son index et me dise : « En retenue à quatre heures et demie. » Ça aurait été la preuve que rien n'était changé, que j'étais toujours le même, un écolier comme les autres que l'on peut féliciter, punir, interroger.

M. Boulier m'a regardé et puis son regard est devenu vide, complètement vide comme si toutes ses pensées s'étaient envolées d'un coup. Lentement il a pris la grande règle sur son bureau et il en a placé l'extrémité sur la carte de France suspendue au mur. Il a montré une ligne qui descendait de Lyon jusqu'en Avignon et il a dit :

– Le sillon rhodanien sépare les massifs anciens du Massif Central des montagnes plus jeunes...

La leçon était commencée et j'ai compris que pour moi, l'école était finie.

J'ai écrit le résumé, machinalement et à un moment j'ai entendu la sonnerie de la récréation.

Zérati m'a poussé du coude.

– Viens, dépêche-toi.

Je suis sorti et me suis trouvé dans la cour et tout de suite ce fut le tourbillon.

– Youpin ! Youpin ! Youpin !

Ils dansaient autour de moi, en farandole. Un m'a poussé dans le dos et j'ai rebondi sur une poitrine, il y a eu un nouveau choc et je suis reparti en arrière, j'ai réussi à ne pas tomber et j'ai foncé pour briser la chaîne. J'y suis arrivé et j'ai vu Maurice qui se battait à vingt mètres. Il y a eu des cris et j'en ai attrapé un au hasard.

– Youpin ! Youpin ! Youpin !

Mon poing est parti et j'ai pris un coup violent sur la cuisse, j'ai cru que l'école me tombait dessus, que je serais étouffé sous la horde qui chargeait.

Mon tablier s'est déchiré et j'en ai pris un sévère sur l'oreille. Le coup de sifflet du surveillant a tout arrêté.

Je l'ai vu venir dans un brouillard.

– Alors, qu'est-ce qu'il se passe ici ? Vous voulez me foutre le camp, oui ?

Je sentais mon oreille qui gonflait à vue d'œil et j'ai cherché Maurice. Il avait son mouchoir attaché serré autour du genou. Le sang séchait déjà en taches brunes. Nous n'avons pas pu parler, il fallait retourner en classe.

Je me suis assis. Devant moi, au-dessus du tableau noir, il y avait la tête du maréchal Pétain. Une belle tête digne avec un képi. En dessous il y avait une phrase suivie de sa signature : « Je tiens mes promesses, même celles des autres. » Je me demandais à qui il avait bien pu promettre de me faire porter une étoile. Ça avançait à quoi ? Et pourquoi les autres cherchaient-ils à me dérouiller ?

Ce qui me reste de cette matinée, plus que les coups, plus que l'indifférence des grands, c'est cette sensation d'impuissance à comprendre. J'avais la même couleur que les autres, la même tête, j'avais entendu parler de religions différentes et on m'avait appris à l'école que des gens s'étaient battus autrefois pour cela, mais moi je n'avais pas de religion, le jeudi j'allais même au patronage avec d'autres gosses du quartier, on faisait du basket derrière l'église, j'aimais bien cela et à l'heure du goûter, l'abbé nous donnait un gros casse-croûte, du pain gris avec du chocolat fourré, le chocolat de l'occupation avec une pâte blanche au milieu, un peu gluante et vaguement sucrée. Parfois même il s'y rajoutait une banane déshydratée, une pomme… Maman était rassurée de nous savoir là, elle préférait ça à nous voir courir dans les rues, à nous balader chez les brocanteurs de la porte de Saint-Ouen ou à chaparder du bois dans les chantiers en démolition pour nous construire des cabanes ou des épées.

Alors, où était la différence ?

Onze heures et demie.

Mon oreille me fait toujours mal. Je m'habille et sors. Il fait froid, Maurice m'attend. Son genou écorché ne saigne plus.

Nous ne nous parlons pas, ce n'est pas la peine.

Ensemble nous remontons la rue.

– Jo !

On court après moi. C'est Zérati.

Il est un peu essoufflé. Dans sa main, il a un sac de toile qui ferme avec un lacet. Il me le tend.

– Je te fais l'échange.

Je n'ai pas compris tout de suite.

– Contre quoi ?

D'un doigt éloquent, il désigne le revers de mon manteau.

– Contre ton étoile.

Maurice ne dit rien, il attend en claquant les talons de ses galoches l'un contre l'autre.

Je me décide brusquement.

– D'accord.

C'est cousu à gros points et le fil n'est pas très solide. Je passe un doigt, puis deux et d'un coup sec je l'arrache.

– Voilà.

Les yeux de Zérati brillent.

Mon étoile. Pour un sac de billes.

Ce fut ma première affaire.

Papa accroche sa blouse au portemanteau derrière la porte de la cuisine. Nous ne mangeons plus dans la salle à manger pour économiser la chaleur. Avant de s'asseoir à table, il nous passe en inspection. Mon oreille enflée, mon tablier déchiré, le genou de Maurice et son œil qui tourne doucement au violet-mauve.

Il plonge sa cuillère dans les nouilles, se secoue et s'extirpe un sourire qui a du mal à arriver jusqu'à ses lèvres.

Il mâche, avale avec difficulté et regarde ma mère dont les mains tremblent de chaque côté de l'assiette.

– Pas d'école cet après-midi, décrète-t-il.

Maurice et moi en laissons tomber nos cuillères. Je récupère le premier.

– C'est vrai ? Mais mon cartable ?

Papa a un geste négligent.

– J'irai le reprendre, ne t'en occupe pas. Cet après-midi vous êtes libres, mais rentrez avant la nuit, j'ai quelque chose à vous dire.

Je me souviens de la joie, du soulagement qui m'avaient submergé.

Tout un après-midi à nous, alors que les autres travailleraient ! C'était bien fait pour eux, ils nous avaient exclus eh bien c'était à notre tour de les posséder, pendant qu'ils moisiraient sur les problèmes et les participes passés, nous on prendrait un grand coup de sirop de la rue, le meilleur sirop des meilleures rues, les rues de notre royaume.

En courant, nous avons monté les rues qui mènent au Sacré-Cœur. Il y a des escaliers terribles par là, avec des rampes tout exprès pour que les enfants les descendent à fond de train, les fesses brûlées par le froid du métal. On y trouve des squares aussi, des arbres, des chats faméliques, les survivants qui n'avaient pas encore été transformés en civet par les concierges des immeubles.

Et nous avons couru dans tout cela, traversé les rues vides où rôdaient de rares taxis à gazogène et quelques vélos. Devant le Sacré-Cœur, il y avait des officiers allemands avec de longues pèlerines qui atteignaient leurs talons et des petits poignards attachés à la ceinture. Ils riaient, prenaient des photos. Nous avons fait un détour pour les éviter et sommes revenus vers la maison en nous poursuivant à toute allure.

Boulevard Magenta on s'est arrêtés pour souffler un peu et nous nous sommes assis sous le porche d'un immeuble.

Maurice a tâté le pansement que maman lui avait refait.

– On fait un casse cette nuit ?

J'incline la tête.

– D'accord.

Ça nous arrivait de temps en temps. Lorsque tout le monde dormait. Avec des précautions infinies, nous ouvrions la porte de notre chambre et après un coup d'œil dans le couloir, rassurés par le silence, nous descendions au magasin, pieds nus, sans faire craquer les marches. C'est un coup à prendre. Il faut tâter un peu du bout de l'orteil, puis par la plante progressivement sans faire toucher le talon. Arrivés au magasin, nous longions les fauteuils et, là, c'était le plus impressionnant.

Aucune lueur ne filtrait de la rue sur laquelle le rideau de fer était tiré. Dans le noir total, mes doigts reconnaissaient le comptoir, les paquets de lames, la plaquette de verre creuse où mon père rendait la monnaie et parvenaient au tiroir. Il y avait toujours des pièces, jetées là, en vrac. Nous les prenions et remontions nous coucher. Nous n'avons jamais manqué de réglisse dans notre enfance. Des rouleaux noirs caoutchouteux qui collaient aux dents et aux boyaux et nous flanquaient d'opiniâtres constipations.

C'est entendu, cette nuit encore nous serons cambrioleurs.

Pendant ces heures vadrouilleuses, nous avons tout oublié des événements du matin, nous adorions vagabonder dans la ville en fumant des cigarettes à l'eucalyptus.

Ça, c'était une trouvaille. Dans une France privée de tabac où les hommes étaient astreints à la portion congrue de la décade, j'entrais dans une pharmacie et levais un œil triste sur le potard.

– Je voudrais des cigarettes à l'eucalyptus, mon grand-père est asthmatique.

Il fallait parfois baratiner pas mal mais ça marchait le plus souvent, je sortais triomphalement avec mon paquet et nous l'ouvrions dix mètres plus loin. Alors, la sèche au bec, mains dans les poches, dans les nuages d'odorantes fumées nous nous promenions en empereurs sous les regards furibonds des adultes sevrés. Nous en donnions souvent, à Duvallier, à Bibi Cohen, et aux brocanteurs du coin qui acceptaient avec reconnaissance, mais qui dès la première bouffée regrettaient leur gris national. C'était infect, c'est peut-être à ces fausses cigarettes d'hier que je dois de ne plus en fumer de vraies aujourd'hui.

Au square, sur la Butte, Maurice a dit soudain :

– Faut se rentrer, la nuit tombe.

C'était vrai. Derrière le dôme se levaient les premières brumes du soir.

En bas, la ville s'étendait, déjà grisonnante, comme la chevelure d'un homme vieillissant.

Nous avons regardé un moment sans rien dire. J'aimais ces toits, ces monuments qui s'estompaient au loin. Je ne savais pas encore que je ne reverrais plus ce paysage si familier. Je ne savais pas que d'ici quelques heures, je ne serais plus un enfant.

Rue de Clignancourt, la boutique était fermée. Beaucoup de nos amis étaient partis depuis quelque temps. Papa et maman parlaient entre eux et je surprenais des noms au milieu de leurs chuchotements, c'étaient ceux des habitués, ceux qui venaient au salon, que l'on retrouvait le soir pour le café, ils étaient presque tous partis.

Il y avait d'autres mots qui revenaient souvent : Ausweiss, Kommandantur, ligne de démarcation… Des noms de villes aussi : Marseille, Nice, Casablanca.

Mes frères étaient partis au début de l'année. Je n'avais pas bien compris pourquoi et les coupes se faisaient rares.

Parfois, dans le salon autrefois bondé il n'y avait plus que l'éternel Duvallier, toujours fidèle.

Cependant, c'était la première fois qu'en pleine semaine, papa avait tiré le rideau.

Au bas des marches, sa voix nous est parvenue, elle venait de notre chambre.

Il était allongé sur le lit de Maurice, les mains sous sa nuque et il regardait notre royaume comme s'il avait tenté de le voir par nos yeux.

Il se secoua à notre entrée et il s'assit.

Maurice et moi nous installâmes en face de lui, sur l'autre lit. Il commença alors un long monologue qui devait longtemps résonner à mes oreilles, il résonne d'ailleurs toujours.

Nous l'écoutions Maurice et moi comme jamais nous n'avions écouté personne.

– De nombreux soirs, commença-t-il, depuis que vous êtes en âge de comprendre les choses, je vous ai raconté des histoires, des histoires vraies dans lesquelles des membres de votre famille jouaient un rôle. Je m'aperçois aujourd'hui que je ne vous ai jamais parlé de moi.

Il sourit et poursuivit :

– C'est pas une histoire très intéressante et elle ne vous aurait pas passionnés de nombreuses soirées mais je vais vous en dire l'essentiel. Lorsque j'étais petit, bien plus petit que vous, je vivais en Russie et en Russie il y avait un chef tout-puissant que l'on appelait le tsar. Ce tsar était comme les Allemands aujourd'hui, il aimait faire la guerre et il avait imaginé la chose suivante : il envoyait des émissaires...

Il s'arrêta et fronça un sourcil.

– Vous savez ce que c'est que des émissaires ?

Je fis oui de la tête bien que n'en ayant aucune idée, je savais de toute façon que ça ne devait pas être quelque chose de bien agréable.

– Il envoyait donc des émissaires dans les villages et là, ils ramassaient des petits garçons comme moi et ils les emmenaient dans des camps où ils étaient des soldats. On leur donnait un uniforme, on leur apprenait à marcher au pas, à obéir aux ordres sans discussion et également à tuer des ennemis. Alors, lorsque j'ai eu l'âge de partir, que ces émissaires allaient venir dans notre village et m'emmener avec des camarades aussi petits que moi, mon père m'a parlé comme...

Sa voix s'enroua et il poursuivit :

– Comme je le fais à mon tour ce soir.

Dehors la nuit était totalement tombée, je ne le distinguais qu'à peine sur le fond de la fenêtre mais aucun de nous trois ne fit un geste pour éclairer la chambre.

– Il m'a fait venir dans la petite pièce de la ferme où il aimait s'enfermer pour réfléchir et il m'a dit : « Fiston, est-ce que tu veux être soldat du tsar ? » J'ai dit non. Je savais que je serais maltraité et je ne voulais pas être soldat. On croit souvent que les garçons rêvent tous d'être militaires, eh bien, vous voyez que ce n'est pas vrai. En tout cas, ce n'était pas mon cas.

« – Alors, m'a-t-il dit, tu n'as pas trente-six solutions. Tu es un petit homme, tu vas partir et tu vas très bien te débrouiller parce que tu n'es pas bête.

« J'ai dit oui et, après l'avoir embrassé ainsi que mes sœurs, je suis parti. J'avais sept ans.

Entre ces mots, je pouvais entendre maman marcher et mettre la table. A mes côtés, Maurice semblait changé en statue de pierre.

– J'ai gagné ma vie, tout en échappant aux Russes, et croyez-moi, ce ne fut pas toujours facile. J'ai fait tous les métiers, j'ai ramassé de la neige pour un quignon de pain avec une pelle qui était deux fois plus grande que moi. J'ai rencontré de braves gens qui m'ont aidé et d'autres qui étaient de mauvaises gens. J'ai appris à me servir de ciseaux et je suis devenu coiffeur, j'ai marché beaucoup. Trois jours dans une ville, un an dans une autre, et puis je suis arrivé ici où j'ai été heureux.

« Votre mère a eu un peu la même histoire que moi, tout cela au fond est assez banal. Je l'ai connue à Paris, nous nous sommes aimés, mariés, et vous êtes nés. Rien de plus simple.

Il s'arrêta et je pouvais deviner que ses doigts jouaient dans l'ombre avec les franges de mon dessus-de-lit.

– J'ai monté cette boutique, bien petite au début. L'argent que j'ai gagné, je ne le dois qu'à moi…

Il donne l'impression de vouloir poursuivre mais il s'arrête net et sa voix devient soudain moins claire.

– Vous savez pourquoi je vous raconte tout ça ?

Je le savais mais j'hésitais à le dire.

– Oui, dit Maurice, c'est parce que nous aussi on va partir.

Il prit une grande inspiration.

– Oui, les garçons, vous allez partir, aujourd'hui, c'est votre tour.

Ses bras remuèrent en un geste de tendresse maîtrisée.

– Vous savez pourquoi : vous ne pouvez plus revenir à la maison tous les jours dans cet état, je sais que vous vous défendez bien et que vous n'avez pas peur mais il faut savoir une chose, lorsqu'on n'est pas le plus fort, lorsqu'on est deux contre dix, vingt ou cent, le courage c'est de laisser son orgueil de côté et de foutre le camp. Et puis,.il y a plus grave.

Je sentais une boule monter dans ma gorge mais je savais que je ne pleurerais pas, la veille peut-être encore mes larmes auraient coulé mais à présent, c'était différent.

– Vous avez vu que les Allemands sont de plus en plus durs avec nous. Il y a eu le recensement, l'avis sur la boutique, les descentes dans le magasin, aujourd'hui l'étoile jaune, demain nous serons arrêtés. Alors il faut fuir.

Je sursautai.

– Mais toi, toi et maman ?

Je distinguai un geste d'apaisement.

– Henri et Albert sont en zone libre. Vous partez ce soir. Votre mère et moi réglons quelques affaires et nous partirons à notre tour.

Il eut un rire léger et se pencha pour poser une main sur chacune de nos épaules.

– Ne vous en faites pas, les Russes ne m'ont pas eu à sept ans, ce n'est pas les nazis qui m'épingleront à cinquante berges.

Je me détendis. Au fond, on se séparait mais il était évident que nous nous retrouverions après la guerre qui ne durerait pas toujours.

– A présent, dit mon père, vous allez bien vous rappeler ce que je vais vous dire. Vous partez ce soir, vous prendrez le métro jusqu'à la gare d'Austerlitz et là vous achèterez un billet pour Dax. Et là, il vous faudra passer la ligne. Bien sûr, vous n'aurez pas de papiers pour passer, il faudra vous débrouiller. Tout près de Dax, vous irez dans un village qui s'appelle Hagetmau, là il y a des gens qui font passer la ligne. Une fois de l'autre côté, vous êtes sauvés. Vous êtes en France libre. Vos frères sont à Menton, je vous montrerai sur la carte tout à l'heure où ça se trouve, c'est tout près de la frontière italienne. Vous les retrouverez.

La voix de Maurice s'élève.

– Mais pour prendre le train ?

– N'aie pas peur. Je vais vous donner des sous, vous ferez attention de ne pas les perdre ni de vous les faire voler. Vous aurez chacun cinq mille francs.

Cinq mille francs !

Même les soirs de grands cambriolages je n'ai jamais eu plus de dix francs en poche ! Quelle fortune !

Papa n'a pas fini, au ton qu'il prend je sais que c'est le plus important qui va venir.

– Enfin, dit-il, il faut que vous sachiez une chose. Vous êtes juifs mais ne l'avouez jamais. Vous entendez : JAMAIS.

Nos deux têtes acquiescent ensemble.

– A votre meilleur ami vous ne le direz pas, vous ne le chuchoterez même pas à voix basse, vous nierez toujours. Vous m'entendez bien : toujours. Joseph, viens ici.

Je me lève et m'approche, je ne le vois plus du tout à présent.

– Tu es juif, Joseph ?

– Non.

Sa main a claqué sur ma joue, une détonation sèche. Il ne m'avait jamais touché jusqu'ici.

– Ne mens pas, tu es juif, Joseph ?

– Non.

J'avais crié sans m'en rendre compte, un cri définitif, assuré.

Mon père s'est relevé.

– Eh bien voilà, dit-il, je crois que je vous ai tout dit. La situation est claire à présent.

La joue me cuisait encore mais j'avais une question qui me trottait dans la tête depuis le début de l'entretien à laquelle il me fallait une réponse.

– Je voudrais te demander : qu'est-ce que c'est qu'un Juif ?

Papa a éclairé cette fois, la petite lampe à l'abat-jour vert qui se trouvait sur la table de nuit de Maurice. Je l'aimais bien, elle laissait filtrer une clarté diffuse et amicale que je ne reverrais plus.

Papa s'est gratté la tête.

– Eh bien, ça m'embête un peu de te le dire, Joseph, mais au fond, je ne sais pas très bien.

Nous le regardions et il dut sentir qu'il fallait continuer, que sa réponse pouvait apparaître aux enfants que nous étions comme une reculade.

– Autrefois, dit-il, nous habitions un pays, on en a été chassés alors nous sommes partis partout et il y a des périodes, comme celle dans laquelle nous sommes, où ça continue. C'est la chasse qui est réouverte, alors il faut repartir et se cacher, en attendant que le chasseur se fatigue. Allons, il est temps d'aller à table, vous partirez tout de suite après.

Je ne me souviens pas du repas, il me reste simplement des sons ténus de cuillères heurtées sur le bord de l'assiette, des murmures pour demander à boire, le sel, des choses de ce genre. Sur une chaise paillée, près de la porte, il y avait nos deux musettes, bien gonflées, avec du linge dedans, nos affaires de toilette, des mouchoirs pliés.

Sept heures ont sonné à l'horloge du couloir.

– Eh bien, voilà, a dit papa, vous êtes parés. Dans la poche de vos musettes, celle qui a la fermeture Eclair il y a vos sous et un petit papier à l'adresse exacte d'Henri et d'Albert. Je vais vous donner deux tickets pour le métro, vous dites au revoir à maman et vous partez.

Elle nous a aidés à enfiler les manches de nos manteaux, à nouer nos cache-nez. Elle a tiré nos chaussettes. Sans discontinuer, elle souriait et sans discontinuer ses larmes coulaient, je sentis ses joues mouillées contre mon front, ses lèvres aussi, humides et salées.

Papa l'a remise debout et s'est esclaffé, le rire le plus faux que j'aie jamais entendu.

– Mais enfin, s'exclama-t-il, on dirait qu'ils partent pour toujours et que ce sont des nouveau-nés ! Allez, sauvez-vous, à bientôt les enfants.

Un baiser rapide et ses mains nous ont poussés vers l'escalier, la musette pesait à mon bras et Maurice a ouvert la porte sur la nuit.

Quant à mes parents, ils étaient restés en haut. J'ai su plus tard, lorsque tout fut fini, que mon père était resté debout, se balançant doucement, les yeux fermés, berçant une douleur immémoriale.

Dans la nuit sans lumière, dans les rues désertes à l'heure où le couvre-feu allait bientôt sonner, nous disparûmes dans les ténèbres.

C'en était fait de l'enfance.

IV

– Par ici, dégrouille-toi !

Maurice m'attrape par la manche et m'arrache à la cohue. J'escalade une pile de valises, de sacs à dos, nous nous faufilons entre les bagages, les hommes en sueur.

– Viens, il y a une autre entrée.

Nous sommes gare d'Austerlitz. Peu de trains en partance et les quais sont envahis. Qui sont ces gens? Des Juifs aussi?

Maurice louvoie, feinte, court, on dirait un footballeur poussant un invisible ballon dans une forêt de joueurs immobiles. Je le suis en serrant ma musette sur mon flanc pour qu'elle ne me batte pas les jambes.

– Par là, c'est plus long mais il y a moins de monde.

Sous la verrière, les chariots tintent. Beaucoup de vélos accrochés. Par les vitres sales on peut deviner les quais, la Seine comme un gouffre noir avec la trace blanche du pont qui l'enjambe. Plus loin sur le ciel c'est Notre-Dame, plus loin encore, c'est chez nous.

Mais il ne faut pas penser à cela. Pour le moment il faut prendre le train.

Nous nous plaçons derrière un porteur fonceur qui rentre dans la foule en poussant son diable devant lui comme si c'était un appareil chargé de rejeter les gens de chaque côté. Cela est une bonne tactique car la seconde après, la tête sonnante des cris, des appels, des sifflets, des haut-parleurs, le guichet est devant nous. La queue devant se tortille.

– Dans les cinq premiers, lequel a l'air le plus gentil?

Je regarde les visages. Des têtes crispées, énervées. Une dame en manteau clair qui tente de replacer ses mèches sous son chapeau. Elle a quelque chose de sévère dans la lèvre, un pli qui ne me plaît pas. Pas celle-là.

Le gros a l'air sympa mais ce n'est pas sûr.

– Le jeune au troisième rang, celui qui a le col roulé.

Maurice s'approche, il n'hésitait déjà pas beaucoup mais à présent, il y va franco.

– Monsieur, c'est pour mon petit frère, il a mal au pied... On vient de loin, vous voudriez pas...

Le type nous regarde, j'ai peur un bref instant qu'il refuse et puis il a un geste lassé, un geste où générosité et fatalisme se confondent.

– Allez-y, les petits gars, dit-il, on n'est pas à trois minutes près.

Maurice remercie et c'est à lui tout de suite.

– Deux aller Dax en troisième classe.

Je prends les tickets pendant qu'il ramasse la monnaie. Ce

qui est drôle c'est que personne ne fait attention à nous, deux gosses paumés dans la foule, tous ces gens-là ont des tas de tracas et ils doivent penser que nos parents sont là, quelque part.

Maurice ouvre la marche et montre les panneaux.

– Voie sept, dit-il, on a plus d'une demi-heure, on va essayer d'avoir des places.

Il y a de la vapeur qui emplit le hall. Les colonnes de fer montent et leurs extrémités se perdent dans les fumées.

Ça y est, voici le train.

Maurice pousse un juron. Il y a de quoi : les wagons sont bondés : partout dans les couloirs, dans les soufflets. On ne pourra jamais entrer. On devine par les portières ouvertes des amoncellements de valises, de sacs. Je vois un homme couché dans un filet qui discute ferme.

– On va essayer plus haut.

Nous remontons le train dans l'espoir de places vides plus près de la locomotive, mais c'est partout la même foule, le même conglomérat humain. Je sursaute : trois compartiments vides mais ils sont réservés à des soldats allemands. C'est bien tentant ces banquettes désertes mais il ne faut quand même pas tenter le diable.

– Allez, on va là.

Les marchepieds sont très hauts, je m'infiltre entre la paroi et des gens pressés contre la vitre. Il y a des discussions au sujet des places louées, deux hommes s'affrontent en brandissant le même numéro, le ton monte. Il est inutile de chercher des places assises.

– Tiens, ici, on sera pas mal.

C'est un petit interstice, une valise fait mur d'un côté, une grande valise de carton marron avec une poignée métallique. On pourra poser nos musettes par terre et s'asseoir dessus le dos appuyé contre la cloison qui sépare le compartiment du couloir.

Côte à côte nous nous installons. J'inspecte ma musette et brandis triomphalement un paquet. Il y a un sandwich énorme avec du beurre et du jambon, une véritable merveille. Maurice vérifie qu'il a le même.

– Planque-toi pour le manger, sinon tu vas faire des envieux.

J'ai soif après deux bouchées. Dix ans de ma vie pour une grenadine glacée. Pour la première fois que j'ai une fortune dans ma poche, je ne peux même pas m'offrir une grenadine. Il faut dire que la fortune a été passablement écorchée par le prix du voyage. Il ne nous resterait bientôt plus grand-chose de nos dix mille francs. Il va falloir vivre pas mal de temps dessus. Mais l'argent ça se gagne. Quand nous serons en France libre, nous trouverons bien le moyen de vivre.

Sur la voie qui nous fait face, il y a un autre train, presque vide celui-là, sans doute un train de banlieue et tout doucement, sans heurt, le train vide démarre. Il roule en direction de la gare, vers Paris. J'ouvre la bouche pour faire partager ma stupéfaction à mon frère lorsque je comprends mon erreur : ce train ne bouge pas, c'est nous qui sommes partis. Cette fois ça y est. Je me lève et colle mon front à la vitre.

Il y a des rails qui s'emmêlent, nous passons sous des passerelles, des ponts de fer. Des blocs de charbon brillent sous la lune, nous nous traînons encore. Les lignes du ballast montent et descendent, ondulantes.

Tout autour, les gens parlent. Assise sur la grande valise de carton, une mémé nous regarde, elle a l'air gentille, elle ressemble aux grand-mères des illustrations de mon livre de lecture, tout y est : les cheveux blancs épinglés en chignon, les yeux bleus, les rides, les dentelles du col, les bas gris.

– Vous allez loin, les enfants ?

Elle sourit toujours, nous regarde l'un après l'autre.

– Vous voyagez tout seuls ? Vous n'avez pas de parents ?

Je sens très vite qu'il faudra désormais se méfier de l'univers entier, même cette gentille grand-mère pour livre d'école, elle ne doit rien savoir, absolument rien.

Maurice étouffe la réponse dans son sandwich.

– Si, on va les rejoindre là-bas, ils sont malades. Enfin ma mère est malade.

Elle a un air attristé, j'en veux presque à Maurice de lui mentir mais il a raison. A présent, nous sommes condamnés au mensonge et je me souviens des cours de morale du père Boulier : « On ne doit jamais mentir ». « Un menteur n'est jamais cru », etc. Sacré Boulier, il n'a jamais eu la Gestapo derrière lui pour raconter des choses pareilles.

– Et tu t'appelles comment ?

– Joseph Martin. Et lui c'est Maurice Martin.

Elle sourit encore, se penche vers son cabas qu'elle tient serré contre sa jupe.

– Eh bien, Maurice, je parie que tu as soif après ce morceau de pain.

Elle a une bouteille de limonade à la main.

Maurice se dégèle.

– Un peu, dit-il.

Ses yeux me fixent, elle sourit.

– Et toi aussi tu as soif, je parie…

– Oui, madame.

Elle a de tout dans son cabas, elle vient de sortir une timbale en celluloïd enveloppée d'une serviette.

– Eh bien, nous allons boire mais une petite quantité parce qu'il faut que la bouteille nous dure jusqu'au bout.

C'est bon, cela pétille sur la langue et contre le palais, une foule de petites bulles sucrées qui explosent contre mes muqueuses. Le liquide oscille légèrement, régulièrement, il monte et descend le long de la paroi de la timbale en suivant le roulis du train. Nous roulons vite à présent. Je me vois dans la glace et par-delà c'est la campagne, une campagne plate qui tourne sur elle-même à chaque courbe.

Elle boit en dernier, essuie la timbale avec la serviette et range le tout dans son cabas.

Maurice a fermé les yeux, sa tête s'est appuyée contre la porte du compartiment et oscille avec les vibrations. Plus loin, derrière la grand-mère il y a des rires, des chants me parviennent par bribes submergés par le vacarme des roues et des rails.

On est bien ici dans cet espace. Jusqu'à Dax on est tranquilles. A Dax il y a un contrôle allemand, il nous faudra passer au travers. Je ne dois pas y penser, pas encore, je vais dormir, essayer tout au moins, de façon à être le plus dispos demain.

Je me retourne. Derrière la glace il y a huit personnes dans le compartiment, les veinards qui ont eu des places assises. Et l'homme dont le visage est à peine éclairé par le reflet bleu de la veilleuse me regarde.

Il doit me fixer depuis longtemps. Il y a beaucoup de choses dans ses yeux. De la peine surtout. Il est très grave, avec la tristesse des gens qui n'osent pas sourire. Il a un drôle de col, des boutons très serrés. Mes yeux glissent sur lui, sur la soutane. Cela me rassure, je ne sais trop pourquoi. Je sais que je vais m'endormir dans ce train qui m'emporte vers la vie ou la mort sous la protection de ce vieil homme ; nous ne nous sommes rien dit et j'ai eu l'impression qu'il savait tout de moi. Il était là et il veillait, au cœur du vacarme. Dors, petit bonhomme.

La nuit, le ciel est plus clair que la terre. La vitre tremble dans le châssis et deux hommes sont devant moi, ils se penchent, ils ont des bonnets de fourrure, de larges bottes rouges et des pantalons comme les zouaves, de longues moustaches noires, à la fois recourbées et hérissées partagent leur visage en deux. Ce sont des Russes.

— C'est toi Joseph ? Alors tu viens avec nous, le tsar veut te voir, tu vas être soldat.

Je fonce dans le couloir pour leur échapper, c'est étrange, je vole au-dessus des têtes, c'est agréable, je plane comme un oiseau, ils courent derrière moi en tirant de longs sabres aiguisés. J'ai dû sauter du train car je cours sur le quai d'une gare, mais ce ne sont pas les Russes car c'est une voix d'enfant qui me hèle. Je m'arrête et Zérati est là, tout essouf-flé.

— Viens vite, je vais te montrer quelque chose…

Nous courons dans des rues que je ne connais pas, la gare a disparu, nous courons toujours dans des rues désertes, c'est la nuit mais une nuit qui ne finira jamais, le soleil a dû dispa-raître définitivement, il ne reviendra plus éclairer ces façades, ces arbres… et soudain je reconnais : c'est la rue Ferdinand-Flocon, mon école, et c'est le père Boulier qui est là à la porte, il a une grande étoile sur la poitrine, toute jaune, et il fait de grands gestes avec les bras.

— Viens, Joffo, viens boire de la limonade.

Il y a des bouteilles plein la cour, des milliers de bouteilles pleines de buée, il y en a presque dans les classes, même sur les toits, elles luisent dans la clarté de la lune. Il y a quelqu'un derrière le père Boulier, il se détache de l'ombre et je vois briller son uniforme. C'est le S.S. que papa a coiffé un jour, je le reconnais bien.

— Tu as des papiers pour boire cette limonade ?

Boulier rit de plus en plus fort et je ne comprends pas pourquoi, le S.S. lui a un air terrible. Ses doigts me serrent de plus en plus fort le bras.

— Montre tes papiers vite, tu es à Dax ici et il faut des papiers.

Il faut que je fuie, à tout prix, sinon il va m'emmener, le salaud, il va m'arrêter, il faut crier au secours, que quelqu'un me délivre, Boulier se roule par terre de rire, Zérati a disparu.

— Au sec…

Mon cri a dû me réveiller, je regarde autour de moi : personne ne m'a entendu, Maurice dort, la bouche ouverte, un bras jeté sur sa musette, la grand-mère somnole, le menton dans ses mains, il y a des silhouettes indistinctes dans le couloir, elles doivent dormir aussi.

J'ai une soif atroce, si seulement je pouvais réintégrer mon rêve et m'emparer d'une des bouteilles et boire à la régalade, d'un coup, à grands glouglous.

Non, je ne dois pas y penser, il faut dormir encore, dormir le plus possible…

DAX.

Le nom a claqué à mon oreille comme un coup de fouet : le train roule encore quelques mètres, les freins crissent, les roues serrées à mort glissent encore quelques mètres sur les rails et s'arrêtent.

Maurice est debout, le jour sale que la vitre rend encore plus sinistre lui donne un teint d'aluminium, je dois avoir la même tête.

Je regarde autour de moi stupéfait : le couloir est presque vide. Dans le compartiment derrière, il y a des places vides. Le prêtre est toujours là.

Maurice prévient ma question.

— Il y en a beaucoup qui ont sauté en marche, au ralentissement.

Je regarde à l'autre extrémité du wagon : près de la porte un couple attend, ils sont pâles. Je vois la main de la femme serrer convulsivement la poignée d'une mallette.

Le haut-parleur résonne, il y a une longue phrase en allemand et soudain je les vois, ils sont une dizaine sur les quais, ils traversent la voie et viennent vers nous. Ce sont des gendarmes allemands, ils ont une plaque de métal comme un gros collier du Moyen Age qui pend sur leur poitrine. Il y a des civils aussi en imperméable.

Le couple a reflué, l'homme est devant, il court, passe devant moi et je sens sa respiration très courte.

Maurice me prend par le bras.

– Rentre.

La porte du compartiment coulisse et nous entrons. Il y a une place vide à côté du prêtre.

Il nous regarde toujours, il est pâle aussi et sa barbe a poussé dans la nuit. Stupidement cela me surprend, je ne pensais pas que les prêtres avaient de la barbe, tous ceux que j'ai connus au patro étaient si lisses que je croyais que...

Près de la fenêtre une dame très maigre serre déjà son laissez-passer dans sa main, je peux voir la feuille blanche trembloter, il y a des cachets ronds et noirs avec des angles au centre, des signatures, tout cela à l'encre épaisse. Qu'est-ce qu'on doit se sentir bien quand on tient entre ses doigts tant de paraphes, d'autorisations, de...

– Halt !

Le cri vient de dehors et nous nous précipitons à la fenêtre. Un homme court là-bas, à l'autre bout !

Ils sont une dizaine qui s'éparpillent à travers les voies. Un civil donne des ordres en allemand, court lui aussi, grimpe sur le marchepied de la voiture voisine et tire un sifflet de sa poche, les coups stridents vrillent mes tympans. Soudain un homme jaillit, juste au-dessous de moi, il a dû passer sous le train, entre les roues, il escalade un quai, deux quais, trébuche...

– Halt.

Il s'arrête au coup de feu mais n'est pas touché, je suis sûr qu'il n'est pas touché.

Il lève brusquement les bras et deux soldats l'entraînent à toute vitesse vers la salle d'attente, je le vois recevoir un coup de crosse, le civil siffle toujours.

Je vois encore le couple de tout à l'heure revenir entre deux S.S., ils sont tout petits à présent et la femme étreint toujours sa mallette comme si sa vie était dedans, elle marche vite, ils passent devant nous et je me demande ce qu'elle voit dans ses grands yeux noyés.

D'autres ont été pris aussi là-bas, le jour éclaire les casques et les culasses des fusils.

Je me rends compte alors que la main du prêtre repose sur mon épaule, qu'elle y a toujours été depuis le début.

Nous regagnons lentement nos places. Le train est silencieux à présent, les Allemands bloquent les issues.

Les mots viennent tout seuls à mes lèvres.

– Monsieur le Curé, nous n'avons pas de papiers.

Il me regarde et un sourire distend ses lèvres pour la première fois depuis Paris.

Il se penche et j'ai du mal à percevoir son chuchotement.

– Si tu as l'air aussi effrayé, les Allemands vont s'en apercevoir sans que tu le leur dises. Mettez-vous près de moi.

Nous nous serrons contre lui.

La grand-mère est là également, je reconnais sa valise dans le filet, au-dessus de sa tête. Elle semble dormir.

– Papiers…

Ils sont loin encore, au début du wagon, ils ont l'air nombreux, ils parlent entre eux et je comprends quelques mots. Papa et maman nous parlaient yiddish assez souvent et cela ressemble beaucoup à l'allemand.

– Papiers…

Ils se rapprochent. On entend les portes glisser lorsqu'ils les ouvrent et les ferment.

La grand-mère tient toujours ses yeux fermés.

– Papiers…

C'est le compartiment à côté maintenant. Je sens une impression curieuse dans mon ventre, c'est comme si mes intestins devenaient soudain indépendants et voulaient sortir de leur sac de peau. Il ne faut surtout pas donner l'impression que j'ai peur de quoi que ce soit.

Je plonge dans ma musette et en sors un restant de sandwich. Je mords dedans au moment où la porte s'ouvre. Maurice leur jette un regard parfaitement détaché, bourré d'innocence et j'admire cette maîtrise de comédien consommé chez mon frangin.

– Papiers.

La dame maigre tend la feuille blanche. Je vois une manche d'uniforme, des épaulettes, les bottes sont à quelques centimètres de mes galoches. Mon cœur lointain bat à coups réguliers et puissants. Le plus dur est d'avaler, je reprends une nouvelle bouchée.

L'Allemand lit, épluche, rend la feuille et tend la main vers la grand-mère limonade qui tend un papier vert, une carte d'identité.

L'Allemand les regarde à peine.

– C'est tout ?

Elle sourit et opine de la tête.

– Prenez votre valise et sortez dans le couloir.

D'autres attendent derrière la vitre en bavardant. Il y a un S.S. parmi eux.

Le curé se lève, descend la valise et la grand-mère sort. Un des gendarmes prend son cabas et lui fait signe. Son chignon blanc et plat brille un court instant dans la lumière du jour et elle disparaît derrière des épaules.

Adieu, grand-mère, merci pour tout et bonne chance.

Le prêtre présente ses papiers et se rassoit. Je mâche toujours. L'Allemand regarde la photo et compare avec l'original. Je mâche toujours.

– J'ai un peu maigri, dit le curé, mais c'est bien moi.

Une ombre de sourire passe sur le visage de notre contrôleur.

– La guerre, dit-il, les restrictions...

Il n'a pas d'accent ou faiblement, sur certaines consonnes. Il rend le papier et dit :

– ... Mais les curés ne mangent pas beaucoup.

– C'est une grosse erreur, pour mon cas tout au moins.

L'Allemand rit et tend la main vers moi.

Toujours riant le curé me donne une pichenette sur la joue.

– Les enfants sont avec moi.

La porte s'est déjà refermée après un salut éclair de l'Allemand hilare.

Mes genoux se sont mis à trembler.

Le curé se lève.

– On va pouvoir descendre à présent. Et comme vous êtes avec moi, nous allons prendre notre petit déjeuner ensemble au buffet de la gare. Ça vous va ?

Je constate que Maurice est plus ému que moi, celui-là, on pouvait l'assommer de torgnoles sans lui tirer une larme mais il suffisait qu'on se montre un peu gentil avec lui pour qu'il prenne son visage bouleversé. En l'occurrence, il y avait de quoi l'être.

Nous avons pu descendre sur le quai. Il y eut encore la fouille des bagages et puis nous avons donné nos tickets au contrôleur et en suivant notre sauveur nous avons pénétré dans le Buffet.

Cela faisait très funéraire, un haut plafond à caissons, des banquettes de moleskine noire, de lourds guéridons de marbre à pieds chantournés, des garçons en veste noire et long tablier blanc attendaient, accoudés contre des colonnes, tenant dans leurs mains des plateaux brillants et vides.

Il avait l'air tout heureux à présent notre curé.

— On va prendre des cafés au lait avec des tartines, dit-il. Mais je vous préviens, le café c'est de l'orge, le sucre c'est de la saccharine, le lait il n'y en a pas, quant aux tartines, il nous faudrait des tickets de pain, mais vous ne devez pas en avoir et moi non plus. Mais cela nous réchauffera tout de même.

Je toussote pour éclaircir ma voix.

— Avant tout, on voudrait vous remercier Maurice et moi pour ce que vous avez fait.

Il reste un instant interloqué.

— Mais qu'est-ce que j'ai fait?

C'est Maurice qui continue, il y a un fond de malice dans sa voix.

— Vous avez menti pour nous sauver en disant qu'on était avec vous.

Doucement, la tête du prêtre se balance en signe de dénégation.

— Je n'ai pas menti, murmure-t-il, vous étiez avec moi comme tous les enfants du monde le sont également. C'est même l'une des raisons pour lesquelles je suis prêtre, pour être avec eux.

Maurice ne répond pas, il tourne sa pastille de saccharine avec une petite cuillère en fer étamé.

— En tout cas, sans vous il nous emmenait. C'est ce qui compte.

Il y a un instant de silence puis le curé questionne.

— Et à présent où allez-vous?

Je sens que Maurice hésite à parler mais l'idée seule que

ce prêtre puisse croire une seconde que nous nous méfions encore de lui après ce qui vient de se passer m'est insupportable.

— Nous allons à Hagetmau et là nous allons essayer de passer la ligne de démarcation.

Le curé boit et pose la tasse dans sa soucoupe avec une grimace. Il devait être amateur de vrai café avant la guerre et il n'a pas l'air de s'habituer aux ersatz.

— Je comprends, dit-il.

Maurice intervient à son tour.

— Après nous rejoindrons nos parents qui sont dans le Midi.

A-t-il senti notre rétraction ? La chose était-elle si courante que la question devenait inutile ? En tout cas il ne pose plus aucune question à présent.

Il sort un gros portefeuille de sa poche cerclé d'un élastique. Il prend une petite feuille blanche au milieu des images pieuses, un crayon à la pointe usée, il griffonne un nom, une adresse et nous la tend.

— Vous réussirez à passer, dit-il, ça me ferait plaisir que vous me l'appreniez. Et puis si un jour vous avez besoin de moi, on ne sait jamais, vous pouvez m'écrire.

Maurice prend la petite feuille, la plie et la met dans sa poche.

— On va partir, monsieur le Curé, il y a peut-être un car bientôt pour Hagetmau et il faut qu'on y soit vite.

Il nous regarde passer la courroie de nos musettes par-dessus notre tête.

— Vous avez raison, les enfants, il faut aller vite à certains moments de la vie, c'est nécessaire.

Nous attendons, gênés par ce regard mélancolique qui me perce jusqu'à l'âme. Il nous tend la main et nous la serrons l'un après l'autre.

Maurice passe le premier et se dirige vers la porte tournante à l'autre bout de la salle, mais quelque chose m'inquiète, il faut que je demande au prêtre.

Je fais demi-tour et m'approche à nouveau de lui.

— Monsieur le Curé, qu'est-ce qu'ils lui ont fait à la grand-mère ?

Ses yeux s'éclairent, il murmure une phrase que je ne comprends pas, puis :

– Rien, ils ne lui ont rien fait, simplement comme elle n'avait pas de papiers, ils l'ont renvoyée chez elle. Voilà tout.

C'est vrai, comment n'avais-je pas pensé à cela ? Je l'imaginais déjà en prison, dans un camp de transit, que sais-je. Ils l'ont ramenée à sa maison, voilà tout, rien de bien grave.

Dehors Maurice m'attend. Il y a un rayon de soleil froid et il a perdu subitement son teint plombé de tout à l'heure. Je me sens mieux aussi, comme si cette lumière nous avait débarbouillés d'un coup et débarrassés de toute la fatigue du voyage.

La gare routière n'est pas loin, une place à traverser plantée d'arbres aux larges écorces protubérantes dont je ne connais pas le nom. Il faut dire que les différentes sortes d'arbres, entre la rue Marcadet, le gazomètre de Saint-Ouen et la basilique du Sacré-Cœur, je n'ai pas eu l'occasion d'en rencontrer beaucoup.

– Le car pour Hagetmau ?

Derrière le comptoir, le type n'a même pas levé le nez.

– Dans deux heures.

– Deux places alors.

Nous revoici avec deux billets en poche. Notre magot est salement écorné, mais cela n'a pas d'importance. Nous foulons le pavé de Dax, la France libre n'est pas loin.

On passera.

V

Le car s'est arrêté à l'entrée du village. Sur la route, une voiture allemande remplie d'officiers nous a doublés. J'ai eu le trac quelques secondes mais ils ont filé sans prêter la moindre attention à notre véhicule ferraillant.

Le ciel est dégagé et l'odeur des fumées qui sortent des cheminées parvient jusqu'à nous. C'est un pays très plat et les maisons se resserrent autour du clocher de l'église.

Maurice remonte sa musette.

– En avant.

D'un bon pas nous franchissons un pont étroit qui enjambe une rivière minuscule, un filet d'eau qui disparaît sous les cailloux.

La rue centrale monte un peu. Mal pavée, nos talons sonnent dessus et nous parvenons à une fontaine sous un porche. Il n'y a personne dans les rues, un chien parfois traverse et disparaît dans une ruelle après nous avoir flairé les mollets. Cela sent une odeur de vache et de bois brûlé, l'air est vif, il semble ne pas rencontrer d'obstacle et parvenir avec violence jusqu'au tréfonds de nos bronches.

Deux épiceries se font face dans ce qui doit être la rue centrale, elles sont fermées toutes les deux.

– Bon sang, râle Maurice, mais tout le monde est mort ici.

Ce silence commence à m'impressionner aussi. Après le fracas du train, le branle-bas du départ, de l'arrivée, nous nous sentons privés brusquement d'un sens, comme si l'on nous avait fourré deux énormes boules de coton dans les oreilles.

– Ils doivent être aux champs…

Au-dessus de nos têtes l'horloge de l'église tinte et Maurice se frotte la tête.

– C'est vrai, dit-il, il est midi, tout le monde mange.

Voilà un mot qu'il n'aurait absolument pas dû prononcer, les sandwiches sont finis depuis longtemps, le café est bien loin et ce grand air soudain me creuse de plus en plus, si je ferme les paupières, je verrai surgir des biftecks-frites.

Nous tournons au hasard dans le village, il y a une sente qui ouvre sur des champs déserts à la limite desquels les forêts commencent.

Nous rebroussons chemin et nous voici sur une nouvelle place, plus petite que la première. En face d'un bâtiment qui doit être la mairie il y a un café-restaurant.

Nous le découvrons ensemble et je regarde Maurice avec anxiété.

– On pourrait peut-être manger quelque chose…

Maurice hésite un peu, il a certainement encore plus faim que moi. A la maison il n'arrêtait jamais, je le savais capable d'enchaîner directement du dessert du déjeuner sur le chocolat du goûter et de poursuivre sans intervalle par la soupe du soir.

– On y va dit-il, s'agit pas de tomber d'inanition.

Nous ouvrons la porte et restons sur le seuil. Si les routes sont vides, le café lui ne l'est pas. Dans la salle tout en longueur au bout de laquelle trône un comptoir surmonté d'un antique percolateur, cent personnes s'entassent autour des tables. Trois serveuses courent dans les allées en portant des assiettes, des carafes d'eau, des couverts. Il fait chaud grâce à un énorme poêle de faïence dont le tuyau zigzagant traverse la salle à mi-hauteur. Il y a trois portemanteaux surchargés derrière la porte.

– Qu'est-ce que vous voulez, les enfants ?

Une des serveuses, rouge et échevelée, essaie de rattraper au sommet de sa tête un rouleau qui s'effondre sur les autres. Elle s'acharne un moment puis abandonne.

Encore abasourdi, Maurice répond :

– On voudrait manger.

– Venez par là.

Elle nous entraîne et nous traversons la salle, le cliquetis des fourchettes et des couteaux est intense. Contre le comptoir il y a un guéridon sans nappe sur lequel elle pose deux assiettes.

– Il y a des lentilles au lard et des aubergines farcies. Comme dessert du fromage à 0 % et un fruit, ça vous ira ? Je peux vous donner des radis au sel pour commencer.

– Très bien, d'accord.

Elle court déjà vers les cuisines d'où sort une autre serveuse une assiette de lentilles dans chaque main. Il n'y a pas l'air d'y avoir beaucoup de lard dedans.

Je regarde les convives. Ce ne sont pas des paysans : ils offrent ce mélange que l'on rencontre dans les gares ou les salles d'attente, mais ce sont là hommes ou femmes de la ville. Il y a des enfants aussi, même de très jeunes.

Maurice se penche par-dessus son assiette.

– On va retrouver toute la rue Marcadet dans ce restau.

Ce sont donc des gens comme nous, en fuite, des Juifs bien sûr et ils attendent pour passer la frontière. Mais qu'attendent-ils ? C'est peut-être plus difficile que nous le supposons.

Notre serveuse revient avec trois radis au creux d'une assiette. Elle pose la salière entre nous.

– Bon appétit, les enfants.

Maurice remercie et j'ajoute :

– Vous avez souvent du monde, comme aujourd'hui ?

Elle lève les bras au ciel.

– Tous les jours depuis six mois et plus ! Croyez-moi, le jour où les frisés ont placé cette ligne à un kilomètre d'ici, ils ont contribué à en enrichir pas mal.

Je suis son regard et découvre la patronne qui essuie avec délicatesse une tasse à café derrière le comptoir. C'est une femme bouclée, rougeaude et luisante.

– Elle risque rien de se faire faire la permanente et l'indéfrisable tous les quinze jours, avec ce qu'elle empoche ici, elle pourrait y passer sa vie chez le coiffeur.

Elle tente encore une fois de remettre son rouleau en place et ramasse nos assiettes vides. Il n'est rien de plus rapide à manger que trois radis lorsqu'on a faim, à plus forte raison lorsque sur les trois, deux sont creux.

– Et... c'est facile de passer ?

Elle hausse les épaules.

– Oui, c'est assez facile, en général ça se passe très bien, seulement il faut attendre la nuit parce que le jour, c'est trop dangereux. Excusez-moi.

Elle revient aussitôt avec les lentilles, les dépose, repart sans que nous puissions la questionner davantage.

Maurice regarde les gens autour de lui.

– Ce qui serait drôle, dit-il, c'est qu'on rencontre quelqu'un du quartier.

Les aubergines qui suivent sont filandreuses et la farce est inexistante. Le fromage plat et sec. Les pommes sont flétries mais comme notre serveuse commet l'erreur d'abandonner la corbeille près de notre table, toutes vont se retrouver au fond de ma musette.

Maurice plie sa serviette et constate :

– On n'a pas intérêt à rester trop longtemps dans le coin si on ne veut pas finir en squelettes.

Peu à peu, la salle se vide. Quelques traînards encore autour des tasses d'orge et de chicorée, mais les autres ont disparu.

Nous réglons la note qui nous paraît terriblement salée et nous revoici dans les rues de Hagetmau trimbalant nos musettes, les mains aux poches. Un vent souffle à présent, assez aigre et désagréable.

– Écoute, dit Maurice, on va essayer de passer ce soir, pas la peine de traîner ici. Alors ce qu'il faut faire d'abord c'est se renseigner pour savoir où on peut trouver un passeur et combien il prend.

Cela me paraît raisonnable. A cinquante mètres, un garçon d'une quinzaine d'années roule sur un immense vélo noir. Il a un panier d'osier sur le porte-bagages. Il s'arrête devant une maison, sonne, tend un paquet de son panier et salue à voix haute :

– Bonjour, madame Hudot, v'là la petite commande.

Mme Hudot, invisible, murmure un remerciement, s'éloigne, revient et je vois sa main qui dépose une pièce dans celle du livreur.

– Merci, madame Hudot, au revoir, madame Hudot, à la prochaine, madame Hudot.

Il remonte en selle en sifflotant et nous regarde venir vers lui. Il a des joues pleines et dures, des mains rouges couvertes de duvet blond et des ongles crasseux.

– On voudrait un petit renseignement.

Il rit et je constate qu'il a de splendides caries à la plupart des dents.

– Je vais vous le donner avant que vous ne le demandiez. Vous voudriez savoir où se trouve le passeur. C'est ça ?

Maurice le regarde fixement. Il ne se laisse jamais impressionner par les grands.

– Oui, c'est ça.

– Eh bien, c'est facile, vous allez quitter le village par la grand-route, faire trois cents mètres et, à la première ferme à votre droite, vous demanderez le père Bédard. Seulement je vous préviens, c'est cinq mille francs par personne.

Je blêmis. Maurice aussi marque le coup. Le commis nous regarde en riant.

– Maintenant, il y a une autre solution si ça vous arrange, je peux vous faire passer, moi, pour cinq cents francs. Vous préférez ça ?

Nous rions de soulagement. Drôlement sympathique, ce commis.

– Eh bien, alors, je vous propose quelque chose : je vous

donne mon panier et vous finissez la tournée. C'est de la bidoche et il y a les adresses sur les paquets. Vous trouverez bien et vous allez récolter des pourboires. Moi je vais relever mes collets pendant ce temps et ce soir à dix heures on se retrouve au bas du pont, près de l'arche. Vous pouvez pas vous gourer, il n'y en a qu'un.

Maurice me passe sa musette que j'enfile rapidement et reçoit le panier.

Allégé, le commis grimpe à vélo et fait la risette de toutes ses dents pourries.

Arrivé au tournant il se retourne et lance :

– Au fait, vous les avez bien, vos cinq cents balles chacun, parce que je vous préviens, on paye avant.

C'est moi qui réponds :

– Oui, oui, on les a.

Le commis disparaît à toutes pédales.

Je me retourne vers Maurice.

– Tu les as, ces mille balles ?

Il hoche la tête, soucieux.

– Bien sûr que je les ai, mais tout juste, une fois qu'on l'aura payé, on n'aura pratiquement plus rien.

Je secoue mes musettes d'enthousiasme.

– Mais cela n'a aucune importance ! Une fois passé en zone libre, on se débrouillera toujours, imagine qu'on ne soit pas tombés sur ce type, à cinq mille francs le passage on était obligés de rester là ! Tu te rends compte !

– En attendant, coupe-t-il, on a de la bidoche à livrer.

Là, commence l'un des après-midi les plus curieux et les plus joyeux de ma vie. Nous allions de ferme en ferme, il y avait des poules, des canards dans des mares d'un noir d'encre, le ciel était bleu et dégagé avec juste une frange de nuages ourlés juste au bas de l'horizon.

Nous étions ivres.

Deux Parigots élevés au relent de caniveau qui tout à coup respiraient les grands vents campagnards, tandis que Maurice donnait au paysan son rôti, son entrecôte, son bifteck, ce qui d'ailleurs laissait supposer que le marché noir ne marchait pas mal dans le secteur, j'allais vers les lapins dans leurs clapiers, pendant que les paysannes cherchaient leur monnaie, je jouais avec des chiots, des porcelets dans des litières de paille pourrie. Et puis il y avait des chevaux. Il n'en restait pas beaucoup, la plupart avaient été réquisitionnés dès le début de la guerre mais il en restait toujours un ou deux, de vieux costauds du style percheron, immobiles, les naseaux frôlant le bois de la mangeoire à la recherche d'une nourriture absente. J'entrais dans les stalles et grattais leur front ; ils remuaient de longues queues dont les crins s'emmêlaient, parsemés de paille ; et puis nous repartions… Dans une chaumière près de l'église, c'était un vieux pépé qui nous a fait entrer dans une salle basse aux poutres enfumées. Il y avait une photo au-dessus de la cheminée qui le représentait en soldat de l'autre guerre, avec la capote, les bandes molletières, et le masque à gaz. Il nous a montré ses canetons, une ribambelle de poules jaunes criardes et vacillantes qui avançaient en file indienne… J'étais fasciné.

Le panier était presque vide. Les sous sonnaient dans la poche de Maurice, les gens s'étonnaient de ne pas voir leur commissionnaire habituel qui s'appelait Raymond puis ils nous donnaient de l'argent tout de même.

Après les bas morceaux pour le garde champêtre, il ne restait plus qu'une seule livraison à effectuer : un demi-gigot à porter dans la maison de l'instituteur qui se trouvait à l'écart, derrière un petit bois.

Nous bavardions Maurice et moi. Mes jambes commençaient à être lourdes mais nous allions d'un bon pas lorsque nous arrivâmes à hauteur des arbres.

– Psitt…

Le sifflement me glaça le sang dans les veines. Maurice pila net.

Derrière un tronc, un homme nous fit un signe, mais nous voyant pétrifiés au bord de la route il sourit, gravit un court talus et s'avança vers nous.

A ses vêtements, à son visage, je compris que ce n'était pas quelqu'un du pays, c'était un fuyard comme nous. Ses yeux traqués, ses mains agitées, tout en lui désignait le candidat au passage en zone.

C'était un homme trapu, un physique de boxeur, son front était dégarni. Il nous regarda un court moment.

– Excusez-moi, vous êtes du pays ?

– Non.

Il avala sa salive, nous scrutant comme s'il cherchait quelque chose sur nos visages.

– Vous êtes juifs?

Maurice changea son panier de main.

– Non.

Il eut une rapide crispation des mâchoires.

– Moi si. J'ai ma femme et ma belle-mère dans le bois. Je cherche à passer.

Il frappa du plat de la main sur les genoux de son pantalon qui était vert de mousse, tout un côté de son veston était recouvert de glaise sèche et craquelée.

– Qu'est-ce qui vous est arrivé?

Il battit l'air de sa main d'un geste désespéré.

– C'est avant-hier, à une trentaine de kilomètres d'ici en suivant l'Adour, j'avais l'adresse d'un passeur que l'on m'avait donnée à Bordeaux. J'ai trouvé le type, il nous a pris vingt mille francs pour nous trois et il nous a amenés de nuit. Nous avons marché longtemps et à un moment il s'est accroupi et a dit : « Attendez-moi là, je vais voir si le terrain est dégagé. » Je lui ai dit que j'allais aller avec lui, qu'à deux on se débrouillerait mieux. A ce moment-là il m'a frappé avec sa canne et s'est mis à courir. J'ai tenté de le rattraper mais je suis tombé. Nous sommes restés toute la nuit dans un bois et nous avons marché depuis le lever du soleil.

Maurice semble peser le pour et le contre. De derrière un arbre deux femmes sortent, elles ont l'air épuisées.

– Écoutez, dit Maurice, nous aussi on va passer mais on ne sait pas si le type qui va nous guider acceptera de vous prendre. Venez toujours, vous lui demanderez, à dix heures sous le pont, à l'autre bout du village.

– Merci. Merci de tout mon cœur, nous sommes si fatigués que… enfin, j'espère que cette fois nous pourrons franchir la ligne et que…

Il balbutie des paroles sans suite, nous serre les mains et rentre dans les bois où nous l'entendons apprendre la nouvelle aux femmes qui l'accompagnent.

Pourvu que Raymond marche dans l'affaire!

Maurice a repris la route et tourne vers moi un front soucieux.

– On a quand même intérêt à se méfier, il y en a qui ont de drôles de façons de gagner leur vie dans le pays.

– Tu crois que ce Raymond serait capable de…

Il hoche la tête.

– Je n'en sais rien, et comme je n'en sais rien, je vais faire attention.

Nous marchons quelques minutes en silence.

– La première chose, dit-il, c'est de ne pas le quitter d'une semelle.

– D'accord et ensuite, s'il veut partir on lui saute dessus. Tu crois qu'on arrivera à l'avoir à nous deux ?

Moue dubitative.

– On verra. Si ça se trouve il va nous conduire sans histoire. On fait la course ?

– Attends que je pose les musettes.

Nous nous agenouillons.

– Jusqu'à l'arbre jaune, le gros, celui qui fait l'angle.

– D'accord. A vos marques – Prêt ? Té !

Nos jambes pilonnent le sol, je sens ma langue qui jaillit de ma bouche, je prends du retard, cinquante centimètres, un mètre, je rattrape, je reperds, je plonge, trop tard.

Assis, la tête entre mes genoux, je récupère difficilement.

– C'est forcé, t'es plus grand que moi.

Maurice halète.

– C'est pas une raison, je connais des plus petits qui sont vachement rapides.

Nous retournons à pas lents chercher les musettes et le panier qui sont restés sur la route.

– T'as pas faim, toi ?

– Si, transporter de la viande tout un après-midi alors qu'on a mangé des lentilles, c'est dur.

Maurice racle ses poches.

– Avec la monnaie qui reste du car on peut peut-être se payer quelque chose.

Nous avons frappé à une porte.

C'est un vieux type en casquette qui nous a ouvert. Il n'y avait plus de jeunes dans ce pays.

On a discuté quelques minutes et finalement on a pu avoir deux œufs que l'on a gobés dehors. C'était bon.

Déjà, la nuit tombait.

L'herbe est mouillée et le dessus de nos galoches brille sous la lune. Dix heures vont sonner bientôt. Je ne distingue plus les aiguilles du clocher mais je sens au creux du diaphragme que le moment est venu.

Et dire qu'il y a quelques jours encore, j'aurais été fou de joie de me trouver dans une situation semblable : tout y est : la nuit, le bruissement des feuilles, l'attente, les Indiens en face avec leurs guetteurs tapis, et moi le cow-boy désarmé qui vais franchir le passage à la limite de leur camp. Et ma vie au bout de leur fusil… Je regrette presque de ne pas entendre les lents tambours de guerre, les Allemands manquent de plumes. La nuit est claire. Bon ou mauvais ? Je n'en sais rien.

Je déplace lentement, très lentement mes jambes pour éviter un craquement de branches, on ne sait jamais, le moindre bruit porte loin et peut faire dresser une oreille attentive. Maurice près de moi retient sa respiration. De l'autre côté de l'arche je distingue les trois silhouettes tapies des Juifs que nous avons rencontrés sur la route.

Les Allemands sont en face de l'autre côté du bois. Bizarre qu'ils n'aient pas déjà tiré, je me sens énormément repérable et fragile.

– Écoute…

La nuit, les vélos font du bruit, c'est à cause du frottement de la roulette sur le pneu pour l'éclairage. Mais le plus fort de tout c'est que le cycliste sifflote. Un léger sifflotement, un air joyeux… Je le reconnais, c'est une chanson de Tino Rossi.

Ça, c'est la tuile, ce cycliste nocturne va nous faire repérer, il ne faudrait pas que… Il s'est arrêté, tout près de nous. J'entends le raclement du guidon et d'une pédale contre le muret de pierre. L'homme descend, en sifflotant, il vient vers nous. Je l'aperçois en contre-ciel. Il s'arrête : c'est Raymond.

Il a l'air joyeux, pas du tout le style éclaireur comanche. Il a les mains dans les poches et sa voix s'élève sans retenue quand il s'adresse à nous.

– Alors, on y va ?

Maurice tend notre argent que Raymond enfouit dans sa chemise et désigne les silhouettes à quelques mètres.

– Ce sont des gens qui voudraient passer aussi, ils sont épuisés et ils ont de l'argent.

56

Raymond regarde dans la direction indiquée.

– C'est d'accord, dis-leur de venir. Ils sont combien ?

– Trois.

Raymond se frotte les mains.

– Bonne soirée, dit-il. D'habitude les autres passeurs ne m'en laissent pas tant. En route.

Avec précaution je me dresse, attentif à ne pas faire craquer une seule articulation. J'entends Raymond ricaner :

– T'en fais pas, mon p'tit pote, c'est pas la peine de faire le Sioux, tu marches derrière moi, tu fais ce que je fais et tu t'occupes pas du reste.

Nous sommes partis. Je suais comme un enragé sous mon manteau et sur les champs notre petite colonne m'apparut comme étant visible à des milliers de kilomètres. Un génie malfaisant plaçait sous nos semelles les cailloux les plus bruyants qui ont jamais parsemé le sol d'un sentier et j'eus l'impression d'un vacarme abominable. Hitler lui-même devait nous entendre dans son appartement berlinois. Nous entrâmes enfin dans la forêt. Raymond avançait dans les fougères, faisant craquer les tiges cassantes. Dès que nous fûmes sous les arbres, j'eus l'impression que nous n'étions pas seuls, qu'il y avait près de nous d'autres gens qui marchaient sur notre gauche. Je tentai de percer l'obscurité entre les troncs, mais je ne vis rien.

Raymond s'arrêta. Je me heurtai à son dos et retins ma respiration. Il avait dû entendre aussi mais je ne pus m'empêcher de le prévenir :

– Il y a quelqu'un sur la gauche.

Raymond ne se retourna pas.

– Je sais, une douzaine. C'est le vieux Branchet qui les fait passer. On va leur laisser prendre de l'avance et on suivra. On peut s'asseoir un moment.

Les ronces et les écorces craquèrent sous nos fesses et nous restâmes immobiles à écouter le bruit du vent dans les branches hautes.

– On est encore loin ? chuchota Maurice.

Raymond eut un geste vague.

– En ligne droite on y serait tout de suite mais on va contourner la clairière.

La marche reprend, nous ne nous arrêtons plus. Le sable

me semble plus fin à présent et s'élève en lentes collines. Il y a des aiguilles de pin sur le sol et je glisse plusieurs fois sur mes semelles mouillées.

Depuis combien de temps sommes-nous partis, deux minutes ou trois heures ? Impossible de le dire, j'ai perdu toutes possibilités d'évaluation.

Le bois s'éclaircit devant nous, les arbres s'écartent et forment une allée pâle. D'un geste, Raymond nous regroupe autour de lui.

– Vous voyez l'allée, là-bas ? Vous allez la suivre : deux cents mètres à peine. Vous rencontrerez un fossé. Méfiez-vous, c'est assez profond et il y a de l'eau. Vous passez le fossé et vous tombez sur une ferme, vous pouvez entrer même s'il n'y a pas de lumière, le fermier est au courant. Vous pouvez coucher dans la paille, vous n'aurez pas froid.

Maurice parle :

– Parce que… C'est la zone libre là-bas ?

Raymond se retourne et rit doucement.

– La zone libre ? Mais on y est déjà !

Le sentiment qui s'est d'abord emparé de moi a été la frustration. On avait passé la ligne et je ne m'en étais pas aperçu ! Il y avait ce but à atteindre, on était partis pour ça, tout le monde en parlait, c'était le bout du monde, et moi sans m'en douter j'étais passé comme une fleur, totalement inconscient, à travers ce trait de crayon qui coupait en deux la carte de France que papa nous avait montrée un soir.

La ligne ! Je me l'imaginais comme un mur, un espace bourré de guérites, de canons, de mitrailleuses, de barbelés, avec des patrouilles se faufilant dans la nuit avec des grands coups de projecteurs fouillant chaque brin d'herbe. Sur des miradors des officiers à face de vautours surveillant avec leurs jumelles dont les verres masquaient leurs yeux féroces. Et au lieu de tout ça : rien, strictement rien. Je n'avais pas eu une seule seconde l'impression d'avoir le moindre Apache à mes trousses, c'était à vous dégoûter du Far West.

Près de nous, le trio de Juifs se congratulaient, remerciaient Raymond qui prenait un air modeste.

J'étais content tout de même puisque j'étais sauvé mais mon amertume ne passait pas. Je ne pus m'empêcher de demander à Raymond si c'était toujours aussi calme.

– En général, ça se passe bien. Là on a de la chance. Les postes sont éloignés et surtout il y a des angles morts, ni le poste de la route, ni celui du village des Carmot ne peuvent nous voir. Le danger ce serait qu'ils envoient des patrouilles, mais s'ils le font, ils sont obligés de passer par le gué, près de la ferme Badin, ailleurs ce n'est pas possible, il leur faudrait traverser des forêts de ronces, mais dès que Badin les voit, il expédie son fils qui connaît les raccourcis et vient nous avertir.

Raymond remonte son pantalon et nous serre les mains.

– Mais n'allez pas vous imaginer que c'est partout aussi facile, il y a des coins, à moins de vingt-cinq kilomètres d'ici, où il y a eu des morts il y a pas longtemps et ça devient de plus en plus dur. Allez au revoir, et la bonne route.

Il a déjà disparu, les troncs masquent sa silhouette, il s'en remonte vers le village.

Nous reprenons notre marche, seuls cette fois. Maurice me donne la main, il ne s'agirait pas de se perdre, la nuit dans cette forêt ne serait pas fort agréable, d'autant plus que le froid augmente au fil des minutes.

– Attention !

Il a bien fait de m'avertir : le fossé est là, en bas, une eau moirée clapote sous l'entrelacs des branches et les amas de pierres.

– Prends-moi la musette.

Maurice descend le premier, au sifflement discret je lui passe nos bagages, je descends à mon tour en m'agrippant aux touffes d'herbe. Les crochets acérés d'un roncier me retiennent par ma chaussette. Je me libère, remonte le versant et devant nous la ferme est là : massive, un bloc de granite posé sur le dos nu de la terre.

Nous aidons encore le trio qui nous accompagne et nous sommes déjà dans la cour intérieure.

Je sursaute.

Un homme est là, immobile dans le noir. Il me paraît très grand, il a un col de fourrure qui lui cache les oreilles et ses cheveux bougent au vent qui descend de la plaine.

Il s'avance vers nous, d'un pas mécanique. Sa voix est rocailleuse, c'est une voix comme en prennent les acteurs qui jouent les rôles de gendarme au théâtre guignol. Une grosse voix qui roule du gravier et des mots.

– Vous y êtes, les petits, vous avez de la paille dans la remise, juste là, derrière vous. Vous avez des couvertures derrière la porte, elles ne sont pas belles mais elles sont propres. Vous pouvez dormir tant que vous voulez. Je vous demande seulement une chose, si vous avez des allumettes ou un briquet, vous me les donnez tout de suite parce que je ne voudrais pas voir flamber ma récolte avec vous dedans.

Je fais un signe de dénégation et Maurice fait de même.

– Alors ça va, si vous avez besoin de quelque chose, vous pouvez frapper au petit carreau, vous le voyez? Le premier près du poulailler. C'est là que je dors. Allez, la bonne nuit.

– Dites, monsieur, quelle heure il est?

Il a du mal à extraire sa montre de sous sa vieille canadienne, elle semble enfouie sous une profusion de gilets et de pull-overs. Enfin le cadran brille dans sa main.

– Onze heures et quart.

– Merci. Bonsoir, monsieur.

La porte de bois grince sur ses vieux gonds et l'odeur chaude me saute aux narines. Rien qu'à sentir la bonne paille sèche, mes yeux se ferment. Quelle journée! Après une nuit dans le train!

J'escalade une botte et m'enfonce dans une autre qui se tasse, je n'ai pas le courage d'aller chercher les couvertures. Une clarté grise pénètre par une lucarne du toit.

Nos trois compagnons chuchotent, tassés à l'autre extrémité de la grange.

J'entends Maurice qui revient et un tissu rêche me râpe la joue.

– Enroule-toi là-dedans.

J'ai du mal à y arriver, jusqu'à présent, l'angoisse, la surexcitation, tout cela m'a tenu éveillé, mais, avec le soulagement de l'arrivée, la tension est tombée d'un coup et le poids de mes paupières m'entraîne, deux fardeaux inexorables me tirent dans un monde noir et lourd où je m'enfonce vertigineusement, toujours plus loin, toujours plus profond. Un effort encore et je distingue au-dessus de ma tête le rectangle plus clair de la lucarne, je constate même qu'elle est ornée sur chacun de ses coins de toiles d'araignée argentées et flexibles, et je m'endors d'un coup, avec un soupir de bûcheron.

Je ne dormirai pas longtemps, une heure, peut-être deux.

Je rouvre les yeux brusquement et ma main n'a pas besoin de tâter la place à côté de moi : je sais déjà que mon frère n'est plus là.

Dès que maman n'a plus jugé nécessaire d'avoir mon berceau près d'elle, nous avons, Maurice et moi, partagé la même chambre. Et il s'est toujours produit un étrange phénomène dont j'ignore s'il est réciproque car je n'en ai jamais parlé : sans qu'il ait fait le moindre bruit, sans qu'un craquement d'une latte de parquet m'ait mis en éveil, j'ai toujours « senti » son absence. A chaque fois qu'il descendait à la cuisine boire un verre d'eau, à chaque fois qu'il se glissait hors de son lit pour une raison quelconque j'en ai eu la parfaite conscience.

Qui me prévenait ? Quel instinct caché accomplissait là ce surprenant office ?

En tout cas, au moment qui nous occupe, je ne me posais pas la question de savoir par quel engrenage inconscient ou subconscient j'avais été averti du départ de mon frère, le fait était là :

A quelques centaines de mètres de la ligne de démarcation, alors qu'épuisé comme moi par ces dernières vingt-quatre heures, Maurice Joffo aurait dû sombrer dans les délices d'un sommeil récupérateur, il était parti.

Pas de panique. Il ne peut pas être loin. Explication la plus plausible : lorsque quelqu'un se lève dans la nuit, quatre-vingt-dix fois sur cent, c'est pour aller pisser. Donc, pas de problème ; Maurice est allé pisser.

Mon raisonnement si brillant soit-il ne me rassure pas longtemps. Nous avons pissé ensemble contre le mur de la ferme avant d'entrer ici, après le départ du fermier. Or les sphincters familiaux sont de bonne qualité : quand on a pissé le soir, on ne pisse plus jusqu'au lendemain matin. Donc, problème : Maurice n'est pas allé pisser. Alors où est-il allé ? Sans me le dire ?

C'est cela surtout que je ne comprends pas, pourquoi est-il parti en cachette, sans me le dire ?

Ou alors il est allé demander à boire au fermier, ou bien encore… Ma tête se trouble devant toutes les suppositions possibles.

Un bruit de voix qui chuchotent. Je dresse l'oreille et écarte les couvertures, faisant bruire la paille. C'est de dehors que cela vient.

Une pensée me glace : et si c'étaient les Allemands ? Non. Impossible, nous sommes en France libre, ils ne peuvent pas venir… Ou alors des voleurs ? Il paraît que des bandes de voyous s'attaquent aux réfugiés, volent tout ce qu'ils possèdent : les bijoux, les valises, l'argent… Peut-être Maurice les a-t-il entendus et est-il en ce moment en train de les épier, dans le noir.

Je traverse sur mes chaussettes qui ne font aucun bruit sur le sol de terre battue que recouvre une poussière de paille sèche. Mes doigts reconnaissent le bois de la porte, le lourd loquet que je soulève avec précaution. Je regarde par l'interstice et bondis en arrière : les chuchotements viennent sur moi, leurs formes agglutinées avancent vers moi.

Les respirations montent, ils ont tous l'air de tirer sur d'invisibles cigarettes. Je reconnais un des hommes qui se trouvaient au restaurant près de nous à midi. Il y a deux enfants dans le lot, un petit que l'un d'entre eux porte au bras et une fillette en chaussettes blanches. Quelle erreur ces chaussettes blanches, on les voit à cent mètres. Décidément, nous sommes redevenus des fuyards mais nous avons perdu le sens du camouflage. Ils me frôlent dans le noir et s'effondrent dans la paille. Il y a des murmures étouffés de conversation.

Toujours pas de Maurice. Mais qu'est-ce qu'il peut faire !

L'anxiété monte en moi, il faut que j'agisse avant qu'elle ne devienne une panique qui pourrait m'amener à crier son nom ou à partir à sa recherche dans le noir. Cela ne servirait à rien, sinon à attirer l'attention des autres.

Je sors. La nuit est de plus en plus claire et froide.

J'enfonce les mains dans les poches de mon manteau.

Un papier.

Mes doigts viennent de toucher un papier qui n'y était pas. Au toucher, je reconnais les perforations déchirées d'un petit carnet à spirale. C'est celui que Maurice a emporté, plus exactement c'est maman qui le lui a donné avant de partir. Sage précaution, un carnet et un crayon peuvent devenir dans certains cas les objets les plus utiles du monde. Il a dû écrire dans le noir et glisser son message dans ma poche avant de partir.

La lune éclaire suffisamment pour que je puisse lire les lignes griffonnées en diagonale.

« Je vais revenir, ne dis rien à personne. M. »

Il a écrit M. comme dans les histoires d'espionnage où les personnages sont désignés par un code ou une initiale.

Je me sens soulagé. Je ne sais toujours pas où il a été, mais il va revenir, c'est l'essentiel. Je regagne ma couche, retrouve la couverture et m'enroule à nouveau dedans, heureux de cette chaleur odorante qui m'attendait. A quelques mètres quelqu'un dort en geignant doucement, une musique très ténue, chantante, presque agréable qui contribue à m'endormir.

— Pardon.

Un corps m'enjambe et s'enfonce tout contre moi. Je sens un parfum d'eau de Cologne et de sueur mêlées. C'est une femme ; elle a un manteau de lainage épais qui recouvre ma main.

On dirait que le jour se lève. J'ai dû dormir plusieurs heures.

Je me soulève sur un coude : la clarté est suffisante à présent pour que je puisse constater que la grange est pleine de réfugiés, je n'arrive pas à les dénombrer mais ils sont partout, affalés dans toutes les positions. J'estime très mal, nous sommes cinquante, peut-être plus. Les voyages n'ont pas dû cesser de la nuit. D'autres vont venir peut-être encore, et toujours pas de Maurice.

Ils dorment tous. Près de moi, la femme au manteau est éclairée par la lucarne. Sur sa joue, une larme tremblote. Elle pleure en dormant. Peut-être n'a-t-elle pas cessé de pleurer depuis son arrivée.

En voici d'autres. Mais nombreux cette fois. Je me pelotonne dans ma propre chaleur et suis d'un œil à demi fermé l'installation des visiteurs. J'entends jurer doucement en yiddish et très vite, tout retombe dans le silence.

— Tu dors ?

Il est là soudain, je ne l'avais pas vu surgir. Je m'assois d'un coup.

— Mais qu'est-ce que...

Son doigt se pose sur ma bouche.

— Pas si fort, je vais t'expliquer.

C'est très difficile d'engueuler quelqu'un en étant réduit à des chuchotements quasi inaudibles, aussi j'écoute Maurice totalement abasourdi.

Ce qu'il avait fait était très simple, il me l'a narré tout content de lui, avec des rires étouffés, mais cela peut se résumer en peu de mots : il avait refait le trajet en sens inverse, repassé huit fois la ligne, ramené quarante personnes et gagné vingt mille francs.

Il fait grand jour à présent. Encore un petit peu de nuage qui va filocher très vite vers l'ouest et le soleil sera sur nous. L'herbe est encore un peu humide mais nous sommes assis sur nos musettes. Vingt mille francs ! Cela veut dire le Pérou : de quoi manger, de quoi voyager aussi, jusqu'à Menton tranquillement.

Pourtant il y a dans cette aventure quelque chose qui me chagrine.

— Maurice, et si tu t'étais fait prendre ?

Il fourrage dans ses cheveux.

— Tu as entendu tout ce que Raymond nous avait dit : pas le moindre danger. En passant la première fois, j'avais bien repéré le chemin : tout en ligne droite, un arc de cercle sur la gauche autour de la clairière, le petit pont et ça y était. C'est moins dur que d'aller de la porte de Clignancourt à Ornano. On a moins de chance de se perdre.

Cela ne me satisfait pas entièrement.

— Il y a autre chose, tu ne crois pas qu'en faisant passer tous ces gens pour de l'argent, c'est un peu salaud ?

Maurice me regarde fixement.

— Premier point : je n'ai pas forcé personne. Deuxième : à cinq cents francs au lieu de cinq mille, je ne crois pas qu'on puisse dire que je les ai volés. Je les ai bien guidés d'ailleurs et sans incidents. Il y a bien une bonne femme qui a paumé sa godasse et il a fallu la retrouver dans un hallier, mais à part ça, ça s'est passé sur des roulettes. Et puis il y a une chose que tu oublies, mon petit pote : c'est qu'on a aussi besoin de fric si on veut arriver à bon port.

— Mais on aurait pu...

Mais il est lancé et dans ces cas-là, rien ne peut l'interrompre.

– Parce que tu crois que parce qu'on est en zone libre on va être peinards ? Tu crois que les gens vont te nourrir à l'œil ? Et si les gendarmes nous demandent nos papiers et qu'on n'ait pas d'argent, tu penses qu'ils vont nous féliciter ?

Je sens qu'il a raison, une fois de plus.

– ... Et moi, je dois penser à gagner de l'argent, cette nuit c'est moi, la prochaine fois ce sera à toi de te démerder un peu parce que c'est pas parce que tu es le plus petit que tu vas te rouler les pouces pendant que je crapahute comme...

– Ne crie pas comme ça, bon Dieu, ça va, j'ai compris !

Maurice hurle à présent :

– Parce que tu crois que ça m'a fait marrer de revenir sept fois avec dix personnes derrière moi ? Tu crois pas que j'aurais préféré dormir tranquille ? Et maintenant tu viens jouer les grands seigneurs et me dire que je n'aurais pas dû ?

Je saute sur mes pieds.

– Mais je n'ai jamais dit ça ! Tu ne comprends rien !

Violemment, il sort le paquet de billets tout froissé de sa poche.

– Tiens, vas-y, va leur rendre, si tu veux.

Interloqué je regarde l'argent qui se trouve à présent dans mes mains. Cet argent qu'il a gagné, au péril de sa vie même, et qui va nous permettre de continuer la route, l'argent que vient de me tendre un enfant épuisé.

Je lisse les billets, les défripe et les lui rends sans un mot. Il s'est calmé, le menton sur les genoux, il regarde le soleil qui vient d'apparaître.

Un long moment se passe. Je questionne :

– On va reprendre le train ?

Il doit sentir dans ma voix que je cherche à engager la discussion, à me faire pardonner.

– Oui, c'est le mieux, j'en ai parlé avec un type que j'ai fait passer cette nuit. La gare la plus proche est à Aire-sur-l'Adour. Il faut faire attention parce qu'il y a des flics un peu partout et qu'ils ont ordre d'arrêter les Juifs.

Alors ça, ça me coupe le souffle. Pourquoi avons-nous fait tout ce trajet si c'est pour retourner dans le même enfer ?

Maurice sent que j'encaisse mal. Il hoche la tête et ajoute :

– Ça n'est pas pareil quand même parce que ce sont des Français, il y en a qui laissent filer, d'autres qui marchent au pognon, et puis il y a ceux qui exécutent les ordres, mais d'après ce que cet homme m'a dit pendant que nous marchions, on devrait pouvoir passer les mains dans les poches.

J'ai faim. Les lentilles sont loin, les radis davantage encore.

— Tu crois pas qu'on pourrait demander au fermier de nous donner du lait et du pain? On pourrait s'offrir ça maintenant?

Maurice tire sur ses jambes ankylosées.

— D'accord, je crois qu'on en a bien besoin.

Dix minutes plus tard nous étions dans une salle basse qui servait à la fois de cuisine, de chambre à coucher et de salle à manger. Sur la table recouverte d'une toile cirée marquée par les cercles rosâtres des verres et des bouteilles étaient posés deux bols d'épaisse faïence pleins de lait, sur la table deux grosses tartines d'un pain gris et épais recouvertes, luxe suprême, d'une couche de beurre blanc d'un demi-doigt d'épaisseur. Nous étions seuls avec le fermier, tous les autres étaient partis à l'aube ou même avant l'aube.

Le propriétaire des lieux nous regardait manger. Il avait toujours sa canadienne et je me demandais s'il lui arrivait de l'enlever. Au printemps peut-être, en tout cas il avait certainement dormi avec. Dans le jour il faisait plus vieux, une mèche minable rampait sur le dessus de son crâne et les poils de sa moustache suivaient les rides aux commissures des lèvres.

— Et vous allez loin?

La bouche pleine je réponds :

— On va prendre le train jusqu'à Marseille.

J'ai confiance en lui, c'est sans aucun doute un brave homme, mais j'ai déjà pris le pli, moins on en dit et mieux cela vaut.

Il hoche la tête.

— Eh bien, vous allez voir du pays!

Il nous regarde, un peu attendri, et ajoute :

— Lorsque j'allais à l'école étant petit, c'était plus au sud, un petit village de l'Hérault où mon père avait des châtaigniers, le maître nous faisait lire un livre qui s'appelait *Le Tour de France de deux enfants*. Il y avait des dessins au début de chaque chapitre. Vous leur ressemblez un peu.

Maurice avale.

– Et qu'est-ce qui leur arrivait ?

Le paysan a un geste vague de la main.

– Je ne me rappelle plus, toutes sortes d'aventures, je me souviens seulement que ça finissait bien.

Il marque un temps d'arrêt et ajoute :

– Mais il n'y avait pas d'Allemands dans l'histoire.

Nous avons fini et Maurice se lève. L'homme sort un canif de poche, un eustache à manche de bois. La lame est toute usée et forme un petit sabre. Il prend le pain sur la table et taille deux grosses parts en faisant tourner le pain autour du couteau. Il nous les tend.

– Mettez ça dans vos musettes, ce sera pour la route.

Une nouvelle fois, nous nous mettons en route.

C'est une départementale qui serpente même lorsque le terrain est plat. Les champs sont vides, la terre est grise encore et les arbustes forment des taches plus épaisses. Il y a des fermes éparpillées mais lointaines. Un chien a surgi d'un chemin creux et nous suit, c'est un roquet crotté jusqu'aux épaules, il semble apprécier particulièrement notre compagnie et sa queue frétille lorsque après avoir pris un peu d'avance, il nous attend immobile au milieu de la route.

« Vingt-sept kilomètres à pied, ça use, ça use...

« Vingt-sept kilomètres à pied, ça use les souliers... »

Nous n'avons pas fait vingt-sept kilomètres, à peine trois, mais c'est la vingt-septième fois que nous reprenons le refrain. Brailler à tue-tête déclenche une sorte de mécanique qui vide l'esprit et fait que nos muscles fonctionnent d'eux-mêmes. Si je n'avais pas cette douleur au talon qui va en s'accentuant je me sentirais capable d'aller à pied jusqu'à Marseille et au-delà, mais je sens qu'une ampoule se forme, cela fait longtemps que je n'ai plus ôté mes souliers. Trop longtemps.

Voilà une borne de nouveau : Aire-sur-l'Adour dix-neuf.

Dix-neuf bornes à avaler encore.

– Tu veux un bout de pain ?

Maurice fait signe que non.

– Pas pendant l'effort, tous les sportifs savent qu'il ne faut pas manger pendant l'effort, ça coupe le souffle.

– On n'est pas des sportifs !

Il hausse les épaules.

– Non, mais on a du chemin à faire encore, alors vaut mieux pas.

Nous continuons à marcher tandis que le ciel se couvre peu à peu, nos ombres, nettes et noires tout à l'heure, sont devenues imprécises puis ont disparu peu à peu.

« Vingt-huit kilomètres à pied... »

Si mon talon ne touche pas par terre, ça va mieux, je dois marcher sur la pointe du pied gauche. C'est un coup à prendre.

– Tu boites ?

– T'occupe pas.

Il me semble que les cubes blancs enfoncés sur le bas-côté de la route et qui marquent les cent mètres sont de plus en plus éloignés. Ils marquaient bien cent mètres au début, ils en sont maintenant au moins à trois cents et plus.

C'est la cheville qui fatigue à présent. A faire des pointes, les muscles travaillent sacrément et c'est plus fort que moi, le talon retombe sur le sol. Ma jambe tremble jusqu'à la cuisse. Aussitôt je sens le picotement aigu de l'ampoule qui frotte contre la chaussette.

Je ne m'arrêterai pas, il n'en est pas question. Je terminerai sur un moignon mais il ne sera pas dit que j'aurai retardé la marche. Je serre les dents et sifflote, le coude pressant la musette contre mon flanc pour l'empêcher de ballotter.

Aire-sur-l'Adour dix-huit.

Soudain, Maurice s'écarte de la route et va s'asseoir au pied de la borne. Il appuie sa tête pâle sur le sommet rouge de la pierre.

– Il faut que je m'arrête, j'ai le coup de barre, je n'ai pas assez dormi.

Voilà qui m'arrange.

– Dors un peu, ça ira mieux tout à l'heure, on n'est pas pressés.

Je sens qu'il n'a pas la force de me répondre. Ses traits sont tirés et il se recroqueville sur le talus.

J'en profite pour desserrer les lacets de ma galoche. Je fais un nœud, comme d'habitude, et ai un mal fou à l'enlever.

C'est bien ce que je craignais : la laine est collée à la peau, il y a un petit cercle rosé à l'endroit du frottement, un cercle grand comme une pièce de un franc.

Si je décolle, je vais faire saigner encore davantage. Vaut mieux pas.

Je remue doucement mes orteils pour chasser la douleur.

Nous voilà beaux, l'un qui est crevé et l'autre qui a une ampoule. Nous n'arriverons jamais à ce foutu bled. Ça marchait trop bien.

Je sors un mouchoir de la musette. Bien plié, bien repassé, il a des carreaux pâles verts et marron qui entourent le bord. Avec lui je me confectionne un pansement de fortune par-dessus la chaussette en tassant bien contre la blessure. Ainsi je sentirai moins le frottement.

J'ai du mal à remettre ma galoche mais j'y parviens enfin. Je fais quelques pas timides sur la route. Ça a l'air d'aller mieux ainsi.

Le museau sur les pattes, le chien me regarde, langue pendante. Il a une bonne tête de bâtard parisien comme ceux que l'on rencontre au pied des réverbères entre les rues Simart et Eugène-Sue. C'est peut-être un réfugié lui aussi, il a passé la ligne comme nous, c'est peut-être un chien juif.

Un bruit de roue derrière moi.

Dans un sentier perpendiculaire à la route que nous suivons, une carriole avance traînée par un cheval. Je regarde mieux : ce n'est pas une carriole, c'est beaucoup plus élégant ; on dirait un fiacre découvert comme dans les films de l'ancien temps.

Maurice dort toujours.

Si la voiture va vers la ville, faut en profiter. Dix-huit kilomètres à faire encore, et dix-huit kilomètres, non seulement ça use les souliers mais aussi les jambes des petits garçons même s'ils sont grands.

Je ne perds pas le fiacre de vue. Il va tourner. Gauche ou droite ? Si c'est à gauche, c'est fichu. Si c'est à droite, on a une chance.

C'est à droite. Je me lève et vais à sa rencontre. Le cocher a un fouet près de lui, mais il ne s'en sert pas. Avec la haridelle qui traîne la charrette, il faut dire que ça ne servirait pas à grand-chose. Chaque pas semble être le dernier et à le voir, on a envie de regarder si la famille suit derrière le corps du défunt.

A quelques mètres de moi, l'homme tire sur les rênes.

Je m'avance en boitillant.

– Pardon, monsieur, vous n'allez pas à Aire-sur-l'Adour par hasard ?

– Si, en effet, je m'y rends. Je m'arrête deux kilomètres avant pour être plus exact.

Ce monsieur a une distinction d'un autre âge, si je savais faire la révérence, je m'y essaierais.

– Et vous… enfin, est-ce que vous pourriez nous emmener mon frère et moi dans votre fiacre ?

L'homme fronce des sourcils broussailleux. Là j'ai dû dire quelque chose qu'il ne fallait pas. Ou alors ce type est de la police, ou c'est un collabo et je prévois des tas d'ennuis par ma faute. J'aurais dû plutôt prévenir Maurice et nous cacher.

– Mon jeune ami, ce véhicule n'est pas un fiacre, c'est une calèche.

Je le regarde bouche ouverte.

– Ah bon, excusez-moi.

Cette politesse semble le toucher.

– Ceci n'a pas d'importance, mais il est bon, mon garçon, d'apprendre, dès le plus jeune âge, à nommer les choses par leur nom. Je trouve ridicule de dire un « fiacre » lorsque l'on se trouve en présence d'une calèche authentique. Mais tout ceci n'a qu'une importance relative et vous pouvez, votre frère et vous, partager cette voiture.

– Merci, m'sieur.

A cloche-pied, je cours vers mon frère qui en écrase dur, bouche ouverte. Je le réveille sans trop de ménagement.

– Qu'est-ce que c'est ?

– Dépêche-toi, ta calèche t'attend.

– Ma quoi ?

– Ta calèche. Tu ne sais pas ce que c'est ? Tu comprends avec un fiacre peut-être ?

Il frotte ses yeux, ramasse sa musette et toujours ébahi contemple le véhicule qui attend.

– Bon Dieu, murmure-t-il, où as-tu trouvé ça ?

Je ne réponds pas. Maurice salue respectueusement notre conducteur qui nous regarde en souriant et nous grimpons.

Le système de suspension gémit, les banquettes laissent voir les ressorts par endroits mais c'est en fin de compte extrêmement agréable.

L'homme fait claquer sa langue et nous partons. Il se retourne vers nous.

– Comme vous pouvez le constater, la vitesse est assez réduite, le confort est rudimentaire mais cela est préférable à la marche pédestre. Je possédais une automobile il y a encore moins de six mois mais elle me fut réquisitionnée pour servir sans doute à quelque officier en zone occupée. J'ai donc dû pour mes déplacements exhumer cette antiquité que les bons soins de mon fermier avaient conservée en assez bon état.

Nous l'écoutons, fascinés, sans piper mot.

– Je me présente : je suis le comte de V.

Bon sang, un comte. Je les imaginais davantage avec un chapeau à plume et une épée à la garde munie de rubans, mais s'il le dit, ça doit être vrai. En tout cas, c'est le premier que je vois de ma vie.

– Quant à ce cheval, poursuit-il, si j'ose l'appeler ainsi, c'est le dernier qui n'ait pas été pris par la commune, il faut dire que ses jours sont comptés, il a atteint un âge fort respectable pour un cheval et d'ici quelque temps je ne pourrai plus l'atteler.

Aire-sur-l'Adour dix-sept.

Décidément, il ne va guère plus vite que nous à pied. Notre comte cocher bavarde à présent sans arrêt. Nous participons par monosyllabes que nous prononçons à tour de rôle afin qu'il n'ait pas trop l'impression de parler dans le vide.

– En fait voyez-vous, mes enfants, lorsqu'un pays perd une guerre, comme nous avons perdu celle-ci, de façon aussi nette, aussi définitive, c'est parce que le pouvoir de ce pays ne s'est pas montré à la hauteur de sa tâche, et je le dis bien haut : la République ne s'est pas montrée à la hauteur de sa tâche.

Une côte. Il ne manquait plus que ça. Notre vitesse tombe en dessous de celle d'un corbillard. Le comte pérore toujours, son doigt dressé indique le ciel.

– La France ne fut grande qu'au temps des rois. Jamais sous la monarchie nous n'avons connu catastrophe semblable, jamais un roi n'eût accepté de voir son peuple colonisé de l'intérieur par toutes sortes d'éléments étrangers, de sectes, de races, qui n'ont eu de cesse que d'amener la nation au bord de l'abîme...

Je m'attendais à ce qu'il dise quelque chose comme ça.

Il pérore toujours, je ne l'écoute plus.

Aire-sur-l'Adour seize.

— Il a manqué à la France un grand mouvement de réaction nationale qui lui aurait permis, après un retour aux sources profondes de son génie, de retrouver une foi et par là même une force qui seule aurait permis de rejeter le Teuton au-delà de nos frontières. Mais cette foi, nous l'avons perdue.

Sa voix retombe mélancoliquement, j'ai l'impression qu'il joue un rôle, comme au théâtre, sans y croire vraiment.

— Des mots sont venus, des mots nouveaux, « liberté, égalité, fraternité », et ils ont contribué à boucher les yeux et l'esprit des générations qui se sont succédé, ces mots ont bercé le peuple d'un fol espoir, masquant les véritables valeurs du génie français : les valeurs de Grandeur, de Sacrifice, d'Ordre, de Pureté...

Du coin de l'œil j'aperçois Maurice qui bâille. Je suis de l'œil un vol de corbeaux qui tourne au-dessus d'un champ. Quelle proie ont-ils pu trouver là ? Je me demande si les corbeaux mangent des cadavres. Comment le savoir ? Je demanderais bien au comte mais il a l'air d'avoir d'autres chats à fouetter à défaut de son cheval.

Aire-sur-l'Adour deux.

Le comte va nous déposer là. Déjà je m'apprête à descendre, mais il se retourne une nouvelle fois.

— Jeunes gens, dit-il, vous m'avez écouté tout le long du parcours avec attention et sagesse, et je ne doute pas que ces quelques propos n'aient à plus ou moins brève échéance un retentissement profond dans vos jeunes cervelles. Aussi, pour vous remercier et vous féliciter à la fois, je vais vous conduire jusqu'au bout, cela me permettra de faire une plus longue promenade. Ne me remerciez pas.

D'un geste royal, il se retourne sur son siège et secoue les guides sur les côtes apparentes de son vieux cheval.

J'ai peur de me mettre à rire si je regarde mon frère et continue à fixer l'horizon.

Il y a plus de maisons à présent. Une femme dans la cour de sa demeure nous regarde passer, un bébé dans les bras.

Et c'est ainsi que Maurice et moi, nés à la porte de Clignancourt, Paris XVIIIe, arrivâmes sur la place de la gare d'Aire-sur-l'Adour dans une calèche du siècle dernier avec pour cocher le comte de V. dont l'un des ancêtres, dit-on, s'illustra à Marignan (1515) et dont, aux dernières nouvelles, il fut le dernier rejeton.

VI

Bleue, blanche et rose. Il s'en faut de peu que la ville soit de la couleur du drapeau national. Bleu le ciel qui la recouvre, blanches les collines qui l'encerclent et rose pour les toits qui s'étalent, se chevauchent et débutent au bas des escaliers de la gare Saint-Charles.

Et au-dessus de tout cela, la tache d'or minuscule de la Vierge de la Garde qui surplombe le tout.

Marseille.

Je ne me souviens guère du voyage sinon qu'il n'eut rien de comparable avec Paris-Dax.

Nous avions dormi comme des loirs et mangé en pleine nuit une tranche de veau sur des tartines qu'une voyageuse nous avait offertes. Pour faire passer le tout, nous avions eu droit après à des œufs durs et des biscuits secs. Je me souviens être resté dix bonnes minutes les lèvres soudées au robinet des lavabos où filtrait un filet fadasse et tiède qui n'arrivait pas à étancher ma soif. Il y avait eu des changements, de longues attentes sur des quais de gares inconnues où des employés écrivaient à la craie sur de grands tableaux noirs les heures de retard des trains. Ce fut un lent voyage mais je le ressentis perdu dans une sorte de léthargie agréable : nous avions de l'argent, du temps, personne ne songeait à nous demander quelque chose : deux enfants au milieu du grand charivari des adultes, j'avais l'impression d'être invisible, d'avoir mes entrées partout : la guerre avait fait de nous des elfes dont personne ne se souciait et qui pouvaient aller et venir à leur guise.

Je me souviens, couché sur une banquette, sous l'une de ces grandes verrières qui ont disparu des quais des grandes gares, avoir vu passer des gendarmes. Il y en avait partout. En écoutant les conversations, nous avions pu savoir qu'eux aussi avaient l'ordre d'arrêter les Juifs et de les expédier dans des camps.

Et dans ce matin pur d'hiver, les nuages écartés par les grands balais du mistral, nous nous retrouvions dans une grande ville, mais combien différente !

Au haut des grandes marches éblouissantes, ahuris déjà du vent et du soleil, assourdis par les haut-parleurs dont les voix traînaient sur les voyelles que nous avions l'habitude d'avaler, la ville s'étendait à nos pieds : elle grouillait sous les platanes et les trompes des tramways creusaient le feuillage. Nous sommes descendus et sommes entrés dans le grand cirque qu'était Marseille par la grande entrée : le boulevard d'Athènes.

J'ai appris plus tard que le grand port était un haut lieu du gangstérisme, de la drogue, du plaisir, un Chicago européen.

Carlone y régnait en maître, des films ont raconté cela, des livres, des articles. Cela est vrai sans doute mais je n'ai jamais aimé l'entendre. Marseille, pour Maurice et moi, qui nous étions donné la main pour ne pas nous perdre, ce fut ce matin-là, cette journée-là, une grande fête rieuse, venteuse, ma plus belle promenade.

Nous ne prenions le train que le soir, celui de douze heures dix-huit ayant été supprimé, nous avions donc le temps.

Le vent nous prenait de biais par moments et nous avancions en crabe, en riant. Toutes les aires montaient ou descendaient, la ville coulait des collines comme un fromage.

A un grand carrefour nous nous sommes arrêtés et avons descendu un très grand boulevard plein de monde, de magasins, de cinémas.

Nous n'étions pas épatés, ce n'étaient pas deux Parigots rôdeurs du XVIIIᵉ qui allaient s'extasier pour quelques façades de cinés, mais il y avait dans tout cela une joie, un air vif et rapide qui nous coupait le souffle.

A un angle il y avait un grand cinéma bleu, avec des

hublots comme un vieux paquebot. Nous nous sommes approchés pour regarder les photos et les affiches : c'étaient les *Aventures du Baron de Munchausen*, un film allemand, avec Hans Albert, la grande vedette du IIIe Reich. Sur une des photos on le voyait voyager dans les airs sur un boulet de canon. Sur une autre il se battait au sabre contre une horde de spadassins. L'eau m'en est venue à la bouche.

J'ai poussé Maurice du coude.

– Regarde, c'est pas trop cher…

Il a regardé la caisse et le panneau en dessous et m'a répondu :

– Ça n'ouvre qu'à dix heures…

Ça voulait dire qu'il était d'accord. Je dansais d'impatience sur le trottoir.

– On va faire un tour et on revient.

Nous avons continué sur le grand boulevard, il y avait d'immenses terrasses couvertes où des hommes en feutre gris lisaient des journaux en fumant des cigarettes comme s'il n'y avait pas eu de restrictions, et puis brusquement, la rue s'est ouverte, il y a eu un grand coup de vent à vous couper le souffle et nous avons pilé net. Maurice a réagi le premier.

– Merde, la mer.

On ne l'avait jamais vue et ça ne nous était pas venu à l'idée que nous la rencontrerions comme ça, de façon aussi soudaine, elle était venue à nous sans prévenir, se dévoilant d'un coup à nos yeux, sans préparation.

Elle dormait entre les barques balancées dans le grand bassin du Vieux Port et on la voyait entre Saint-Jean et Saint-Nicolas qui s'étendait à perte de vue, crevée d'îles blanches, minuscules et ensoleillées.

Devant nous le pont transbordeur, des flottilles d'embarcations et le ferry-boat qui traversait pour l'un de ses premiers voyages du jour.

Nous nous sommes rapprochés le plus possible, jusqu'au bord du quai, en dessous de nous l'eau était verte et pourtant si bleue au loin, et il était impossible de saisir l'endroit précis où le bleu se transformait en vert.

– Alors les petits, on s'offre le château d'If ? On embarque et on s'en va.

Nous avons levé la tête.

Il avait une tête de faux marin, tout engoncé dans un caban, avec une casquette galonnée et des jambes maigres qui flottaient dans un pantalon blanc trop grand pour lui.

Les touristes n'abondaient pas à cette époque, il nous montrait un bateau jaune qui tanguait doucement, avec des banquettes rouges et un bastingage qui aurait eu besoin d'un grand coup de peinture.

Il y en avait des choses à Marseille ! Le cinéma, les bateaux, des voyages que l'on vous proposait comme ça, de but en blanc. Ça m'aurait bigrement tenté, moi, le château d'If, un château dans la mer, ça devait être merveilleux !

Lentement, à regret quand même, Maurice a fait un signe de dénégation.

— Pourquoi vous ne voulez pas ? C'est moitié prix pour les enfants ! Vous n'allez pas me dire que vous n'avez pas cette petite somme ? Allez, vaï, montez.

— Non, ça remue trop, on serait malades.

L'homme a eu un rire.

— Eh bien, je crois que vous avez raison.

Il avait des yeux clairs et bons. Il nous a regardés plus attentivement.

— A vous entendre parler, a-t-il dit, on comprend que vous n'êtes pas du pays, vous autres ?

— Non, on vient de Paris.

Il a sorti les mains de ses poches sous le coup de l'émotion.

— Paris ! Mais je connais bien, j'ai mon frère qui s'est installé, plombier à la porte d'Italie.

Nous avons bavardé un peu, il voulait savoir ce qui se passait là-bas, si ce n'était pas trop dur avec les Allemands, ici, le plus dur c'était la nourriture, il n'y avait plus rien, sur les marchés de la rue Longue, derrière les Réformés, à la Plaine, on ne trouvait plus que des courgettes, les gens faisaient la queue pour la salade, les topinambours étaient pris d'assaut.

— Té, regardez mon pantalon.

Il nous a montré la ceinture toute lâche.

— Depuis un an, j'ai perdu douze kilos ! Allez, si ça vous intéresse, je vous montre le moteur de mon bateau.

Nous sommes montés, ravis, le tangage très lent était

agréable. A l'avant dans une sorte de petite cabane de jardin, il y avait le moteur. Il nous a expliqué à quoi tout servait, de l'hélice jusqu'au carburateur, il était passionné, un bavard terrible, nous avons eu de la peine à le quitter.

Nous avons longé le port du côté du quai de Riveneuve, il y avait des barils, des rouleaux de corde, toute une odeur salée qui était celle de l'aventure, des rues Fortia, de la place aux Huiles, je m'attendais à voir surgir des légions de pirates et de flibustiers, il fallait avouer que c'était autre chose que les canaux de la rue Marcadet où flottaient nos navires confectionnés dans une feuille de cahier.

– On prend le bateau pour traverser?

– D'accord.

C'était une embarcation très plate, les voyageurs se pressaient derrière les vitres, à l'abri du vent. Nous, nous sommes restés dehors, fouettés, avec le parfum du sel qui nous entrait dans la peau.

C'était court comme voyage, deux ou trois minutes pas plus, mais on pouvait voir la ville au-dessus de soi : la Canebière comme un trait droit qui coupait les toits en deux.

De l'autre côté du quai, c'était autre chose, il y avait un fouillis de ruelles minuscules avec du linge qui pendait aux cordes tendues d'une fenêtre à celle d'en face, le soleil ne devait pourtant jamais pénétrer dans ces quartiers.

Nous avons fait quelques pas, ces rues étaient en escaliers et les eaux grasses coulaient au milieu dans une rigole.

Je commençais à ne pas me sentir trop rassuré. Sur le pas des portes obscures des femmes parlaient, la plupart assises sur des sièges de paille, il y en avait aussi aux fenêtres les bras croisés sur l'appui.

Soudain, Maurice a poussé un cri.

– Mon béret!

C'était une énorme qui le lui avait pris, elle avait une poitrine monstrueuse et ballottante, elle riait de toutes ses dents en découvrant ses plombages.

Par réflexe j'ai enlevé le mien et l'ai fourré dans ma poche. Je n'ai pas encore dit que nous avions des bérets. Cela ne se fait plus aujourd'hui, sans doute les enfants sont-ils moins fragiles de la tête qu'ils ne l'étaient autrefois.

En tout cas, le béret de Maurice avait parcouru un chemin

rapide, en quelques secondes, il avait quitté la tête de son propriétaire, la grosse dame l'avait lancé derrière elle à une deuxième fille à moitié nue dans la pénombre d'un couloir et soudain un appel nous a fait lever la tête.

À une fenêtre du premier étage, une femme encore plus grosse que la première tenait entre ses doigts boudinés le précieux couvre-chef. Elle aussi riait.

— Allez, mignon, viens vite le chercher.

Navré, Maurice regardait son beau béret basque tournoyer au doigt de la grosse dame.

Il me regarde.

— Je peux pas lui laisser, faut que j'y aille.

Je ne suis pas bien vieux, mais je connais la vie. Il y a des filles semblables près de Clignancourt et les grands du CM 2 en parlent souvent pendant les récréations. Je le retiens.

— N'y va pas, Beniquet dit qu'elles donnent des maladies et qu'elles vous prennent de l'argent.

Cette double perspective ne semble pas enchanter particulièrement mon frère.

— Je vais quand même pas leur laisser !

Les filles rient toujours. Une s'en prend à moi, à présent.

— Et le petit ! regarde s'il est beau, il a vite enlevé son béret lui, il est pas fada.

Nous restons au milieu de la rue et d'autres fenêtres s'ouvrent, nous allons ameuter tout le quartier, si cela continue.

Une très grande dame a ouvert la porte du café tout proche, je revois encore sa chevelure rousse, une véritable flamme qui lui descendait jusqu'aux reins. Elle a crié vers la détentrice du béret :

— Oh ! Maria, tu n'as pas honte de t'en prendre aux enfants, allez, rends-lui.

Maria a continué à rire, un rire noyé de graisse, et, bonne fille, elle a lancé le béret.

— Allez vaï, allez-vous-en vite, garnements.

Maurice a rattrapé le béret au vol, l'a enfoncé jusqu'aux oreilles et dans les rues nous avons pris nos jambes à notre cou. Ça montait presque autant qu'à Montmartre, c'était plus sale mais plus coloré, nous nous sommes perdus dans le quartier du Panier et une horloge a sonné dix heures !

Nous avions oublié le cinéma : la mer, le bateau, les putains, il y avait de quoi être en retard.

C'est la mer qui nous a servi de point de repère, dès que nous avons pu l'apercevoir, cela a été plus facile, nous sommes retombés sur le port devant un bureau de tabac et nous avons remonté le grand boulevard qui s'appelait la Canebière.

Trois minutes plus tard, nous étions installés au troisième rang devant l'écran, la musette sur les genoux, les mains enfouies dans nos poches. Nous étions seuls ou presque et la salle immense n'était pas chauffée. Il y avait un couple de clochards derrière nous, autour de leurs sièges, il y avait une marée de ballots, de sacs ficelés qui bouchaient le passage. Je me souviens que ce furent les actualités d'abord avec un petit homme à grosse moustache qui s'appelait Laval et qui nous parlait assis à une table en nous regardant avec des yeux globuleux et grondeurs. Après ce furent des chars dans la neige et je compris que c'étaient des tanks allemands qui attendaient le printemps pour foncer sur Moscou. Le speaker disait qu'il faisait froid mais que le moral des hommes était bon et on voyait sur l'écran deux soldats qui agitaient devant la caméra leurs mains recouvertes de moufles blanches.

Après il y eut un passage sur la mode à Paris, des femmes tournaient, elles avaient des lèvres noires, de très hautes coiffures et des chaussures à hauts talons de bois, on les avait photographiées dans des rues, devant des monuments : la tour Eiffel, l'Arc de Triomphe et pour finir le Sacré-Cœur.

Un court instant, perdus dans ce cinéma marseillais, nous revîmes notre quartier et cela me rappela brusquement que je n'avais presque pas pensé à papa ni à maman depuis notre départ. Eux sans doute devaient penser à nous et j'aurais tant aimé leur faire savoir que tout se passait bien, que demain, cette nuit, même, nous serions arrivés sains et saufs. La séquence se prolongeait et j'espérai un instant que le réalisateur avait eu l'idée de photographier les mannequins dans la rue de Clignancourt devant le magasin, mais, hélas, cela ne se produisit pas, les photographes des années 40 fuyaient comme la peste les quartiers populaires, il leur fallait du sublime et du grandiose, Versailles, les fontaines de la place de la Concorde, Notre-Dame, le Panthéon, ils ne sortaient jamais de ces lieux consacrés.

Il y eut un entracte interminable où nous jouâmes, Maurice et moi, à nous poser des colles avec les mots qui composaient les placards publicitaires du rideau de scène. Je lui disais la première et la dernière lettre et il devait trouver le mot entier. Lorsqu'il avait trouvé, c'était à lui.

A la fin, il se mit en colère car le mot que j'avais choisi était des plus minuscules ; nous échangeâmes une bourrade, deux claques, trois coups de poing et la bagarre commença.

Le pas lourd et quasi pachydermique d'une ouvreuse qui descendait l'allée nous calma instantanément. Le temps d'échanger quelques ruades sournoises sous les sièges et le film commençait.

Nous l'avons vu trois fois à la file, le spectacle était permanent.

J'en ai vu des films depuis ce temps, de très laids, de très beaux, des ridicules, des émouvants, mais je n'ai jamais retrouvé cette sensation d'émerveillement que j'éprouvai ce matin-là. Au dossier que des cinéphiles ont consacré au cinéma hitlérien, il y a ce nouvel élément à verser : la production nazie était arrivée à fabriquer une œuvre qui enchanta la matinée de deux jeunes Juifs.

Ce sont là les imprévus de la propagande.

Il était quatre heures lorsque nous sortîmes de là, du rêve plein les yeux mais avec aussi une sérieuse migraine autour du crâne que le grand air ne tarda pas à dissiper.

Nous étions bien reposés mais j'avais une faim de loup et sans me consulter, Maurice fonça droit dans une pâtisserie.

Il restait sur une étagère de verre des gâteaux invraisemblables dans la confection desquels n'entraient ni œufs, ni beurre, ni sucre, ni farine. Le résultat était une mousse roussâtre au centre d'une pâte gluante et résistante à la fois, le tout surmonté d'un raisin de Corinthe et d'un quart de cerise confite.

Au quatrième, je demandai grâce.

La bouche encore pleine, Maurice me regarda :

– On a encore pas mal de temps avant le départ, qu'est-ce qu'on fait ?

Ma décision est vite prise.

– On pourrait aller voir encore un peu la mer…

Nous n'avons pas osé aller bien loin, prendre le tram, il n'en était pas question, le peu qui circulaient étaient surchargés, il y avait des gars accrochés par grappes autour des portes, nous sommes simplement allés près de la cathédrale, là où commencent les grands bassins, là où le port ressemble le plus à une usine, avec ses grues, ses treuils, ses appareils de levage, de réparation. Nous avons erré le long des grilles des docks comme deux émigrants cherchant à s'embarquer clandestinement.

Maurice a tendu la main devant lui.

– Par là, c'est l'Afrique.

Je fixe la direction comme si j'allais voir surgir des singes, un lion, une négresse à plateaux, des tam-tams, des danseurs masqués aux jupes de raphia.

– Et Menton, où c'est Menton ?

Il me désigne un point sur la gauche.

– C'est tout là-bas, près de l'Italie.

Je réfléchis et ajoute :

– Et l'adresse, tu as l'adresse ?

– Oui, on trouvera de toute façon, les salons de coiffure ne doivent pas être tellement nombreux.

– Et s'ils faisaient un autre métier ?

C'est au tour de Maurice de réfléchir. Il relève la tête.

– Pourquoi est-ce que tu compliques toujours tout ?

Ça, c'est le genre de remarque qui me coupe le souffle.

– C'est moi qui complique toujours tout ?

– Oui, parfaitement, c'est toi qui compliques toujours tout.

Je ricane.

– C'est moi qui me fais piquer mon béret peut-être ?

Il a un geste involontaire pour tâter si l'objet se trouve toujours bien vissé sur le sommet de son crâne.

– Et alors, c'est ma faute peut-être si elle me l'a fauché, la vieille ? T'avais qu'à aller le rechercher, toi qui causes bien.

– C'était pas mon béret, t'avais qu'à y aller toi-même si t'étais pas un dégonflé.

Nous nous engueulons une bonne minute avant de repartir d'un bon pas. Ce genre d'algarade nous a toujours fait du bien, c'est avec lui que nous avons entretenu nos liens fraternels, nous nous sommes toujours sentis mieux après.

Le jour baisse, il faut regagner la gare. C'est un omnibus, il s'arrête au moindre village, nous ne sommes pas encore arrivés.

Nous remontons les marches flanquées de statues épaisses et symboliques, et je me retourne avant de pénétrer dans le grand hall. Je sais déjà que la gare d'une ville n'est déjà plus la ville et qu'ici, à la gare Saint-Charles, je ne suis déjà plus tout à fait à Marseille. Marseille est là, elle a perdu ses couleurs avec la chute des heures, son brouhaha monte encore vers moi, troué de la plainte des trains, je sais que je ne l'oublierai pas, c'est une belle ville, une ville de soleil, de mer, de cinéma, de putes, de bateaux et de vol de béret.

Pipi aux w.-c. dans le sous-sol carrelé de la gare.

Les lieux sentent le chlore et mes galoches résonnent terriblement.

Je remonte et apparais entre les jambes de deux gendarmes qui bouchent l'entrée.

Ils ne m'ont pas vu, ils me tournent le dos.

Redescendre en sifflotant, mine de rien ? Non, surtout pas, ils m'auront entendu.

Je me faufile entre eux en prenant garde de ne pas les heurter.

– Pardon, excusez-moi…

Ils me laissent passer et je pars sagement à petits pas, avec cette allure à la fois réfléchie et primesautière du garçon qui n'a rien à se reprocher.

– Eh ! dis donc, où tu vas, toi ?

Je sens la sueur qui d'un coup me sort par tous les pores. Peut-être la chance vient-elle brusquement de tourner.

Je me tourne vers eux et reviens. Ils ont vraiment de sales gueules. J'en rencontrerai plus tard de suffisamment sympathiques pour dire que ces deux-là étaient de style bouledogue. Poliment, je lève mon béret.

Ce geste, et peut-être le fait que je me sois lavé les mains et le visage dans le lavabo des toilettes, le fait aussi que je me sois mis de l'eau sur les cheveux et repeigné en me faisant la raie droite, a pu jouer en ma faveur. Il y a des moments où il suffit de peu de chose pour que la vie continue ou qu'elle s'arrête.

– Je vais prendre le train.

Ils sont très grands, on dirait des jumeaux, ils ont les mains derrière le dos et oscillent sur leurs talons.

– Ça on s'en doute. Tu as des papiers ?

– Non, c'est papa qui les a.

– Où il est ton père ?

Je me retourne, il y a pas mal de monde dans le hall, à l'autre bout près du guichet des bagages.

– Là-bas, il s'occupe des valises.

Ils me regardent toujours. S'ils me demandent de les conduire jusqu'à lui, je suis foutu.

– Tu habites où ?

– A Marseille.

– Quelle adresse ?

– La Canebière, au-dessus du cinéma.

C'est drôle le mensonge, ça sort tout seul et très bien à condition de ne pas réfléchir trop avant, j'ai tout de suite envie d'en rajouter, je me sens capable de m'inventer toute une biographie. J'ajoute :

– C'est mon père qui est propriétaire du cinéma.

Je sais que s'ils ne m'arrêtent pas tout de suite, je vais leur raconter que nous possédons tout Marseille.

Ils n'ont pas l'air très impressionné mais tout de même la question suivante est formulée sur un autre ton.

– Tu vas souvent au cinéma alors ?

– Oui, à chaque nouveau film, en ce moment c'est *Le Baron de Munchausen*, c'est très beau.

Je n'aurais pas cru qu'ils soient capables de sourire. Ils y arrivent presque.

– Allez, file vite.

– Au revoir, messieurs.

Je remets mon béret et m'en vais. Je suis presque déçu que ce soit fini, mais attention, il ne s'agit pas qu'ils me suivent, il va falloir ruser.

Maurice est sur ma droite, assis sur un banc à l'extérieur de la salle d'attente. Je marche droit vers l'endroit où est censé se trouver mon père. Je louvoie entre les bagages et les groupes de voyageurs et manœuvre de façon que le wagon de queue du train fasse écran entre les deux pandores et moi.

Je n'ai fait aucun signe à mon frère qui n'a pas bougé. Il a dû comprendre que quelque chose n'allait pas.

Le mieux à faire est de rester pour l'instant le plus perdu au milieu de la foule sans toutefois donner l'impression de trop se cacher, il faut éviter également qu'on nous voie ensemble Maurice et moi. Je me mêle à des groupes et soudain je les vois qui viennent.

Mon cœur s'arrête de battre. J'aurais dû me douter que ces deux salauds n'allaient pas laisser les choses en suspens, moi qui étais si fier de leur avoir raconté des salades ! Il faut toujours se méfier : le moment où l'on croit être victorieux est toujours l'instant le plus dangereux.

Ils s'approchent, très lentement, leurs mains toujours derrière le dos.

Ils passent devant mon frère toujours assis à côté d'une brave dame. Le type à côté qui consulte le Chaix n'a pas plus de trente ans, il pourrait être mon père, il va donc l'être. Je prends un air joyeux et animé et lui demande l'heure.

Il a l'air surpris pour deux raisons : la première c'est qu'il y a une horloge de trois mètres de diamètre juste en face de nous, la deuxième c'est qu'il doit se demander pourquoi j'ai un si grand sourire pour lui poser une pareille question.

Il me contemple un instant, un peu narquois.

– Tu ne sais pas lire l'heure ?

J'émets un rire joyeux qui semble le surprendre encore plus. Il va me prendre pour un gosse complètement détraqué. Du coin de l'œil je constate que les gendarmes sont à notre hauteur à présent, mais à une dizaine de mètres, avec le brouhaha ambiant, ils ne peuvent pas entendre ce que nous disons.

– Si, bien sûr, je sais la lire !

– Eh bien, tu lèves les yeux et tu vas voir la pendule qui te renseignera aussi bien que moi.

Ils nous ont jeté un coup d'œil et sont passés. Le monsieur n'a jamais su que pendant quelques brèves secondes il avait été, pour deux gendarmes, propriétaire d'un grand cinéma dans le centre de Marseille et père d'un garçon de dix ans.

Je tourne un peu et soudain une main se pose sur mon épaule. Je sursaute, c'est Maurice.

– Qu'est-ce qui arrive ?

Je l'entraîne rapidement derrière une colonne et le mets au courant.

Il a l'air inquiet lui aussi. Il a de bonnes raisons pour cela.

– J'ai entendu des gens parler, il y a plein de contrôles dans la gare, dans la salle d'attente des deuxième classe, il y a plein de gens arrêtés, ils contrôlent tout le monde.

Nous nous regardons sans rien dire.

– Qu'est-ce qu'on fait ?

Il tripote les billets de train dans le fond de sa poche.

– On peut ressortir de la gare, mais on perd nos billets, ils ne sont valables que pour ce soir. Ça ne me tente pas tellement de rester à Marseille. Où dormir ? Trouver un hôtel est toujours possible, mais là aussi il doit y avoir des vérifications.

– Regarde sur ta gauche.

Je m'arrache à mes réflexions. C'est tout un régiment qui vient d'entrer, le gradé en tête a un képi cerclé de lignes dorées, c'est au moins un capitaine.

Maurice jure entre ses dents.

Le train que nous devons prendre n'est pas encore là, devant nous le quai est vide, les rails s'enfoncent dans le noir, ils se rejoignent tout là-bas, à l'endroit où la nuit est la plus épaisse.

L'idée me vient.

– Ecoute, si on suit la voie, on arrivera bien à une autre gare ?

Maurice secoue la tête.

– Non, on pourrait se faire écraser, et puis il y a des types qui travaillent, qui gardent les voies, on se ferait encore plus repérer.

Pendant que nous parlementons, les gendarmes se sont déployés et demandent leurs papiers aux gens qui attendent sur les quais. J'en vois qui pénètrent dans la salle d'attente. Cette fois, c'est la rafle, et on est dedans.

Le haut-parleur a annoncé au même moment l'arrivée de notre train. Il y a eu un instant de pagaille, les convois étaient rares et étaient surchargés, aussi les voyageurs avaient-ils pris l'habitude de se précipiter sur les rares places assises qui n'avaient pas été louées. Nous nous sommes mêlés au rush et avons foncé dans les premiers. La chance a été pour nous :

les contrôleurs n'avaient pas verrouillé les portières et nous avons pu grimper.

Dans le couloir, Maurice m'a dit :

– S'il y a un contrôle, on se faufile sous une banquette, ils ne viendront quand même pas nous chercher là.

Ce n'était pas sûr, mais il n'y en eut pas.

Avec plus d'une demi-heure de retard, le train s'est ébranlé et nous avons poussé un énorme soupir de soulagement, c'était la dernière étape.

Le voyage fut long, c'était un vrai tortillard, il y avait souvent des arrêts en pleine campagne, personne n'en connaissait la raison. Des cheminots marchaient sur le ballast le long de nos wagons et dans un demi-sommeil j'entendais leurs voix, leur accent, leurs imprécations.

Le jour s'est levé vers Cannes et j'ai dû m'endormir après. Maurice m'a réveillé et sans trop savoir comment, après avoir enjambé des corps dans le couloir, je me suis retrouvé sur une place, des palmiers balançaient leurs feuilles au-dessus de ma tête, c'étaient les premiers que je voyais si j'excepte les spécimens rabougris entr'aperçus un dimanche d'été où maman nous avait menés au jardin du Luxembourg.

Quatre mois à Menton.

La ville a changé, paraît-il, on a construit des gratte-ciel comme sur toute la côte, des résidences, de nouvelles plages jusqu'à la frontière italienne et au-delà. En ces mois de guerre, c'était encore une petite ville dont les Anglais avaient fait la richesse aidés de quelques milliardaires tuberculeux qui étaient venus finir leurs jours au soleil. Les grands palaces, le sanatorium, étaient occupés par l'état-major italien et un minimum de troupes qui menaient là une vie de farniente, se baignant l'été, baguenaudant l'hiver dans les rues, les jardins Biones et sur la promenade, devant l'ancien casino. J'étais un enfant turbulent mais la ville m'avait envoûté dès la première heure par son charme déjà désuet, ses arcades, ses églises italiennes, ses vieux escaliers et la vieille jetée du bout de laquelle on pouvait apercevoir la vieille ville et les montagnes plongeant dans la Méditerranée.

Nous nous sommes offert dès notre arrivée un repas assez consistant pour l'époque dans un petit restaurant près de la gare. La serveuse nous prit sous sa protection directe et nous refila les meilleurs morceaux de la cuisine.

Nous sommes sortis la tête un peu lourde et en avant pour retrouver nos frangins.

Le salon était un assez beau magasin faisant un angle le long d'une rue assez large qui mène au musée.

C'est Maurice qui l'a vu le premier. Il me pousse du coude.

– Regarde.

Malgré les reflets de la vitrine, je peux apercevoir l'intérieur. Ce grand type qui passe la tondeuse sur une nuque inclinée, c'est Henri, l'aîné.

Il n'a pas changé, un peu maigre peut-être, mais à peine. Il ne nous a pas vus.

– Allez viens, on entre.

La clochette au-dessus de la porte a retenti. Le deuxième garçon se retourne, la caissière nous regarde, les clients nous regardent dans les miroirs, tout le monde nous fixe, sauf Henri.

Nous restons debout, au milieu du salon.

La caissière intervient :

– Asseyez-vous, les enfants…

Henri daigne se retourner et reste la tondeuse à la main.

– Ho, fait-il, ho, ho, voilà les voyous.

Il se penche et nous embrasse. Il sent toujours aussi bon, la même odeur qu'autrefois.

– Asseyez-vous, j'en ai pour deux minutes.

Rapidement, il donne un coup de rasoir sous les pattes, un dernier coup de ciseaux égalisateur derrière une oreille, un coup de plumeau sur le col, un passage de glace super rapide et il enlève la serviette du cou de son patient.

– Vous m'excusez cinq minutes, madame Henriette ? Je dois m'occuper de ces deux-là.

La patronne acquiesce et nous sortons.

Il nous a pris la main et nous entraîne à grandes enjambées vers la vieille ville ; pendant le trajet que nous faisons en courant pour rester à sa hauteur, les questions fusent :

– Et les parents ? Comment vous êtes passés ? Vous êtes arrivés quand ? …

Nous répondons ensemble, j'arrive à demander :

– Et Albert ?

– C'est sa journée de repos, il est à la maison.

– C'est où votre maison ?

– Tu vas voir.

Nous montions vers l'église Saint-Michel à travers des rues tortueuses, des escaliers descendaient vers la mer, nous étions rue Longue, cela m'a rappelé Marseille et le vol du béret, là aussi il y avait du linge pendu aux fenêtres. Une petite arche joignait les deux côtés de la rue à hauteur du premier étage.

Presque sous l'arche, Henri est entré par une porte basse. Un escalier descendait, des marches raides et étroites.

– Ne faites pas de bruit, on va lui faire la surprise.

Il a fait tourner la clef dans la serrure et nous nous sommes trouvés dans une petite salle à manger meublée d'un grand buffet provençal, d'une table ronde et de trois chaises. Par l'entrebâillement de la porte de la chambre, nous avons aperçu Albert qui lisait sur son lit.

– Je t'amène des invités.

Albert s'est étonné :

– Qu'est-ce que tu fais là ? Tu n'es pas au salon ?

– Devine qui est là ?

Albert n'est pas d'un naturel patient. Il a sauté sur ses pieds et est rentré dans la salle.

– Ho, ho, a-t-il dit, voilà les voyous.

Nous lui avons sauté au cou, nous étions tous contents, la famille se reformait.

Ils nous ont servi de la limonade, du pain et du chocolat et comme je m'étonnais d'un luxe aussi rarissime, Henri a expliqué qu'il était possible avec un peu d'astuce de se débrouiller.

Nous avons raconté nos aventures depuis le début, ils ne se lassaient pas de nous entendre et les cinq minutes d'Henri sont devenues une bonne heure de coiffeur. Ils nous ont raconté aussi comment ça s'était passé pour eux. Il y avait eu un contrôle de la gendarmerie allemande dans le train et un jeune type, très maigre, avait présenté ses papiers en premier, tout souriant, l'innocence et la bonhomie incarnées.

L'Allemand avait lu en épelant avec difficulté :

– Rauschen...

Gentiment, le type l'avait aidé :

– Rauschenberger. Simon Rauschenberger.

Le gendarme avait tiqué :

– Vous êtes français ?

Le gentil jeune homme souriant avait opiné du chef.

– De Paris, XIVᵉ arrondissement, rue d'Alésia.

L'Allemand s'était gratté le menton, perplexe.

– Quelle religion ?

Rauschenberger avait toussoté discrètement.

– Catholique bien sûr, mais attention…

Il avait levé un doigt sacerdotal.

– Catholique orthodoxe !

Nettement traumatisé, le gendarme avait rendu les papiers. Henri et Albert avaient suivi dans la foulée.

– C'est pas tout ça, a dit Albert, mais il va falloir loger ces jeunes gens.

– En attendant mieux, on va vous mettre un matelas dans la salle à manger, il y a des draps et des couvertures dans l'armoire, vous serez comme des rois et c'est vous qui ferez votre lit.

Henri est retourné à son travail et Albert nous a fait chauffer de l'eau dans la cuisine, une grande bassine dans laquelle nous nous sommes lavés avec un savon noir, une pâte gluante dans une boîte de fer, ça ne sentait pas la rose mais ça décrassait admirablement bien, j'en avais plus que besoin, le dernier bain était loin.

Nous avons mis du linge propre qui avait été un peu froissé dans nos musettes et jamais je ne me suis senti plus léger.

– A présent, a dit Albert, vous allez faire les commissions : voilà de l'argent et une liste de choses à acheter, ce soir, on fait la fête.

Nous nous sommes retrouvés avec chacun un filet à provisions, nous avons dévalé les escaliers, traversé la rue et bondi sur la plage des Sablettes, au pied de la vieille ville.

Le sable était dur, ce n'était pas bien grand mais il n'y avait personne, quelques bateaux de pêche aux filets suspendus et les vaguelettes à peine clapotantes. Nous avons couru, sauté, dansé, crié, nous étions ivres de joie et de liberté. Cette fois-ci, ça y était, nous l'avions retrouvée, cette sacrée liberté.

Les cheveux et les chaussures pleins de sable, nous avons fini par nous écrouler à plat ventre, nous nous sommes ensuite baignés un peu et avons quitté l'endroit à regret.

Sur des placettes, des pêcheurs jouaient aux boules en s'invectivant dans le patois du pays qui ressemblait à de l'italien.

Dans les magasins, on nous demanda notre nom plusieurs fois et Maurice répondait : « On est les frères d'Henri et d'Albert. » Les difficultés s'aplanissaient aussitôt, tout le monde semblait les connaître et le boucher nous délivra sans le moindre ticket une entrecôte monstrueuse, l'épicière nous donna quatre kilos de pommes de terre, six œufs, une salade et cent grammes de farine tamisée.

Décidément mes frangins avaient l'air de savoir se défendre.

Chargés comme des mules nous sommes rentrés.

– Aux pluches, les frères Joffo !

Un couteau à la main nous nous sommes installés dans la cuisine et je fus stupéfait, par la fenêtre nous surplombions la mer, nous étions au moins au cinquième étage !

Descendre des escaliers pour rentrer chez soi et se retrouver au cinquième, voilà qui était magique.

Tous les trois nous avons préparé le festin, quand Henri est arrivé avec une bouteille de vin, la table était mise, les pommes de terre rissolaient dans la poêle et je ne me sentais plus, j'avais l'impression que la salive allait me couler sur le menton.

Je ne me souviens plus du repas, Albert nous avait servi, à Maurice et à moi, un demi-verre de vin pour arroser l'arrivée et c'est cela qui a dû m'achever. Après le fromage (10 % de matière grasse, c'était quand même autre chose), j'entendis Maurice parler de l'étoile jaune, du curé de Dax, des gendarmes de Marseille et je m'endormis sur la table, la tête sur mes avant-bras.

Je dormis dix-sept heures d'un coup.

Les trois jours qui suivirent furent admirables.

Henri et Albert partaient tôt le matin, nous nous levions vers neuf heures et après déjeuner nous allions faire une partie de ballon sur la plage. Les ballons étaient plus que rares à l'époque. C'était la logeuse qui nous l'avait prêté et mon amour du football date de ce moment. Maurice était goal. Nous délimitions les buts avec nos manteaux et je shootais à perdre haleine, hurlant de triomphe lorsqu'il n'arrivait pas à bloquer le ballon.

Nous avions toute la plage pour nous, de rares passants nous regardaient du haut du parapet.

Nous faisions les courses, une cuisine rapide pour nous deux car Henri et Albert mangeaient avec leurs employeurs. J'étais le spécialiste des pâtes. Cuites à l'eau avec un petit morceau de margarine, du sel, je tartinais le dessus du plat avec de la cancoillotte qui remplaçait le gruyère et que l'on trouvait assez facilement dans les épiceries et je passais le tout au four pour faire gratiner, c'était un régal.

L'après-midi, nous partions à la découverte et le champ de nos investigations s'agrandissait sans cesse. Dès le deuxième jour, à mi-flanc de la baie de Garavan, nous découvrîmes une immense villa aux volets clos. Une longue clôture l'entourait et à travers les grilles que condamnait une lourde chaîne, on pouvait voir un jardin très touffu qui était une forêt vierge. Tarzan devait rôder là-dedans et je m'étonnais de ne pas le voir surgir, bondissant de branche en branche.

L'endroit était désert. Les propriétaires devaient être loin, la guerre les avait peut-être fait fuir, peut-être étaient-ils morts, en tout cas, ils n'étaient pas là.

En nous aidant des basses branches d'un poirier et après une courte échelle, nous étions au cœur du paradis.

Il y avait des statues que les plantes grimpantes masquaient à demi et surtout une piscine vide carrelée en jaune dont les parois étaient recouvertes de mousse. Nous avons joué tout un après-midi là-dedans, escaladant les socles, nous mesurant en des duels interminables et six heures ont sonné à Saint-Michel.

Nous sommes rentrés à fond de train car il était entendu que nous devions mettre la table chaque soir et ranger l'appartement.

Après le souper vite expédié, nous sommes allés nous coucher. A peine au lit, Maurice a attaqué :

– Ecoute, Jo, on se marre bien, d'accord, mais tu crois pas qu'on pourrait essayer de gagner un peu d'argent ?

Il désigna la chambre de nos deux frères et ajouta :

– Ça les aiderait un peu.

Ils gagnaient bien leur vie, c'était évident, mais deux bouches de plus cela comptait, surtout que l'appétit était bon. Maurice leur avait donné le reliquat des vingt mille francs, mais il avait raison, nous ne pouvions pas nous faire entretenir jusqu'à la fin de la guerre. Et puis, il y avait autre chose : depuis notre départ de Paris, nous avions pris l'habitude de ne compter que sur nous-mêmes : nous venions de découvrir le plaisir de nous débrouiller, enfants, dans un monde d'adultes.

Je ne pense pas que notre décision de travailler vînt d'un particulier sentiment de scrupule, simplement, gagner notre vie à notre âge était devenu un jeu suprême, plus intéressant au fond que nos parties de ballon sur la plage ou que nos vagabondages dans les villas désertées.

Un peu après quatre heures et demie, nous rencontrions quelquefois des gosses de notre âge. Nous avons eu droit à quelques : « Parisiens, têtes de chien, Parigots, têtes de veau », mais aux alentours de dix ans, la possession d'un ballon arrange bien des choses.

Au bout de quelques jours, j'avais fait copain avec un Mentonnais de mon âge qui se prénommait Virgilio et qui habitait une maison vétuste de la rue Bréa.

Après quelques parties d'osselets devant sa porte, il me confia que pendant les vacances il allait garder les vaches dans une ferme de la montagne au-dessus de Sainte-Agnès. Ce n'était pas trop mal payé, le patron était gentil, mais il ne pouvait faire ce travail que lorsqu'il n'allait pas à l'école.

Je décidai d'en parler à Maurice le soir même, tout fier d'avoir déjà un projet et je le rencontrai dans la rue Longue, un grand tablier bleu serré autour de la taille, les cheveux et les sourcils gris de farine. Cet animal m'avait grillé sur le poteau et travaillait déjà chez le boulanger du bas de la rue.

J'empruntai de l'argent à Henri et le lendemain à huit heures, je me rendis sur la place du marché et je pris le car pour Sainte-Agnès.

Le front contre la vitre, je vis la mer s'enfoncer tandis que le véhicule ferraillait, crachant la fumée de son gazogène, montait la route en lacet à quinze kilomètres de moyenne. Le village était à moitié abandonné. C'était un petit bourg typiquement provençal, un de ceux que l'on voit sur les cartes postales et qui attirent le touriste amateur de vieilles pierres.

Dans les ruelles encore plus tortueuses que celles du vieux Menton, je rencontrai un vieillard qui poussait un âne minuscule chargé de bois mort et lui demandai le chemin de la ferme de M. Viale, c'était le nom que m'avait donné Virgilio.

Il m'expliqua avec beaucoup de peine et je me retrouvai en train de suivre un sentier à flanc de colline, totalement perdu dans un décor grandiose de rochers, d'escarpements et de ravins.

J'avais avec moi mon inséparable musette et tout en gravissant les pentes de plus en plus abruptes, je mordais dans une demi-galette que Maurice avait ramenée la veille de sa boulangerie. Il était en passe de ravitailler la famille en pain, farine et gâteaux. Je me promettais personnellement de ramener dès ma première descente ma part en lait, beurre, fromage, tout ce qu'il était humainement possible de récupérer dans une ferme.

Il était évident que je ne pourrais pas descendre très souvent, Virgilio m'avait prévenu que si le père Viale m'embauchait, je coucherais dans une petite chambre dont un des murs était formé par un pan de montagne et ce ne serait pas le confort, mais cela n'était pas pour m'arrêter, bien au contraire.

Les montagnes s'écartèrent et j'eus bientôt devant moi une plaine qui allait en s'élargissant. Les cultures en terrasses descendaient jusqu'à la vallée et après deux ou trois kilomètres de marche dans une totale solitude, je découvris les bâtiments.

Il y avait un vieux mas au centre, aux tuiles romaines que les années de soleil avaient jaunies, mais le propriétaire avait construit sur le côté une maison plus haute qui rappelait davantage le pavillon de banlieue entre Saint-Denis et Pierrefitte que la construction méridionale. Il y avait aussi des hangars de parpaings et tôle ondulée qui devaient servir de grange et d'entrepôts.

J'avançai avec précaution car je me méfiais des chiens, mais je pus pénétrer dans la cour sans qu'aucun d'entre eux surgît.

J'allai jusqu'à la porte du pavillon de banlieue et je frappai.

Ce fut Mme Viale qui vint m'ouvrir.

Bien que je fusse très jeune, ce nouveau personnage me frappa tout de suite par son incongruité. Plus tard, en me rappelant cette femme, je me rends compte pourquoi elle m'avait si fort étonné sans que je comprenne vraiment le pourquoi de la chose. Elle avait appartenu à la grande société parisienne, elle me raconta plusieurs fois que ses parents habitaient le faubourg Saint-Germain, son père était membre du corps diplomatique. Elle avait appris le golf, le cheval, la broderie, le piano et le clavecin et passait de longues heures à lire les bons auteurs dans sa chambre somptueuse tendue de reps et de lourdes tentures damassées en buvant du chocolat chaud.

A vingt-deux ans, bien que fort courtisée, elle n'avait pas encore fait son choix parmi les nombreux candidats qui se proposaient à partager sa vie et au cours de l'hiver 1927, elle commença à toussoter. Ayant eu une crise assez violente en buvant son café chez Lasserre, crise qui laissa une trace brunâtre dans un fin mouchoir de mousseline qu'elle avait porté à sa bouche pour étouffer sa toux, sa mère la fit consulter et il apparut que le poumon gauche commençait à se voiler.

Il n'y avait pas trente-six possibilités pour une jeune personne de son rang social dans un cas semblable : elle partit pour Menton.

Sa mère l'installa dans une villa à l'écart de la ville et du sanatorium où se morfondaient les gens du commun, et elle vécut là en compagnie d'une demoiselle de compagnie et d'une cuisinière.

La demoiselle de compagnie avait dix-sept ans, la cuisinière soixante-quatre.

Au bout de quelques mois, retapée par le grand air, elle commença à faire des promenades dans la campagne, armée d'un bâton qui lui servait de canne.

Par un jour de printemps de 1928, elle suivit un sentier plus dangereux qu'un autre et se tordit une cheville. Elle resta trois heures assise sur un rocher, elle pensa qu'il ne passerait jamais personne, qu'on ne la retrouverait pas et qu'elle allait mourir d'une insolation malgré sa capeline. Elle commençait à attendre l'arrivée des vautours lorsqu'un pas sonna dans les cailloux : M. Viale, propriétaire récoltant, regagnait sa ferme.

Il avait une trentaine d'années, une moustache à la Clark Gable en plus fourni, il prit la jeune fille dans ses bras et la porta chez lui.

Quatorze ans après, elle n'en était pas ressortie.

Ce fut un scandale affreux, ils se marièrent trois mois plus tard à la mairie de Gorbio car Viale était libre penseur et la famille rompit les ponts.

Elle se fit magnifiquement à son nouveau statut de fermière, donnant du grain, changeant la paille, bûchant, sarclant, semant, faisant toutes ses actions avec la distinction et l'élégance qui sont le résultat d'une exceptionnelle éducation.

Elle me raconta cette histoire environ quatre fois pendant la première semaine que je passai là-haut. Tout en donnant à manger aux poules, elle écoutait une pièce de Haendel, Bach ou Mozart qu'elle se faisait passer sur un phonographe à aiguille en poussant la puissance au maximum. Dans sa chambre il y avait des piles de 78 tours, enveloppés dans des pochettes grises trouées d'un large cercle central pour que l'on puisse voir sur le disque le titre du morceau. Elle lisait également beaucoup et elle me prêta les œuvres complètes d'Anatole France pour qui elle avait une prédilection. Elle m'avoua également lire Pierre Loti de temps en temps, mais elle considérait cela comme une récréation coupable à laquelle elle succombait quelquefois, un peu comme un membre de l'Institut qui dévore en cachette des séries noires.

Avant que Viale n'arrive, je savais déjà que je resterais et que mon travail essentiel ne serait pas de polir les stalles des rares bêtes restantes, ni d'enlever les herbes qui poussent après la pluie au pied des ceps de vigne, mais d'écouter parler la maîtresse de maison, le derrière sur un pouf et une tasse de thé à la main.

Lorsque le maître entra, je lui expliquai que j'avais rencontré Virgilio, que je voulais travailler, faire toutes les besognes qu'il me dirait, etc.

Il accepta tout de suite, je pense aujourd'hui que c'était davantage pour faire plaisir à sa femme que pour l'aider aux travaux des champs. Je n'étais ni gros ni gras et même en gonflant la poitrine, je ne dus pas l'impressionner beaucoup. Mais l'essentiel était atteint : je fus engagé, et le soir même je couchai dans la petite chambre que m'avait décrite Virgilio. Le salaire était fixé, je m'endormis heureux comme un roi : je travaillais, je n'étais plus à la charge de mes frères, je gagnais de l'argent. Ce n'était pas encore la saison des gros travaux et je partais le matin avec mon patron pour « bricoler » comme il disait. Nous relevions des murets de pierre sèche et je devais tenir un fil à plomb; je me souviens également que je tournais le mortier et l'apportais à M. Viale qui colmatait des brèches dans le mur du mas, juché sur une échelle. Je passai deux matinées à rincer des bouteilles avec un écouvillon, mes mains recouvertes de gants de caoutchouc trop grands pour moi et qui m'arrivaient jusqu'aux coudes. Je n'avais jamais vu tant de bouteilles de ma vie, la cave en était pleine.

Je mangeais avec eux et Mme Viale m'entreprenait sur quelques détails de sa vie passée, sa visite à l'exposition de Bagatelle en juillet 1924, son entrée dans le monde, sa première valse viennoise avec un officier italien, etc.

Viale l'écoutait en fumant sa pipe puis se levait.

Je me dressais sur mon siège pour le suivre mais il m'arrêtait d'un geste.

— Repose-toi un peu, tu as bien travaillé ce matin.

Je n'osais pas lui dire que j'aurais préféré me trouver avec lui dans les champs ou à réparer la toiture du hangar plutôt que d'écouter le récit de la société mondaine de l'entre-deux-guerres, mais j'avais bien senti que cela aussi faisait partie de mon travail, c'était une connivence entre lui et moi.

Dix jours passèrent ainsi entre les poules, les canards, le mortier, Anatole France et les récits sempiternels de ma chère patronne. Je mangeais fort bien et j'avais oublié la guerre. Mes employeurs n'avaient pas l'air de s'en préoccuper outre mesure. Lui pensait que cela ne servait à rien d'en parler, elle considérait que la guerre était une chose un peu malséante, faite par des gens assez épais, facilement triviaux, et que les personnes de goût avaient d'autres sujets de conversation.

Un soir, après la soupe, une soupe épaisse où les légumes

entiers mélangés avec de longs macaronis vous tombaient sur l'estomac comme un ciment brûlant, je demandai à Viale si je pourrais descendre en ville le lendemain qui était un lundi, voir mes frères. Je partirais au car du matin et serais de retour vers cinq heures.

Il n'y vit aucun inconvénient et tandis que sa femme faisait avec moi une partie d'échecs auxquels elle m'avait initié, il déposa une enveloppe sur la table : ma paye.

Je descendis le lendemain comme prévu avec, en plus de mes sous, des œufs enveloppés de papier journal dans une boîte à chaussures ainsi qu'un bon kilo de lard maigre, inestimables trésors, je voyais déjà l'omelette monstrueuse que nous nous ferions Maurice et moi pour midi.

Je remerciai et partis pour Sainte-Agnès. Je me souviens m'être retourné vers la ferme perdue au creux de la vallée, cernée de montagnes, cette ferme où une vie s'était construite, heureuse au fond, bien que différente de ce qu'elle aurait dû être. Je vis Mme Viale traverser la cour, elle avait la dimension d'un soldat de plomb, et je pensais qu'il serait bon de vivre là jusqu'au retour de la paix, ici j'étais à l'abri de tout, je n'avais plus qu'à attendre.

Cela m'aurait causé une douleur profonde si, en cet instant, j'avais su que je ne reviendrais jamais à la maison des Viale et que je ne devais plus les revoir.

J'étais sûr, le lundi, de les trouver à la maison. C'était le jour de fermeture obligatoire des magasins et ils devaient traînailler un peu au lit. Peut-être Maurice était-il descendu et jouait-il sur la plage.

En descendant du car devant la fontaine, sur la place du marché, les pieds me démangeaient de taper dans le ballon et de lui enfiler quelques buts. Je remontai donc la rue de Paris à toute allure tout en maintenant ma musette contre moi pour ne pas casser les œufs et je remontai la rue Longue. La porte de la maison était ouverte, je poussai celle de notre appartement.

Contrairement à ce que j'avais imaginé, ils étaient tous debout, Albert et Maurice étaient en pyjama et prenaient leur déjeuner. Henri finissait de boire son café près de la fenêtre, il avait un costume bleu foncé, une chemise blanche, une cravate et une valise fermée attendait sur un coin de la table.

Avant d'avoir refermé la porte, je savais que quelque chose venait d'arriver.

Nous nous embrassâmes et Albert me traita de péquenot avec un entrain forcé. Tout de suite je posai la question :

– Qu'est-ce qui arrive ?

Aucun ne me répondit et Maurice me servit un bol de café au lait écrémé sans desserrer les dents. Henri avait les traits crispés de l'homme qui n'a pas dormi de la nuit et entreprit de me mettre au courant.

– On a reçu de mauvaises nouvelles.

Il y avait une lettre sur le buffet avec des tas de tampons dont la plupart représentaient un aigle.

J'avalai ma salive.

– Des parents ?

Albert inclina la tête.

– Autant que tu le saches tout de suite, ils ont été arrêtés.

J'avais tout oublié ces derniers jours, j'avais vécu dans mes montagnes, loin des hommes, avec une vieille dame qui contait de belles histoires et un brave homme de fermier, et cela avait suffi pour que tout le reste disparaisse ; brusquement, je replongeais dans la réalité et cela me donnait subitement un goût amer dans la bouche. Je parvins à balbutier :

– Comment ça s'est passé ?

Henri reprit la parole et m'expliqua l'essentiel. Papa et maman avaient quitté Paris, la situation pour les Juifs empirant de jour en jour, il y avait eu une rafle monstre dans le quartier, un soir, et ils y avaient échappé de justesse. Ils avaient tout quitté, avaient pris des cars les uns après les autres car les trains étaient devenus impraticables pour les gens sans ausweiss et ils étaient finalement arrivés près de Pau, complètement épuisés. Ils étaient parvenus à franchir la linge de démarcation après beaucoup de péripéties mais là, ils avaient été pris par les autorités de Vichy et enfermés dans un camp. Ils avaient pu faire passer une lettre que mes frères venaient de recevoir.

Ce qu'Henri ne m'apprit pas ce jour-là, c'est que le camp où ils étaient retenus était un camp de transit d'où, tous les jours, des convois partaient afin d'assigner ces prisonniers à des résidences forcées.

Je lus la lettre, c'était papa qui l'avait écrite, maman avait ajouté simplement une ligne après la signature de mon père : « Je vous embrasse tous. Courage. »

Ils ne se plaignaient pas, mon père n'avait pas dû avoir beaucoup de temps pour la rédiger. Il disait sur la fin : « Si vous rencontrez les voyous, mettez-les à l'école, c'est très important, je compte sur vous pour cela. »

Je levai les yeux sur mes frères.

— Qu'est-ce qu'il faut faire ?

Henri montra sa valise :

— Eh bien, tu vois, j'y vais.

Je ne comprenais pas.

— Mais si tu vas là-bas, ils vont te prendre aussi, s'ils savent qu'ils sont juifs, ils sauront que tu l'es aussi et ils vont te garder.

Albert eut un pauvre sourire.

— Tu as un peu la même réaction que moi hier, mais on en a parlé une bonne partie de la nuit et finalement on est tombés d'accord sur un point, c'est qu'il y a toujours quelque chose à tenter.

Il joue avec sa cuillère, cherchant à la faire tenir en équilibre sur le rebord du bol.

— Je reviens le plus vite possible, dit Henri, pendant ce temps Albert continue au salon et dès cet après-midi, il ira vous inscrire à l'école tous les deux, c'est bien d'avoir travaillé mais j'ai peut-être eu tort de ne pas m'être assez occupé de vous. Papa a beaucoup d'ennuis mais il y a pensé, alors vous allez faire ce qu'il vous a dit et travailler correctement. D'accord ?

Maurice et moi ne l'étions pas trop pourtant, mais il n'était pas question de refuser.

— D'accord.

Dix minutes après, Henri était parti.

Le midi nous avons fait une superbe omelette au lard, Albert s'extasia sur ma paye, sur tout ce que j'avais rapporté mais le cœur n'y était pas.

A treize heures trente, nous pénétrions dans la cour de l'école et Albert demanda à voir le directeur.

Il demanda à voir nos carnets scolaires et c'est avec soulagement que je pensai qu'ils devaient dormir bien à l'abri sous des piles d'autres dans une armoire de l'école primaire de la rue Ferdinand-Flocon, Paris XVIIIe à plus de mille kilomètres de là. Nous attendions bras croisés la fin de tous ces palabres avec au cœur l'espoir secret que sans papiers, sans carnets, il était absolument impossible de nous inscrire. Je ne comprenais pas tout ce qui se disait mais les difficultés semblaient absolument insurmontables.

Enfin, après maintes tergiversations, le directeur, un homme au type méridional très prononcé, avec un gros chronomètre qui recouvrait son poignet et qui me fascinait particulièrement, se renversa sur sa chaise avec un soupir d'asthmatique.

Il nous toisa, Maurice et moi, subodorant en nous les crapules possibles et dit :

– Eh bien, c'est d'accord, ils peuvent gagner leurs nouvelles classes, je vais les conduire à leurs nouveaux maîtres.

Maurice devint vert. Je devais avoir la même couleur.

– Tout de suite ? bégaya-t-il.

Le directeur fronça les sourcils, cette question devait représenter pour lui le premier acte d'insubordination notoire. Notre visible manque d'enthousiasme était une offense et un manquement caractérisé.

– Evidemment tout de suite, dit-il avec sévérité.

Albert eut pitié de nous.

– Je vous les amènerai demain matin, je dois leur acheter des cartables et des cahiers.

Le directeur pinça les lèvres.

– N'oubliez pas l'ardoise également, elle leur sera utile. L'école fournit les livres.

Nous quittâmes le bureau en saluant avec respect.

On entendait dans la cour le murmure d'une voix qui annonçait une récitation. Je retrouvais l'ambiance.

Maurice ne décolérait pas.

– Quelle vache ce type, t'as vu comme il a voulu nous embaucher sur le coup, sans nous laisser souffler ?

Albert riait.

– J'ai l'impression que vous avez intérêt à vous tenir à carreau avec lui, je suis sûr qu'il vous a déjà à l'œil.

Grâce à des connaissances qu'il avait faites au salon, il avait pu se procurer des tickets de textile et le dernier espoir s'envola : je me retrouvai devant une glace miteuse dans l'arrière-boutique d'un tailleur avec la livrée d'infamie : un nouveau tablier noir à fin liséré rouge. Maurice avait le même dans la taille au-dessus.

Le cartable suivit, avec la trousse et deux cahiers. Il n'y avait plus à reculer, on était parés pour les études.

Albert nous abandonna pour aller voir des amis et après avoir déposé nos achats, nous allâmes shooter tristement dans le ballon.

Cela ne nous amusa guère et nous fîmes une poursuite sur les blocs de la jetée jusqu'à la promenade devant le casino fermé depuis le début des hostilités et dont la peinture commençait à s'écailler.

Maurice me raconta son métier de boulanger, je lui expliquai comment on faisait le mortier et comment on s'y prenait pour laver le plus rapidement possible des milliers de bouteilles, tout cela fut mélancolique.

De plus, sans que nous en parlions ni l'un ni l'autre, la pensée des parents ne nous quittait pas. Ce n'était pas ce soir ni demain que papa entrerait pour nous raconter des histoires de pogrome à faire dresser les cheveux sur la tête, il était en train d'en vivre un, le plus important que l'histoire ait jamais connu.

Nous fîmes, le soir, une autre omelette, avec des pommes de terre cette fois et Albert voulut que nous nous couchions de bonne heure.

A huit heures, il éteignit la lumière en proclamant :

– Demain, l'école !

Je m'endormis avec peine. Normalement, j'aurais dû à cette heure me trouver dans ma ferme en train de jouer aux échecs avec Mme Viale, décidément les temps étaient troublés, on ne pouvait plus être sûr de rien.

Mon maître se révéla être une maîtresse.

Il faut dire que tous les hommes étaient partis à la guerre, se trouvaient pour la plupart être prisonniers et il ne restait plus que des institutrices ou des retraités que l'on avait rembauchés pour éduquer les jeunes Français des années d'occupation. Maurice avait hérité d'un très vieux monsieur à barbiche qui s'était retiré depuis un grand nombre d'années et qui tentait trois cents fois par jour d'imposer le silence à une meute déchaînée de trente-cinq élèves au milieu d'une atmosphère obscurcie par les boulettes.

Mon frère me racontait des histoires chaque soir qui donnaient à penser qu'il participait à la mêlée, il fabriquait des avions compliqués, des cocottes, recommençait à truster les billes et n'apprenait strictement rien.

Je n'avais pas sa chance, mais notre maîtresse était jeune, je la trouvais jolie, sympathique et sans m'en apercevoir je travaillais assez bien.

Le gouvernement de Vichy, ayant jugé que les enfants de France pouvaient souffrir des privations, distribuait à quatre heures des biscuits vitaminés qui donnaient lieu à d'infinies et complexes tractations. Pour les plus chétifs, l'infirmière préposée à l'établissement arrivait sur le coup de dix heures et distribuait des pastilles acidulées super-vitaminées et des cuillerées d'huile de foie de morue. Au même moment, dans la France entière, occupée ou non, tous les écoliers de six à quatorze ans avalaient la purge avec la même grimace.

Comme j'étais privé de bonbon, j'échangeais régulièrement avec mon voisin qui lui, pesant moins que moi, y avait droit, quatre billes contre sa pilule super-vitaminée. Je regagnais après mes billes à la récréation, car je tirais de mieux en mieux et on commençait à se méfier des frères Joffo qui s'étaient taillé rapidement une renommée de pointeurs d'envergure, ce qui est toujours apprécié dans un pays où règne la pétanque.

Maurice avait recours à toutes les ruses, il perdait jusqu'à dix parties d'affilée afin de faire croire qu'il n'était plus bon à rien mais malgré cela, il n'arrivait pas à appâter le client éventuel.

J'avais retrouvé Virgilio et nous devînmes vraiment des copains, nous nous arrêtions toujours devant chez lui après la classe et poursuivions jusqu'à la nuit de très longues parties d'osselets qu'il préférait de très loin aux billes et auxquels il jouait toute l'année scolaire ce qui est exceptionnel dans les milieux écoliers où l'on aime changer les jeux suivant les mois et les saisons.

Les jours passaient, cela était moins dur que je ne l'aurais cru, mais nous n'avions toujours pas de nouvelles de mon frère.

Chaque soir, car nous mangions à la cantine, je jetais un œil dans la vieille boîte aux lettres posée de guingois contre la porte mais il n'y avait pas la moindre trace de lettres, et cela faisait huit jours qu'Henri était parti.

Albert devenait de plus en plus nerveux, je m'en apercevais à des tas de petits gestes, il avait fumé sa décade de tabac en deux jours et je sentais qu'il se faisait un sang d'encre.

Fort de son principe qui était qu'il y a toujours quelque chose à essayer alors qu'il semble qu'il n'y ait plus rien à faire, il nous annonça un soir que si nous n'avions pas de nouvelles avant la fin de la semaine (nous étions un jeudi) il partirait à son tour lundi matin… Il nous laisserait de l'argent et nous nous débrouillerions.

Si au bout d'une dizaine de jours il n'était pas rentré à son tour, il nous faudrait quitter Menton et nous rendre à un petit bled du Massif Central où se trouvait une de nos grandes sœurs qui se cachait là-bas depuis plus longtemps que nous.

– Vous avez bien compris ?

Moi j'avais surtout compris que nous nous étions séparés, retrouvés, puis qu'une nouvelle séparation commençait, nous n'en finirions jamais.

La lampe jetait sur la table un cercle précis et nos trois visages restaient dans l'ombre, seules nos mains immobiles vivaient dans la lumière.

J'avais fini mes devoirs et je repoussai mon assiette pour prendre mon livre de géographie. J'avais une leçon à apprendre sur la houille blanche et il me fallait savoir le résumé par cœur pour le lendemain matin.

Maurice se leva sans un mot et empila les couverts sur l'évier, c'était son tour de faire la vaisselle.

Comme il tournait le robinet d'eau, une clef tinta dans la serrure et Henri fut là, le visage rayonnant. Albert devint tout pâle.

– Alors ?

– Ils sont libres.

Il n'y avait pas eu d'intervalle entre la question et la réponse. Henri posa sa valise et enleva sa cravate comme un héros de série noire et renifla l'odeur d'omelette qui flottait encore.

– Vous vous ennuyez pas pendant que je cours la France à la recherche de nos chers parents…

Il restait un dernier œuf et Albert le fit cuire tandis qu'il commençait à raconter. Il avait enlevé ses chaussures et remuait ses orteils dans ses chaussettes.

C'était toute une histoire qu'il nous raconta durant le restant de la soirée, nous nous couchâmes fort tard pour une fois.

Dès son arrivée à Pau, il s'était renseigné sur l'emplacement du camp qu'il avait facilement trouvé. C'était au stadium de la cité que les familles juives étaient parquées. Elles arrivaient par milliers. Des tentes abritaient les détenus. Des gendarmes surveillaient. Aucun visiteur n'était admis. Il fallait obtenir une audience du chef de camp. Il ne les accordait pratiquement jamais. Cette décision avait aussi des motivations économiques car l'affluence des nouveaux venus pouvait perturber exagérément le cours des denrées alimentaires dans la ville. A deux cents mètres de l'entrée il y avait une buvette où les gendarmes venaient avant de prendre la garde boire des cafés dans lesquels le patron versait une bonne dose de tord-boyaux en échange d'un billet supplémentaire glissé à la faveur d'un serrement de main.

Henri assez désemparé buvait au comptoir et avait réussi à lier conversation avec un gendarme qui lui avait recommandé de rebrousser chemin. Henri avait dit que ses parents avaient été arrêtés par erreur, qu'ils étaient des gens modestes, qu'ils n'avaient jamais fait de politique, n'étaient pas juifs et que son père venait le rejoindre pour l'aider à couper les cheveux dans le salon de coiffure où il était employé. Le gendarme avait compati, était parti et Henri était sur le point de vider les lieux à son tour lorsque l'autre était revenu avec un sergent qui lui avait tendu une paire de ciseaux.

– Ça ne vous dérange pas de me rafraîchir un peu ? Je suis de service et je n'ai pas le temps d'aller à Pau et le capitaine est terrible pour les cheveux trop longs, je ne voudrais pas me faire sucrer ma perm. François m'a dit que vous étiez coiffeur…

Finalement, ils s'étaient retrouvés dans le fond de la buvette, le sergent a mis une serviette autour de son cou, et

Henri avec les ciseaux, le rasoir emprunté au patron et de l'eau de percolateur lui avait fait la plus belle coupe de sa vie.

Tout le monde était ravi, Henri refuse d'être payé mais demande au sergent d'intercéder auprès du colonel commandant le camp pour que celui-ci accepte de le recevoir.

Le sergent hésite un moment et finit par dire : « Je ne vous promets rien mais soyez à la porte demain matin à dix heures, je verrai ce que je peux faire. » Il laissa son nom et il passa la nuit dans un hôtel proche du château qui entre parenthèses était bourré de cancrelats.

A dix heures, il se présentait au poste de garde, il se fit refouler une première fois par les sentinelles, revint à la charge, craignit un instant de se faire enfermer avec les prisonniers et aperçut enfin son sergent de la veille qui arrivait à petits pas par l'allée centrale, entre les baraques dont chacune portait un grand numéro peint au goudron.

Le sergent le fit entrer et l'entraîna vers un bâtiment en parpaings à l'écart des autres. Sur le chemin il lui dit en substance :

– Il veut bien vous recevoir mais faites gaffe, il n'est pas à prendre avec des pincettes. Il est toujours un peu comme ça, mais aujourd'hui, c'est pire.

Henri remercia, frappa, entra dans un premier bureau où il attendit dix minutes, dans un deuxième où il attendit vingt minutes et finalement dans un troisième où un homme à moustache poivre et sel, nez busqué et crâne chauve ne lui laissa pas le temps de parler. Son discours fut rapide et sans ambiguïté :

– Henri Joffo, soyez très bref et n'oubliez pas qu'en entrant ici vous risquez votre liberté sans pour autant obtenir celle de vos parents. Vous n'êtes pas sans savoir que nous avons ordre de mettre tous les Juifs étrangers aux autorités d'occupation.

– Mais, monsieur le Directeur…

Il n'était pas facile d'en placer une avec lui et Henri s'en rendit compte tout de suite.

– Je n'admets aucune exception, j'ai ici une moyenne de six cents suspects, si j'en relâchais un seul sans raison valable, je n'aurais plus qu'à relâcher également les autres.

Henri fonça. C'était le passage qu'il avait le plus de mal à raconter.

— Monsieur le Directeur, je suis français, j'ai fait Dunkerque, les Flandres, la campagne de Belgique. Si je viens vous trouver ce n'est pas pour quémander une faveur ou réclamer une exception que vous auriez le devoir de refuser, je viens pour vous apprendre qu'il y a simplement erreur sur la personne et que personne dans notre famille n'est juif.

M. le Directeur tiqua légèrement et demanda évidemment quelles étaient ses preuves. Henri nous le décrivit de façon si précise que je me demande parfois si je n'avais pas assisté à la scène et si je n'ai pas vu cet homme, spécimen de soldat borné mais honnête et que l'attitude toute militaire qu'utilisait Henri semblait impressionner favorablement.

— Tout d'abord, il est facile de voir que ma mère est catholique, vous avez en votre possession son livret de famille et sa carte d'identité. Son nom de jeune fille est Markoff. Je défie quiconque de trouver un seul Juif russe s'appelant Markoff. De plus, les Markoff sont des descendants directs de la branche cadette des Romanov, donc de la famille impériale avec laquelle, par ma mère, nous sommes toujours apparentés.

Henri se paya le luxe d'ajouter :

— Je ne pense pas que l'on puisse admettre si l'on possède quelques connaissances historiques de cette période de la Russie tsariste qu'un membre de la famille impériale ait pu être juif, cela aurait fait s'écrouler toutes les églises de la Grande Russie chrétienne et orthodoxe.

— Et votre père ?

Ça, c'était le gros morceau. Le coup de bluff.

— Vous n'ignorez pas, mon colonel, que tous les Juifs ont été déchus de la nationalité française par les autorités allemandes, or mon père est français comme en témoignent ses papiers que vous avez en votre possession. S'il est français, c'est qu'il n'est pas juif, il n'existe pas de solution intermédiaire. D'ailleurs pour plus de sûreté, vous pouvez téléphoner à Paris, à la préfecture.

Tous les trois nous étions suspendus aux lèvres d'Henri qui finissait les cigarettes d'Albert, piochant sans vergogne dans le paquet oublié sur la table. En d'autres temps, son propriétaire aurait poussé des hurlements et ameuté l'immeuble, là, il n'y prêtait même pas attention.

– Ça, c'était risqué, commente Henri, mais j'avais pensé qu'il se dégonflerait, qu'il n'allait pas risquer d'attendre des heures de communication, que mes arguments étaient suffisamment solides pour qu'il ne cherche pas à en savoir plus long. Il ne m'avait pas paru particulièrement acharné dans la chasse aux Juifs, quelque chose me disait même que ce travail de garde-chiourme lui répugnait et qu'il allait pouvoir lâcher deux personnes en ayant des raisons de le faire, raisons qu'il pouvait juger suffisantes. »

« Sa réaction ne tarda pas. Je n'avais pas fini ma phrase qu'il décrocha l'appareil.

Henri mima la scène, collant contre son oreille un écouteur imaginaire.

– Passez-moi Paris, la préfecture de police, service des recherches d'identité.

Il reprend sa voix normale et avoue :

– C'était dur de continuer à avoir l'air sûr de moi. Il fallait même que j'exprime la satisfaction du type qui va avoir enfin confirmation de ses dires, car tout en attendant, ce salaud ne me quittait pas de l'œil ; s'il avait distingué dans mon comportement une trace d'inquiétude, son opinion était faite, et je n'avais plus qu'à gagner tout seul le baraquement réservé aux nouveaux arrivés.

Il tira sur sa cigarette et l'écrasa dans la soucoupe qui servait de cendrier, la fumée me piqua les yeux.

– Pendant que nous attendions, j'avais encore un espoir, c'est qu'il ne puisse pas obtenir la communication, ce serait bien le diable si entre Pau et Paris il n'y avait pas une anicroche quelconque, un circuit endommagé, des standardistes qui oubliaient de baisser une manette, quelque chose dans ce goût-là, enfin je me raccrochais à ce que je pouvais. Et même s'il arrivait à avoir Paris, il devait être impossible de fournir un renseignement pareil, j'imaginais des archives à perte de vue, avec des dossiers poussiéreux, par tonnes, dans ces dossiers des chemises, dans ces chemises des papiers, de telle sorte que personne ne pouvait jamais renseigner personne, ce qu'on s'imagine d'une administration… L'attente durait, et je reprenais espoir au fil des secondes. A un moment, fatigué de perdre son temps, il allait reposer brutalement le téléphone, allait maugréer une remarque acerbe sur l'incompétence des services responsables et l'affaire serait classée.

Ce n'était pas ce qui s'était passé. Je voyais parfaitement la scène, j'entendis les voix dans une cervelle d'enfant, celle d'Henri, celle sèche et nette du colonel, et puis un nasillement lointain au bout de la ligne, une voix que recouvrait parfois le vacarme et d'où allait surgir la vie ou la mort.

– Allô, le service des recherches d'identité ?

– ...

– Colonel T. du camp de transit de Pau. Je désirerais avoir un renseignement au sujet d'un dénommé Joffo. J comme joie ; Joffo avec deux F, prénom : (?) habitant (12) rue Clignancourt. Profession coiffeur. Est-il ou non déchu de la nationalité française ?

– ...

– J'ai son fils devant moi, actuellement, et...

– ...

– Non, la mère n'est pas juive, il prétend que le père non plus.

– ...

– D'accord, je reste en ligne.

Plus tard, lorsque des gens ont téléphoné devant moi, j'ai souvent regardé cet œil détaché qu'ils jettent sur la personne qui est en face d'eux. Ils ne la considèrent plus comme un interlocuteur puisque leur attention, leur esprit est tourné ailleurs. Ils regardent alors comme s'ils fixaient un caillou, une chaise, un objet un peu répugnant qui les surprend par sa présence et sa forme. C'est l'œil que devait ce jour-là avoir le commandant du camp lorsqu'il regardait mon frère.

– Oui, je vous écoute.

– ...

– Joffo, c'est ça, 86, rue Clignancourt...

– ...

– Bon, très bien.

– ...

– Parfait, je vous remercie.

Le colonel a raccroché, il regarde Henri qui a croisé nonchalamment une jambe sur l'autre et qui d'un air détaché regarde le ciel par la fenêtre.

Il se lève.

– Votre père n'a en effet pas été déchu de la nationalité française. Je vais donner des ordres pour qu'il soit libéré, ainsi que votre mère.

Henri se lève et s'incline.

– Mes respects, mon colonel, et merci.

Une demi-heure après ils étaient tous les trois réunis, Henri les embrassa, prit les deux valises et ils marchèrent vers l'arrêt du car. Ils n'explosèrent que lorsqu'ils furent à l'abri, dans une chambre d'hôtel fermée à double tour.

Albert a saisi une cigarette à son tour.

– Comment vont-ils?

– Bien, un peu maigri, et ils ont sacrément dormi. Mais ils avaient déjà pris leur parti, pour eux, il n'y avait pas de problème : l'arrestation, c'était la déportation.

Henri nous regarde Maurice et moi.

– Ils étaient bien contents quand je leur ai appris que vous étiez avec nous, ils vous embrassent.

– Mais où sont-ils? demanda Maurice.

– A Nice, on n'ira pas les voir encore, il faut leur donner le temps de s'installer, dès qu'ils seront prêts ils nous feront signe et on ira les voir.

J'intervins :

– Mais comment ça se fait que le type de la préfecture ait dit que papa n'était pas juif?

Henri était redevenu brusquement sérieux.

– J'ai beaucoup réfléchi à ça, on en a parlé aussi avec papa. Il y a plusieurs explications possibles.

« La première, c'est que la déchéance n'ait pas encore été enregistrée, un retard dans les paperasses, un oubli, ça c'est toujours possible. Ou bien…

Je le voyais hésiter.

– Ou bien, quoi?

– Ou bien le type qui a répondu a répondu n'importe quoi parce qu'il n'a pas retrouvé le dossier, ou alors il l'a fait exprès.

Il y eut un silence qu'Albert rompit.

– Ça, je n'y crois pas trop, dit-il lentement, le personnel de la préfecture qui est chargé du recensement a dû être trié sur le volet et ça m'étonnerait que parmi eux il y ait un ami des faibles et des opprimés qui risque sa place et sa peau pour sauver des gens qu'il ne connaît pas. Non, moi, personnellement, j'opte pour la première explication : c'est un retard d'inscription, c'est tout.

Nous restions songeurs.

– De toute façon, lança Maurice, on ne saura jamais pourquoi, mais ça n'a pas d'importance, l'essentiel est que ça se soit passé comme ça, c'est tout.

J'avais une idée qui me trottait dans la tête, je m'aventurai timidement :

– Il y a peut-être une autre raison.

Henri me toisa d'un regard moqueur.

– Attention, dit-il, le grand détective Joseph Joffo va vous dévoiler les secrets du mystère, vas-y mon bonhomme, on t'écoute.

Je continuai mon idée :

– Peut-être que c'est le colonel !

Ils me regardaient sans comprendre.

– Vas-y, dit Albert, explique-toi.

– Ben oui, peut-être qu'au téléphone on lui a bien dit que papa était bien juif, et lui, peut-être qu'il a dit le contraire pour pouvoir les relâcher.

Ils me regardaient toujours, mais leur expression était différente, ils semblaient vouloir essayer de trouver un secret qui se trouvait entre mes yeux, à la racine du nez et je commençais à me sentir gêné sous l'intensité de leurs regards.

Henri réagit le premier.

– Alors là, bonhomme, murmura-t-il, tu lèves un sacré lièvre.

Albert se secoua et regarda son frère.

– Tu crois que ce type était capable de faire une fleur pareille ? Tu crois que ça pouvait cadrer avec ce qu'il était ? Avec ses responsabilités ? Son caractère ?

Henri posa ses coudes sur ses genoux et sembla se perdre dans la contemplation des tomettes rouges qui recouvraient le sol de la cuisine.

– Je n'en sais rien, finit-il par dire, franchement je ne crois pas, je ne l'imagine pas... Il avait l'air tellement réglo, tellement service-service, le sergent m'a bien dit que c'était un homme très dur, très strict, et puis… et puis j'en sais rien, c'est possible, on ne sait jamais au fond.

« Toi, Jo, dit-il, si un jour tu ne sais pas quoi faire de tes doigts, tu pourras toujours gagner ta vie en écrivant des romans policiers.

Je me rengorgeai et me couchai avec la certitude absolue d'avoir trouvé la solution : un héros qui cachait sa générosité sous un masque désagréable et bougon, c'était quand même bien plus agréable qu'un oubli de scribouillard.

Oui, c'était comme ça que mes parents avaient été sauvés.

Depuis, j'ai un peu changé d'avis.

Quatre jours après le retour d'Henri nous recevions la première lettre en provenance de Nice. Papa se débrouillait bien. Il avait trouvé un appartement dans un quartier un peu écarté de l'église de la Buffa, il avait loué deux chambres à l'étage au-dessus et s'était déjà renseigné : il serait facile à Albert et Henri de trouver du travail dans un salon de la ville. Lui aussi travaillerait bien sûr. La saison approchait, il allait y avoir du monde. Dans des lignes assez amères, papa nous apprenait en effet que malgré les « malheurs qui s'étaient abattus sur la France » les palaces, le casino, les boîtes de nuit étaient pleins à craquer et que décidément, la guerre n'existait que pour les pauvres. Il terminait en nous demandant de patienter encore et il pensait que d'ici un ou deux mois, il nous serait possible de venir. Nous serions alors à nouveau réunis comme autrefois, comme à Paris.

Je trouvais personnellement que « un mois ou deux » c'était imprécis et surtout bien long. J'avais hâte de les revoir et puis j'avais aussi envie de voir cette ville superbe, pleine de monde et de palaces. Le mot me faisait rêver, il n'y avait pas loin dans ma tête d'enfant de palais à palace et je voyais Nice comme un amoncellement de colonnes, de dômes, de halls somptueux parcourus par des femmes couvertes de bijoux, de fourrures et fumant de longues cigarettes dans des fume-cigarette encore plus longs.

Mais avant d'y aller, il fallait continuer à laver la vaisselle un soir sur quatre, à faire les commissions, les devoirs, aller à l'école et c'était la période des compositions parmi lesquelles celle de géométrie me causait bien du souci.

Heureusement il y avait les parties de foot sur la plage, les osselets de Virgilio et le cinéma le dimanche après-midi lorsque les aînés nous l'autorisaient.

Deux semaines se passèrent encore, j'arrachai la moyenne en composition ce que Maurice trouva médiocre, ce fut encore un sujet de bagarre et nous nous mîmes une peignée soignée sur la place Saint-Michel sous les quolibets des Mentonnaises accoudées aux fenêtres.

Il commençait à faire beau. Le temps tournait nettement vers la chaleur et les arbres dans les parcs des villas de Garavan se couvrirent de bourgeons et de feuilles.

Le moment où nous pourrions nous baigner approchait et pour ne pas perdre de temps, nous allâmes un jour après l'école acheter un maillot de bain. Maurice le prit bleu à rayures blanches, le mien était blanc à rayures bleues, nous étions persuadés l'un et l'autre d'avoir le plus beau.

J'essayai le mien le soir même après le repas et réussis quelques cabrioles spectaculaires sur le lit, sous le regard méprisant de Maurice qui essuyait la vaisselle.

C'est à ce moment-là qu'on frappa à la porte.

Cela arrivait souvent, des copains d'Albert ou d'Henri passaient de temps en temps, plaisantaient avec nous et mes deux frères partaient faire une partie de billard ou une coupe à domicile.

C'étaient deux gendarmes.

– Vous désirez?

Le plus petit farfouilla dans sa serviette et en tira un papier qu'il déplia avec une lenteur désespérante.

– Albert et Henri Joffo, c'est bien ici?

– Albert c'est moi, mais mon frère n'est pas là.

Il avait du réflexe Albert, s'ils étaient venus les chercher, Henri avait une petite chance de s'en tirer s'ils ne fouillaient pas la maison.

Henri comprit et je le vis reculer silencieusement jusqu'à la chambre où il attendit prêt à se glisser sous le lit.

Je vis surgir le pire : l'erreur de Paris avait dû être retrouvée, le commandant du camp averti avait dû lancer des recherches et tout allait nous retomber dessus.

Nous aurions dû déménager dès le retour d'Henri. Décidément, nous avions été d'une imprudence rare.

– C'est à quel sujet ?

– Vous avez votre carte d'identité ?

– Oui, attendez une seconde.

Albert entra, prit son portefeuille dans la poche intérieure de sa veste qui était suspendue au dossier d'une chaise et nous jeta à l'un et à l'autre un regard rapide qui signifiait « Restez tranquilles, rien n'est perdu. »

Maurice essuyait la même assiette ultra-sèche d'un mouvement régulier de son chiffon, quant à moi j'étais toujours en maillot de bain, debout sur mon lit.

– Voilà.

Il y eut un bruit de papiers froissés et j'entendis le gendarme dire :

– Voilà deux convocations, pour vous et votre frère. Il faudra vous présenter à la préfecture avant deux jours. Demain de préférence.

Albert se racla la gorge.

– Mais… c'est à quel sujet ?

– C'est pour le S. T. O.

Il y eut un court silence et celui qui n'avait pas encore parlé ajouta :

– Vous savez, tout le monde y passe…

– Bien sûr, dit Albert.

Le même répondit :

– Nous on porte les convocations, c'est tout, c'est pas nous qui les écrivons.

– Bien sûr.

– Eh bien, conclut l'autre, voilà, c'est tout. Bonne soirée et excusez-nous du dérangement.

– Il n'y a pas de mal. Bonsoir.

La porte se referma et mon cœur reprit son rythme normal.

Albert revint, Henri sortit de la chambre.

– Qu'est-ce que c'est, le S. T. O. ? demanda Maurice.

Henri eut un sourire crispé :

– Service de Travail Obligatoire, ça veut dire qu'on va aller en Allemagne couper les cheveux des Chleuhs. Ou tout au moins c'est ce qu'ils croient.

Je les regardais, atterré, décidément la tranquillité n'avait pas duré longtemps.

Je m'assis enfin et les écoutais parler.

Leur conseil de guerre fut bref pour la bonne raison que l'objectif à atteindre ne faisait aucun doute : il n'était pas question pour eux de partir en Allemagne se jeter dans la gueule du loup. A partir de là, il n'était évidemment pas question de rester à Menton où les gendarmes pouvaient revenir et reviendraient certainement.

Henri jeta un regard autour de lui, sur la petite salle à manger provençale, j'ai compris là qu'il aimait bien cet endroit, et c'était vrai qu'on s'y était habitués et qu'il nous manquerait.

— Bon, eh bien, il n'y a pas de problème, on s'en va.

— Quand ? demanda Maurice.

— Demain matin. On fait les bagages en vitesse, tout de suite, et demain à l'aube on file, c'est pas la peine de traîner.

— Et où on va ?

Albert se tourna vers moi avec l'air de quelqu'un qui va faire une bonne surprise ou qui apporte un cadeau.

— Ça va te plaire, Jo, on part pour Nice.

J'étais heureux de cette précipitation mais j'eus de la peine à m'endormir, c'est toujours lorsque l'on s'en va que l'on s'aperçoit que l'on s'est attaché aux choses, j'allais regretter l'école, les vieilles rues, mon copain Virgilio, même la maîtresse, mais je ne me sentais pas triste, je reprenais la route, je retrouverais ma musette et demain j'atteindrais la ville aux cent mille palaces, la ville d'or au bord de la mer bleue.

VII

— Marcello ! Marcello !

Je m'élance derrière Maurice qui traverse en diagonale la place Masséna. Je trottine de toutes mes forces mais il est difficile de courir avec un panier d'osier à chaque bras, surtout lorsqu'ils sont pleins de tomates. Dans celui de gauche ce sont des allongées, des olivettes, dans celui de droite des petites rondes, celles que je préfère et que les gens d'ici appellent les pommes d'amour.

Quatre kilos de chaque, ça fait huit kilos et c'est lourd.

Le soldat devant nous s'est arrêté. Le soleil illumine son visage. Il rit de me voir courir avec mon fardeau.

S'il n'avait pas un splendide nez cassé et des cheveux frisés luisants de brillantine, il ressemblerait à Amedeo Nazzari, mais Marcello avait passé trop de soirées sur le ring d'une petite association sportive de la banlieue turinoise pour garder un profil grec.

– Donne les tomates.

Il parle bien français, presque correctement, mais son accent est catastrophique. Il rit presque toujours.

– Suivez-moi, on va chez Tite.

Tite est un bistrot près du port où nous nous retrouvons souvent pour procéder aux échanges, on y trouve des retraités niçois et surtout des soldats italiens, les copains de Marcello qui chantent l'opéra et jouent de la guitare avant de monter des gardes folkloriques dans les endroits stratégiques de la ville.

Nous y voilà, c'est tout petit, la mère Rosso laisse toujours la porte de la cuisine ouverte et cela sent l'oignon vingt-quatre heures sur vingt-quatre.

Les amis de Marcello sont là, trois militaires qui nous accueillent à bras ouverts. Je les connais tous, il y a un grand étudiant romain à lunettes qui ressemble à un Anglais et imite Benjamino Gigli dans la *Tosca*, un charpentier parmesan (je croyais avant de le connaître que les Parmesans étaient uniquement des fromages) et un caporal vénitien plus âgé qui était employé des postes avant la guerre et que ses camarades appellent le facteur.

Celui-là est mon ami, nous jouons souvent aux dames ensemble.

Triomphalement, Marcello écarte les verres de vin blanc sur la toile cirée et pose les deux paniers de tomates.

– Et voilà l'affaire.

Ils baragouinent ensemble avec bonne humeur et Carlo (c'est l'étudiant romain) nous tend le litre d'huile qui était caché derrière le bar.

Les absurdités de l'intendance militaire italienne avaient fait que les différentes popotes des troupes d'occupation étaient submergées de boîtes de conserve : thon à l'huile, sardines à l'huile, et recevaient sans arrêt des bidons d'huile par camions.

Les récriminations des responsables de l'ordinaire étaient lettre morte, l'huile arrivait toujours, par camions entiers. Finalement, les Italiens avaient compris qu'ils tenaient là une monnaie d'échange qui n'était pas négligeable et qu'ils pouvaient par un système de troc se procurer des légumes, tomates, salades, qui leur permettraient de manger autre chose que leurs sempiternelles conserves.

Marcello nous en avait parlé, nous nous étions abouchés avec un maraîcher qui vendait ses produits près du marché aux fleurs : il nous donnait des tomates, nous lui fournissions l'huile italienne sur laquelle il nous rendait de l'argent, avec cet argent et des paquets de cigarettes que mon caporal nous passait en douce après les avoir dérobés à l'intendance, nous achetions du riz au marché noir qui à son tour était échangé contre des sacs de farine que nous livrions chez Tite où le Parmesan, en utilisant la cuisine de la mère Rosso, fabriquait des pâtes larges. Nous recevions là-dessus une ristourne avec laquelle nous achetions de nouvelles tomates, et depuis deux mois que ce trafic durait, nous avions Maurice et moi constitué un trésor secret qui s'arrondissait de jour en jour.

En passant devant le Negresco et le Ruhl, Maurice me montrait les somptueuses façades et disait en se frottant les mains :

– Si ça continue encore un bout de temps, on se l'achète.

La vie était belle.

Le caporal fourrage dans sa courte barbe et pose la main à plat sur l'échiquier.

– Une partie, Bambino ?

Je n'ai pas le temps, il est déjà onze heures et il faut que je ramène l'huile au maraîcher qui doit m'attendre depuis déjà une demi-heure.

Marcello coupe déjà les olivettes en rondelles dans un grand saladier.

– Ce qu'il faudrait faire, c'est rapporter les petites herbes pour mettre dedans, des choses très vertes… Je ne sais pas comment on dit en français.

– Du persil.

– Si, c'est ça, le persil.

Nous échangeons un coup d'œil avec Maurice. C'est plus

difficile que ça en a l'air. Le boucher près du port doit avoir cela. Je le connais un peu. C'est un fumeur.

Je me tourne vers le facteur.

– Tu peux m'avoir deux paquets pour cet après-midi ?

– Si, ma faut les chercher, à quatre heures.

– Va bene.

Avec deux paquets, j'aurai une musette de persil, un bifteck dans les cent grammes et un pourboire si je sais m'y prendre.

– « Que lucevan le stelle » ...

Carlo pousse la romance d'une voix de gorge en tournant la vinaigrette.

J'avale une grenadine offerte par l'occupant et sors avec Maurice.

Le soleil tape et nous traversons pour suivre le côté de la rue qui est à l'ombre.

– Il faut que je monte jusqu'à la caserne, il y a un copain à Marcello qui a du vrai café, ce qui l'intéresserait c'est du savon à barbe.

– Tu sais où en trouver ?

Maurice réfléchit. Il est devenu un dictionnaire vivant, il sait où l'on peut trouver en pleine période de restriction du beurre, des œufs, des cravates, et sans doute du savon à barbe.

– Je crois que le quincaillier de la rue Garibaldi a des stocks, tu le connais, c'est celui qui nous a vendu le kilo de lentilles.

Il soupire, s'essuie le front.

– Je vais y aller. Tu t'occupes du persil ?

– Oui. On se retrouve à la maison ?

– D'accord. Tu vois, ce qui nous ferait drôlement gagner du temps, c'est un vélo.

Ça, c'est notre vieux rêve, ce serait l'idéal. Mais un vélo, c'est autre chose à trouver que huit kilos de tomates. Et puis le vélo n'est pas tout, il y a les pneus, et ça vaut les yeux de la tête, c'est-à-dire cinq cartouches de cigarettes, dix pour la paire, et ils ne sont pas toujours neufs. Cela nous économiserait du temps et surtout des espadrilles car à sillonner la ville dans tous les sens et cela tous les jours, les semelles de corde ne font pas long feu, au grand désespoir de maman.

En tout cas, je n'ai plus rien à faire jusqu'à treize heures. J'irai manger puis je repartirai chez Tite reprendre les paniers, prendre les cigarettes chez Tite, reporter les paniers dans la vieille ville, tenter d'avoir du persil rue Garibaldi et revenir sur le port. L'après-midi sera chargé.

D'ici là, je vais me balader en passant par la Promenade.

Un monde fou, la plage est pleine de monde surtout devant les hôtels. Beaucoup d'officiers italiens sur les terrasses, à l'ombre des parasols, leurs uniformes rutilent, ceux-là ont la guerre bien agréable. Il y a des femmes avec eux, très élégantes, elles portent le genre de robe que l'on ne se procure pas avec des points de textile. Ce sont celles qu'Henri et Albert coiffent dans le salon qui se trouve en face de l'hôtel Adriatique.

C'est qu'ils ont monté en grade mes frangins ! Ils ne travaillent plus chez un petit coiffeur, ça n'a plus rien à voir avec la rue de Clignancourt ou la rue de Paris à Menton, c'est un lieu de haut luxe et le « Tout-Nice » serait déshonoré s'il ne passait pas entre les mains des frères Joffo !

Souvent ils coiffent à domicile dans un grand appartement ou dans une suite du Majestic ou du Negresco.

Papa et maman se sont magnifiquement habitués à leur appartement et s'il n'y avait pas la cérémonie de Radio-Londres, chaque soir, j'aurais l'impression de passer d'excellentes vacances sur la côte.

Car ce sont les vacances, le plein mois d'août et mon rêve s'est presque réalisé : je suis libre dans cette ville rutilante et dorée où l'argent semble facile, où toutes les chaises longues de la promenade des Anglais sont occupées par une foule bariolée qui se protège le visage des ardeurs du soleil en le couvrant d'un journal.

Curieux d'ailleurs ce journal, il n'arrête pas de proclamer des victoires allemandes : là-bas, sur le front de Russie, les Panzers progressent, ils sont arrivés à une ville qui s'appelle Stalingrad et qui ne va pas tarder à tomber entre leurs mains.

Le soir, à la radio, malgré le brouillage des ondes, j'entends aussi beaucoup parler de Stalingrad, mais les nouvelles ne sont pas les mêmes, on apprend que beaucoup d'Allemands sont morts pendant l'hiver, que les chenillettes des chars patinent dans la boue et que tout ce qui est blindé est cloué au sol.

Qui croire alors ? Le soir, en me couchant, je pense que les Allemands vont perdre, que vraiment cette fois, ils sont battus, et je m'endors plein d'espoir, et puis, le matin, au kiosque de la rue Carnot, je lis les gros titres et je vois des photos de blockhaus avec des généraux à croix gammées, dont les visages respirent la fierté et la confiance, et j'apprends que le front russe est enfoncé, que grâce au mur de l'Atlantique, un débarquement allié est exclu, qu'il se briserait contre cet imprenable rempart.

J'en parlais souvent avec Maurice sur la plage, mais il était si difficile, alors que nous nagions avec délices dans une mer chaude et transparente, d'imaginer des champs de neige, de boue, la nuit emplie de mitrailles, d'avions, que j'arrivais à ne plus croire à la réalité de cette guerre, cela semblait impossible qu'ailleurs il y eût le froid, le combat et la mort.

Un point noir à l'horizon : septembre.

Septembre ce serait la rentrée et il faudrait retrouver l'école. Il y en avait une tout près de la maison, rue Dante et je passais devant chaque matin avant de commencer ma journée de vadrouille. J'accélérais toujours le pas de façon à ne pas trop voir la rangée des classes au fond d'une cour étroite que le feuillage de six énormes platanes maintenait constamment dans une ombre fraîche.

Je quitte le bord de la mer et m'enfonce dans la ville. L'église est là, encore vingt mètres et me voilà à la maison.

— C'est toi, Joseph ?

Le bruit de la friture couvre la voix de ma mère.

— Oui.

— Va te laver avant de passer à table. Maurice est avec toi ?

Je commence à me savonner à une espèce de pâte verdâtre qui glisse entre les doigts et ne produit pas la moindre mousse.

— Non, mais il va venir, il est allé rue Garibaldi chez le quincaillier pour avoir du savon à barbe.

Papa est entré, il fourrage dans mes cheveux, il a l'air de bonne humeur.

— Vous deux et vos combines...

Je savais qu'au fond il était content que nous nous débrouillions ainsi. Il y avait un peu plus haut dans la rue deux enfants à peu près du même âge que nous. Les deux familles s'invitaient de temps en temps, l'une chez l'autre, mais je ne pouvais supporter ces deux garçons. Je les trouvais d'une prétention sans bornes et Maurice avait collé un coquard splendide au plus grand, geste qui lui avait valu vingt-quatre heures de privation de sortie et une admiration sans bornes de ma part. L'argument principal de papa pour trouver une excuse à nos vadrouilles était de dire à maman : « Tu préférerais avoir des enfants comme les V. ? » Elle se taisait un moment, hochait la tête de l'air d'une personne que l'on n'a pas du tout convaincue et rétorquait :

– Il ne faudrait quand même pas oublier que nous sommes occupés, ces Italiens sont peut-être bien gentils mais il peut arriver qu'un jour...

Maurice ou moi répondions alors :

– Les Italiens ? On les connaît tous !

Papa riait, nous demandait où en était notre tirelire, s'extasiait avec nous de sa santé florissante et je l'entendis confier un jour à ma mère :

– Tu ne sais pas qu'ils veulent acheter le Negresco ? Eh bien le plus fort de tout c'est que je me demande parfois s'ils ne vont pas y arriver !

J'ai pensé plus tard qu'il était inquiet parfois, qu'il regardait souvent sa montre lorsque nous avions du retard, mais il avait compris que l'apprentissage de la vie que nous avions là était une expérience unique qu'il ne fallait pas gâcher, que nous apprendrions en sillonnant le port, la vieille ville, en transbahutant des litres d'huile, des sacs de lentilles ou des paquets de tabac, plus de choses sur la vie que nous en recevions sur le banc d'une école ou à traîner désœuvrés sur la plage comme deux Parisiens en vacances.

J'avalai rapidement le repas, bus rapidement le jus des pruneaux à même l'assiette et me levai en même temps que mon frère.

– Où allez-vous encore ?

Maurice commença à se lancer dans une explication compliquée, le quincaillier qu'il avait été voir avait vendu tout son savon à barbe mais il pourrait en obtenir en échange du ressemelage de chaussures en cuir, il fallait donc convaincre le cordonnier de la rue Saint-Pierre en échange d'un ou deux litres d'huile qui restait l'étalon de base de tous nos trocs.

Papa qui nous écoutait leva la tête au-dessus de son journal.

– En parlant de cordonnier, dit-il, je vais vous raconter une histoire.

Ça, c'était la seule chose qui pouvait calmer notre exaltation.

– Voilà, dit-il, c'est l'histoire d'un monsieur qui dit à un autre : « Pour que les hommes puissent vivre tranquilles, c'est extrêmement simple, il faut tuer tous les Juifs et tous les cordonniers. »

« L'autre monsieur le regarde d'un air étonné et au bout d'un moment de réflexion, demande :

« – Mais pourquoi les cordonniers ? »

Papa se tut.

Il y eut un silence un peu surpris, maman seule se mit à rire.

Je demandai :

– Mais pourquoi aussi les Juifs ?

Papa eut un sourire un peu amer et avant de replonger dans son journal me dit :

– C'est justement la question qui n'est pas venue à l'esprit de ce monsieur et c'est la raison pour laquelle cette histoire est drôle.

Nous sortîmes songeurs, le soleil tapait comme un sourd sur les pavés de la ville, Nice faisait la sieste, il n'en était pas question pour nous.

Sur la place, nous croisâmes la relève de la garde. Les soldats suaient dans leurs uniformes, ils avaient le fusil sur l'épaule, le dernier également mais il serrait dans sa main libre le manche d'une mandoline.

Allons, décidément, la guerre était bien loin.

La cour est grise et brille sous la pluie. Il fait froid déjà et l'instituteur allume le poêle de la classe chaque matin.

De temps en temps, pendant que je peine sur un problème de géométrie ou que je tire la langue sur une carte des fleuves (la Garonne et le Rhône ça va toujours, mais la Seine et la Loire ont toujours tendance sur mes cahiers à se rapprocher) il se lève, va fourrager un peu et une vague de chaleur plus dense vient nous envelopper. Le tuyau traverse la classe dans toute sa longueur et il est retenu au plafond par des fils de fer, ce plafond qui est parsemé de boulettes de papier buvard longuement mastiqué, bien imbibé de salive et qui sèche là-haut en boulettes dures et aplaties qui se détachent au bout d'un jour ou deux, entraînant notre joie.

Dans un grand bruit de chaussures et de craquements de bancs, nous nous levons. Le directeur vient d'entrer. Un geste et nous nous rasseyons. C'est un homme maigre qui porte un pantalon jusqu'au sternum. Il vient une fois par semaine nous faire la leçon de chant. Derrière lui deux élèves d'une grande classe portent un harmonium et l'installent sur le bureau. C'est un appareil comme un petit piano avec un levier sur le côté, il faut appuyer et il en sort un son couiné, particulièrement désagréable.

Le directeur nous regarde.

– On va voir s'il y a des progrès. Camérini, au tableau : faites-moi une portée et une belle clef de *sol*.

La leçon commence. Je ne suis guère doué et je mélange les notes : celles du bas, je sais les reconnaître mais dès que la noire ou la blanche monte au-delà de la ligne du *la*, je commence à perdre les pédales.

– A présent, nous allons répéter notre chant. J'espère que vous allez le chanter avec cœur. Pour vous le remettre en mémoire, je vais demander à François de le chanter tout seul une première fois.

François est sans conteste le cancre invétéré, il a de l'encre jusqu'aux poignets, des yeux qui ont toujours l'air de se foutre du monde et il sort rarement de l'école avec les autres, il est en retenue tous les jours et s'il lui arrivait de franchir la porte à quatre heures et demie, il serait sans doute fort étonné.

Cependant, François est le préféré du directeur parce que François a une voix merveilleuse. Ce roi des chahuteurs, ce tireur d'élastiques, ce recordman des lignes supplémentaires possédait la plus belle voix de soprano que j'aie jamais entendue, lorsqu'il chantait dans la cour, j'en oubliais ma partie de football, il monnayait d'ailleurs habilement son talent et poussait la romance en échange de plumes, rouleaux de réglisse et autres dons.

– Vas-y François, nous t'écoutons.

Dans le silence total, la voix pure de François s'élève :

« Allons, enfants de la patrie-ie... »

Nous l'écoutons avec admiration, cela devrait durer toujours, mais la voix s'est éteinte.

Le directeur lève les mains comme un chef d'orchestre.

– Alors attention, tous ensemble à présent.

Nous chantons de grand cœur, nous savons que ce n'est pas une simple leçon de chant, qu'à travers les paroles, on essaie de nous communiquer quelque chose.

Lorsque je lui racontais, papa s'étonnait et admirait qu'on nous fasse chanter des choses pareilles, un parent d'un élève pouvait se plaindre aux autorités, le directeur pouvait avoir des ennuis... J'ignorais alors que ce n'était pas les ennuis qu'il pouvait craindre, cet homme maigre au pantalon trop haut était l'un des chefs du réseau de Résistance des Alpes-Maritimes.

Quatre heures et demie.

Dehors la pluie a cessé.

Le directeur désigne les deux plus grands de la classe :

– Vous irez rapporter l'harmonium dans mon bureau.

Ses yeux me cherchent et il ajoute :

– Joffo, n'oublie pas d'enlever demain matin une feuille à l'éphéméride, si tu ne le fais pas, je confierai la responsabilité à un autre élève.

– Oui, m'sieur.

Je regarde l'éphéméride au-dessus du bureau : 8 novembre.

C'est un jour important le 8 novembre, c'est l'anniversaire de maman, elle aura fait un gâteau. Elle aura des cadeaux aussi. Maurice a accepté de desserrer les cordons de nos économies pour acheter une broche dorée, un clip plus exactement qui représente un hippocampe avec des pierres rouges dans les yeux.

Depuis la rentrée, les affaires se sont ralenties, d'abord parce que nous sommes moins libres, ensuite parce que ce n'est plus la saison des tomates. Je sais que le gros trafic se fait sur le vin en ce moment, il y a des échanges triangulaires vin – essence – cigarettes, mais cela est bien loin de nos possibilités, nous avions encore gagné un peu d'argent en septembre grâce à des tablettes de chocolat mais depuis les occasions étaient rares et la concurrence adulte nous réduisait à des expédients de plus en plus étriqués.

Nous allions pourtant encore quelquefois chez Tite et je jouais aux dames avec le facteur, Carlo chantait toujours et Marcello mimait inlassablement après quelques ballons de blanc sec le dernier combat qu'il avait livré à Cologne, contre un mi-moyen de Ferrare qui avait été compté debout à la huitième reprise.

L'intendance italienne avait enfin reconnu son erreur et cessé d'inonder les garnisons de la Côte d'Azur de camions d'huile, ce qui supprimait la principale monnaie d'échange et rendait le trafic plus chancelant.

Marcello s'épongeait le front après son faux combat et montrait comme tous les soldats du monde la photo de sa fiancée, cherchant mon approbation.

– E bella, Giuseppe ?

Tout en savourant ma grenadine, je louchais en m'efforçant de prendre l'air connaisseur sur une épreuve tremblée aux coins cornés où souriait une fille blonde, ce qui m'étonnait car je croyais toutes les Italiennes brunes.

– Très belle, Marcello, très belle.

Ravi, Marcello éclatait de rire et m'envoyait une bourrade qui manquait me jeter à terre.

– Elle est affreuse, Giuseppe, affreuse, tu ne connais rien aux femmes, niente, niente.

J'étais suffoqué, tout le bar se moquait de moi.

– Pourquoi c'est ta fiancée, alors ?

Marcello se tordait de rire.

– Parce que le papa il a la salle d'entraînement, capito ? Molto lires, beaucoup, beaucoup…

Je hochais la tête navré que Marcello puisse se marier pour de l'argent ce qui me semblait tout à fait anormal, et navré de savoir que je ne connaissais rien aux femmes.

Devant ma mine penaude, Marcello m'attrapait par les épaules et demandait alors au père Rosso de me servir une autre grenadine, ce qui me consolait immédiatement.

Maman reçut les cadeaux avec enthousiasme, elle agrafa tout de suite l'hippocampe sur son corsage, nous embrassa. Embrassa son époux qui lui avait offert avec mes frères une machine à coudre Singer ce qui était pour l'époque quelque chose d'inappréciable. Elle pourrait dorénavant se faire beaucoup plus de choses sans avoir à tirer l'aiguille de longues journées devant la fenêtre.

Nous admirâmes la démonstration qu'elle fit immédiatement sur un morceau de tissu qui traînait dans un placard. Elle marchait fort bien, c'était un modèle que l'on actionnait en appuyant avec les pieds sur une grille de fer qui commandait une courroie entraînant elle-même le mécanisme.

– C'est vraiment un cadeau digne d'une Romanov, conclut Henri.

La plaisanterie était usée, mais elle nous amusait toujours. Bien des années auparavant, une petite Juive avait quitté son pays en utilisant ces faux papiers, qu'elle avait gardés et qui lui avaient sauvé la vie il y avait encore peu de temps, lors de son arrestation à Pau.

Elle s'éclipsa et revint avec le gâteau, une sorte de kouglof auquel ne manquait pas une amande.

Papa avala une première bouchée et se leva. C'était l'heure de la radio anglaise et depuis que nous étions à Nice, il n'avait pas manqué une seule soirée.

– Tu nous diras les nouvelles, dit Henri, j'ai pas la force d'abandonner le dessert.

Papa fit un signe d'assentiment et pendant que nous continuions à parler, je le vis par la porte entrebâillée coller son oreille contre le haut-parleur et manœuvrer le minuscule bouton.

Albert racontait ses démêlés avec une cliente particulièrement difficile qui prétendait qu'Hitler était tout de même un être intelligent et exceptionnel puisqu'il était arrivé à la tête de son pays et même de l'Europe, lorsque papa revint, un peu pâle.

– Ils ont débarqué, annonça-t-il.

Nous restons la bouche pleine à le regarder.

Il se penche vers ma mère et lui prend les mains.

– Joyeux anniversaire, dit-il, les Alliés ont débarqué en Afrique du Nord, en Algérie et au Maroc, cette fois-ci, c'est le commencement de la fin, avec un nouveau front sur les bras, les Allemands sont fichus.

Maurice saute de sa chaise et va chercher l'atlas sur une

étagère dans la chambre des parents. Nous nous penchons sur la carte du Maghreb.

J'évalue les distances : Alger – Nice, quelques centimètres de papier bleu, juste la mer à traverser et ils sont ici, nous n'avons plus rien à craindre.

Henri réfléchit, les sourcils froncés, c'est le tacticien de la famille. Son ongle recouvre la Tunisie.

– Je ne comprends pas pourquoi ils n'ont pas débarqué là aussi, je parie ma chemise qu'à l'heure actuelle les troupes italo-allemandes grossies de l'Afrikakorps vont occuper le pays. A mon avis, c'est une erreur.

– Tu devrais téléphoner à Eisenhower, remarque Albert.

– En tout cas, murmure papa, c'est une nouvelle capitale et je vous dis que ça sent sacrément la débâcle. Enfin, le début de la débâcle.

Je terminai le gâteau d'anniversaire avec dans les yeux des images de soldats courant le fusil à la main au milieu de chameaux, de villes blanches tandis que des Allemands couraient à toute allure, leurs jambes s'enfonçant alternativement dans le sable du désert.

A partir de ce soir-là il y eut chaque soir une cérémonie que, je le suppose, la plupart des familles françaises de cette époque ont bien connue. Sur un planisphère fixé au mur, nous plantions des petits drapeaux reliés entre eux par du fil à repriser, les petits drapeaux étaient des épingles avec un petit rectangle de papier collé. Nous avions poussé la minutie à colorier ces rectangles en rouge pour les Russes et nous avions fait des rayures blanches pour les Américains avec une seule petite étoile dans le coin gauche. Londres déversait des noms que nous notions à toute vitesse et sur les villes nouvellement conquises, nous plantions les drapeaux de la victoire.

Stalingrad dégagé ce fut Kharkov, Rostov, j'avais envie de planter un drapeau sur Kiev pour accélérer un peu les choses, mais la ville fut longue à être libérée.

Il fallait aussi s'occuper de l'Afrique et là il y avait un ennui ; une grande bataille se déroulait à El Alamein. Mais impossible de trouver El Alamein sur la carte, je pestais après les fabricants de planisphères qui n'étaient pas fichus de prévoir les lieux des hauts faits de l'histoire, mais ce qui me remplit d'enthousiasme fut le 10 juillet 1943 le débarquement des Alliés en Sicile.

Je m'en souviens fort bien, il restait trois jours de classe seulement puisque les vacances démarraient le 13 au soir, nous ne faisions plus grand-chose, depuis le début de la semaine le temps des récréations s'allongeait et devenait égal puis supérieur au temps de travail.

Il faut dire qu'il faisait beau ! L'hiver avait été dur pour la région, le printemps tardif et l'été venu d'un coup, nous étions au comble de l'énervement, tout arrivait en même temps : le soleil, les vacances et les Alliés, nous étions intenables.

En classe, chaque fois qu'un élève frappait à la porte pour demander un renseignement, la liste de la cantine, de la craie, une carte de géographie, la moitié de la classe se levait en hurlant : « Voilà les Américains ! »

Dans les rues, les Italiens se promenaient imperturbables comme si tout cela ne les concernait pas, les uniformes d'officiers avaient commencé à réapparaître à la terrasse des cafés, des filles encore plus jolies et plus bronzées que l'an passé les accompagnaient à nouveau et je rêvais en passant devant eux d'être l'un de ces beaux militaires aux bottes astiquées se prélassant sur de confortables fauteuils de rotin.

Avec les beaux jours, les tomates étaient revenues et nous avions repris nos activités.

Grâce à un copain de la classe, j'avais pu obtenir un vélo, il était un peu petit pour moi et mes genoux touchaient le guidon, mais en m'installant sur l'arrière de la selle, cela pouvait encore aller.

Derrière l'église de la Buffa, dans un renfoncement qui servait d'atelier, nous avions fixé avec du fil de fer un cageot qui nous fournissait un excellent porte-bagages. Avec cela, nous étions parés et notre cagnotte n'allait pas tarder à s'arrondir.

Le dernier jour, il y eut une distribution de prix, les livres introuvables avaient été remplacés par des diplômes. Maurice qui avait beaucoup grandi et qui partait pour être costaud avait obtenu un prix de gymnastique, j'avais celui de lecture et je rentrai tout fier de moi. J'avais un avenir ensoleillé : deux mois et demi de liberté, un vélo, et sans doute à la rentrée prochaine, nous serions libres. Si tout marchait bien, je rentrerais en classe rue Ferdinand-Flocon.

Je monte la côte en danseuse, freine et descends.

Un coup de pédale pour faire tenir le vélo contre l'arête du trottoir et je m'empare du sac de semoule qui repose dans le fond du cageot, il y en a à peine cent grammes mais maman pourra faire un gâteau avec, cela améliorera un peu l'ordinaire. Je l'ai obtenu contre des conserves de corned-beef résultat d'une précédente tractation.

Je rencontre Maurice dans l'escalier. Il m'arrête, l'air excité :

– Viens avec moi.

– Mais attends, je vais déposer la semoule, et…

– Grouille-toi, je t'attends en bas, grouille.

Je fonce, dépose la semoule et redescends quatre à quatre, la dernière partie de l'escalier sur la rampe.

Maurice court déjà devant moi.

–Attends ! Je prends le vélo…

Il me fait signe que non et je le suis coudes au corps. La sueur ruisselle sur mon front, s'arrête aux sourcils et dégouline le long de mes tempes.

Nous sommes presque sortis de la ville, il oblique vers l'intérieur et après le champ autrefois réservé aux nomades et qui sert de terrain de football aux enfants du quartier, nous voici arrivés à la décharge.

Avec le soleil, l'odeur n'est pas particulièrement agréable et les mouches vibrent. Nous grimpons un sentier parsemé de papiers sales et de ressorts rouillés et nous voici au sommet d'un plateau d'immondices.

Maurice s'arrête et haletant, je parviens à sa hauteur. Il y a deux garçons devant nous, accroupis. Ce sont des copains de Maurice, il y en a un que je connais pour l'avoir vu dans la cour de l'école.

– Regarde.

Je me penche par-dessus leurs épaules.

Posés sur un coussin de détritus, il y a quatre fusils. Les plaques de couche brillent dans le soleil. Ils sont en excellent état.

– Où avez-vous trouvé ça ?

Le copain de Maurice, il s'appelle Paul, se tourne vers moi.

— Sous un sommier, et je peux te dire une chose c'est qu'ils n'y étaient pas hier.

— Tu es sûr ?

Paul hausse les épaules.

— Un peu, je viens ici tous les jours et tu parles que s'ils avaient été là, je m'en serais aperçu. Ils ont été fourrés là-dedans pendant la nuit.

J'ai envie d'en toucher un, de le soulever, mais on ne sait jamais, ces engins-là peuvent partir tout seuls.

Le garçon qui n'a encore rien dit s'empare de l'un d'eux et d'un coup sec manœuvre le levier de culasse.

Une balle jaune éjectée rebondit sur le sol et me heurte la jambe.

— Fais pas le couillon, va.

Il ne fait de doute pour aucun de nous quatre que ce sont des armes italiennes abandonnées là par des soldats.

— Qu'est-ce qu'on en fait ?

Je pense à des résistants à qui cela ferait bien l'affaire, mais comment entrer en contact ? Quant à les vendre, cela poserait des problèmes, bien que ce soit toujours faisable.

Maurice prend l'initiative :

— Le mieux à faire c'est de les recacher bien comme il faut, on réfléchira à ce qu'on va faire et on n'en parle à personne. Demain on se retrouve là pour décider.

Je reviens avec mon frère par le front de mer, il semble préoccupé.

Je l'interroge :

— D'où ils peuvent venir ces flingots ?

— Il paraît qu'il y a des soldats italiens qui désertent, des bruits courent que Mussolini serait arrêté.

Je suis stupéfait.

— Mais par qui ?

— Je n'en sais rien. Tu sais ce qu'on devrait faire ? On va aller chez Tite se renseigner un peu, mais attention, pas un mot sur les fusils.

— D'accord.

Devant le bar, le rideau était tiré pour maintenir la salle à l'ombre. Il faisait frais là-dedans, frais et sombre comme dans une grotte. Je sentais la sueur sécher rapidement sur mon visage et le long de mes flancs.

La plupart des soldats que nous connaissions étaient partis, Carlo avait été expédié en Sicile avec le Parmesan pour tenir tête à l'avance alliée. Sans doute leur présence n'avait pas été suffisante puisque la Sicile était prise en moins de six semaines.

Ils devaient être prisonniers dans un camp américain ou avaient peut-être eu le temps de rembarquer avant la débâcle. Je ne pouvais pas penser qu'ils fussent morts.

Mon ami le facteur avait disparu lui aussi, Marcello avait reçu une lettre datée de plus d'un mois où il expliquait qu'il pensait partir avec son nouveau régiment dans un port de Calabre en prévision d'un débarquement en Italie. Dans sa lettre il adressait le bonjour à Giuseppe et lorsque Marcello m'avait lu le passage, j'avais eu envie de pleurer.

Quant à Marcello, il était devenu barman du mess et semblait déterminé à finir les hostilités en préparant des cocktails sur la Côte d'Azur.

Les nouveaux habitués étaient plus jeunes, mais bien que plus jeunes ils étaient moins gais. L'un d'entre eux, un garçon très réfléchi, très doux et qui avait fait des études de comptabilité dans une école de Milan m'avait pris en amitié.

Il était assis cet après-midi en train de travailler son français à l'aide d'un dictionnaire et d'une grammaire qui lui avait été fournie par un élève en échange de cigarettes.

Il nous sourit et je m'installai à sa table. Il espérait savoir parler français avant la fin de la guerre ce qui lui permettrait, une fois rentré dans son pays, d'avoir un poste plus important, il était du genre laborieux.

J'avais du mal, ne la connaissant pas parfaitement moi-même, à lui expliquer la règle des participes passés et je suais sang et eau sur l'accord avec les verbes pronominaux, lorsque avec un soupir il renferma le livre.

– On va s'arrêter, Jo, de toute façon, je n'aurai pas le temps.

Je le regardai, étonné.

– Pourquoi ?

Il rangea ses livres, tristement.

– Parce qu'on va bientôt s'en aller.

ants, dit-il, Henri a raison, il va falloir de nou-
...éparer et ces derniers jours, j'ai eu le temps de
...out ça. Voici donc ce que nous allons faire. Nous
...ord rester fidèles à une méthode qui nous a tou-
...si : nous partons deux par deux.
...d'abord Henri et toi, Albert, vous partez demain
...Savoie. Il faut que vous rejoigniez Aix-les-Bains, là
...adresse pour vous, quelqu'un vous cachera. Joseph
Maurice, voilà ce que allez faire, écoutez-moi bien : vous
...llez partir demain matin pour Golfe-Juan. Vous vous ren-
drez dans un camp qui s'appelle « Moisson Nouvelle ». C'est
théoriquement une organisation paramilitaire dépendant du
gouvernement de Vichy, une sorte d'annexe des Compagnons de France, en fait il s'agit d'autre chose, vous vous en
apercevrez rapidement.

– Et vous, qu'est-ce que vous allez faire ?

Mon père se lève.

– Ne vous en faites pas pour nous, ce n'est pas à un vieux
singe que l'on apprend à faire les grimaces. Et maintenant, à
table, il faut vous coucher tous de bonne heure afin d'être en
forme pour le lendemain matin.

Et ce fut une fois de plus un repas d'avant séparation, un
repas où l'on n'entendait pas grand-chose d'autre que les
bruits des fourchettes et des couteaux contre la porcelaine.
La voix de mon père ou de l'un des aînés interrompait parfois le silence lorsqu'il semblait trop épais.

Lorsque j'entrai dans ma chambre, je trouvai ma musette
...lit, il y avait belle lurette que je l'avais oubliée mais
...ait toujours là et il me sembla en la regardant que je
...s déjà plus à Nice mais sur la route, marchant sans
...vers un but que je n'apercevais pas.

...isson Nouvelle ».

...une grande pancarte plaquée qui surmonte la grille.
...ue côté de la pancarte sont attachées deux fran-
...eintes en tricolore.

...e la grille, il y a des adolescents en shorts bleus,
...es et bérets. Ils charrient des sacs de toile pleins
...pent du bois, tout cela fait terriblement boy-scout.
...enre qui ne m'a jamais beaucoup séduit.

– Ton régiment est déplacé ?

– Non, non, nous partons tous, tous les Italiens...

Je ne comprenais pas ce qu'il voulait dire. Patiemment, en
essayant de faire le minimum de fautes, il m'expliqua :

– Ce n'est plus Mussolini qui commande, c'est Badoglio,
et tout le monde se doute qu'il va faire la paix avec les Américains, on dit qu'ils se sont vus déjà, alors si il y a la paix, on
rentre chez nous.

L'espoir m'illumina.

– Mais alors, si vous partez, on est libres !

Il me regarda d'un air lamentable.

– Non, si nous, nous partons, c'est les Allemands qui viennent.

Le bar déjà sombre s'obscurcit encore davantage. Maurice
vint s'asseoir à côté de moi et prit part à la conversation.

– C'est sûr ?

L'Italien eut un geste fataliste.

– Rien n'est sûr, mais tu comprends bien que si on fait la
paix séparée avec l'Amérique, on va se trouver en guerre
avec les Allemands, alors il va falloir partir, se battre dans
notre pays...

Maurice poursuivit :

– Et vous voulez vous battre contre les Allemands ?

Il se renversa sur sa chaise, déboutonnant le col de sa
vareuse.

– Personne ne veut se battre, il y en a parmi nous qui sont
déjà partis.

Je pensais aux quatre fusils retrouvés dans la décharge
publique.

– Il y a des déserteurs ?

Il fit un signe d'affirmation.

– Je ne connaissais pas le nom mais c'est ça, des déserteurs.

Il but et quand il reposa son verre vide d'un geste las, je
posai la question qui me démangeait depuis quelques
minutes :

– Et toi, qu'est-ce tu vas faire ?

Son regard glisse sur les rares bouteilles des étagères du bar.

– Je ne sais pas, je n'aime pas la guerre, je préférerais
retrouver ma maison et être tranquille chez moi, mais c'est

dangereux de quitter l'armée, il y a des gendarmes, on peut se faire fusiller.

– Et Marcello ? Qu'est-ce qu'il va faire ?

Il toussa et gratta de l'ongle une tache sur le bois de la table.

– Je ne sais pas, on n'en a pas parlé.

Lorsque nous sortîmes du bar, je compris que Marcello était sans doute déjà parti, peut-être avait-il déjà franchi la frontière, peut-être avait-il retrouvé son affreuse blonde que j'avais trouvée si belle, peut-être était-il déjà en train de boxer, en tout cas, il aurait bien pu me dire adieu.

Dans les jours qui suivirent, des soldats désertèrent en masse, le 8 septembre, la nouvelle fut officielle, le maréchal Badoglio avait signé l'armistice près de Syracuse. Les unités passaient la frontière pour continuer la guerre, cette fois contre les Allemands. Au salon de coiffure, un officier vint se faire couper les cheveux et proposa à mes frères de partir avec eux, persuadé que la guerre était finie en Italie.

Un matin, Nice se réveilla sans occupants. Pourtant, les rues étaient mornes, les visages inquiets, les passants rasaient les murs. Londres avait annoncé qu'Hitler expédiait trente divisions d'élite au-delà des Alpes et qu'il occuperait la totalité de la péninsule.

Le 10 septembre, un train s'arrêta en gare et un millier d'Allemands en descendirent. Il y avait des S.S. et des civils parmi eux, des hommes de la Gestapo.

La deuxième occupation était commencée. Nous savions tous qu'elle n'aurait rien à voir avec la précédente et que nous ne verrions plus une escouade partir à la garde avec, parmi eux, un pioupiou débraillé, serrant dans sa main le manche d'une mandoline.

VIII

Il est six heures.

C'est long toute une journée sans sortir. J'ai passé l'après-midi à lire *Michel Strogoff* et à aider maman à tuer les cha-

rançons qui se sont mis dans le r
reste.

Les vadrouilles sont finies.
les aiguilles jusqu'à ce que Henr
minute qui passe est une minute d'a
installée depuis trois jours à l'hôtel Exe
hôtels ont été réquisitionnés. La Komma
place Masséna et des rafles ont eu lieu. Il y a d
nombreuses de Juifs opérées sur dénonciation, m
drillages par quartier ne vont pas tarder.

Papa marche de long en large. Nos volets ont été tirés et dehors c'est encore le grand soleil.

Six heures cinq.

– Qu'est-ce qu'ils peuvent faire ?

Personne ne répond à ma mère qui s'inquiète.

Nous n'avons plus de nouvelles des V., il n'est pas question d'aller voir s'ils sont partis ou s'ils se trouvent toujours chez eux, on dit que lorsqu'il y a une arrestation, les Allemands laissent une souricière pendant plusieurs jours.

Un pas double dans l'escalier, ce sont eux.

Nous nous précipitons.

– Alors ?

Henri s'assoit pesamment tandis qu'Albert va à la cuis
se faire couler un grand verre d'eau. Nous l'entendons
bruyamment.

– Alors c'est simple, dit Henri. Il faut partir, et e

Papa pose sa main sur son épaule.

– Explique-toi.

Henri lève sur lui un regard fatigué. On ser
un coup aujourd'hui.

– On n'a pas arrêté, Albert et moi, de
mands et ils parlaient entre eux, persuad
comprenait. C'était très confus mais en
arrêtent tous les Juifs, qu'ils sont enfe
sior et tous les vendredis ils sont em
convois spéciaux vers les camps a
wagons scellés qui sont prioritaires
les trains de troupes et les convois
prendre un billet pour l'Allemagn

Papa s'assoit, pose ses mains

134

Maurice n'a pas l'air plus enchanté que moi.

– Bon, alors, on y va, oui ou non ?

Nous avons amené une partie de notre pécule et l'envie me prend de proposer à mon frère de continuer la route, de remonter vers le nord. Nous pourrions nous cacher dans une ferme, travailler pendant un bout de temps… Mais d'un autre côté, ce camp pétainiste est sans doute le dernier endroit où les Fritz viendront chercher deux jeunes Juifs. Il n'y a donc pas à hésiter, sécurité avant tout.

– On y va.

Nous poussons la grille ensemble.

Aussitôt un grand dadais dont les cuisses allumettes disparaissent sous un short trop large vient à notre rencontre, claque des talons et nous fait un signe bizarre, une sorte de mélange entre les saluts romain, nazi et militaire.

Maurice le lui rend en l'enjolivant de quelques fioritures supplémentaires.

– Vous êtes nouveaux ? Qui vous envoie ?

Ce type m'est tout de suite antipathique, Maurice ne semble pas l'apprécier beaucoup non plus.

– On voudrait voir le chef du camp, M. Subinagui.

– Suivez-moi.

Il pivote et nous entraîne au pas de chasseur vers une baraque qui surplombait les tentes. Presque sur le seuil de la baraque s'élevait un grand mât blanc comme sur un navire. Le drapeau français pendait dans l'absence du vent.

Le dadais frappa, ouvrit la porte, fit un pas, claqua des talons, salua et lança d'une voix nasale :

– Deux nouveaux qui désirent vous parler, monsieur le directeur.

– Merci, Gérard, laissez-nous.

Gérard opéra un demi-tour réglementaire et partit au pas de charge vers la porte, ébranlant le plancher fragile de ses brodequins.

Nous devions avoir l'air médusé, car le directeur nous fit signe d'approcher et de nous asseoir.

– Ne vous laissez pas impressionner, dit-il, Gérard est très gentil mais son papa était adjudant dans l'active et il l'a élevé dans une atmosphère particulière.

C'était un homme très brun, au front dégarni et dans les

yeux une expression indéfinissable, j'avais l'impression que cet homme savait tout de moi avant que je lui aie appris quelque chose. Son allure me fascinait : même dans ce réduit obscur, entouré de classeurs métalliques, de vieilles chaises, de dossiers et de tout un bric-à-brac poussiéreux, il donnait l'impression de se déplacer avec autant d'aisance que s'il se fût trouvé sur la scène de l'Opéra vide de tout décor.

– Votre papa m'a parlé de vous, j'ai accepté de vous prendre bien que n'ayez pas l'âge requis, mais vous faites assez grand l'un et l'autre. Je crois qu'ici, vous serez bien, et… en sûreté.

Il n'en dit pas davantage sur le sujet, mais c'était parfaitement inutile.

– Donc, vous faites partie de Moisson Nouvelle, et je vais vous expliquer en quoi consiste la vie du camp. Il y a pour vous plusieurs possibilités : vous pouvez rester à l'intérieur et vous occuper de la vie intérieure : popote et nettoyage. Il y a bien sûr à votre disposition des jeux après les heures de service. Mais vous avez une autre possibilité, c'est d'aller travailler et de revenir au camp aux heures prescrites, vous trouverez ici le gîte et le couvert en échange de la rémunération qui vous sera demandée et qui représentera environ les trois quarts de votre salaire.

– Excusez-moi, dit Maurice, qu'est-ce que c'est comme travail ?

– J'allais y venir : vous pouvez aider les maraîchers du coin ou bien monter à Vallauris où nous avons installé un atelier de poterie. Nous vendons nos produits, ce qui nous permet de continuer à faire vivre la communauté. C'est à vous de choisir.

Je regardai Maurice.

– Moi j'aimerais bien essayer la poterie, dis-je.

Le directeur jeta un œil sur mon frère.

– Et vous ?

– Moi aussi.

Subinagui se mit à rire devant le ton peu convaincu de Maurice.

– C'est très bien de vous sacrifier. J'ai l'impression que vous n'aimez pas trop vous séparer.

Chacun de nous deux se serait fait couper le poing plutôt que de répondre à une question pareille et il n'insista pas.

– Entendu pour Vallauris, vous coucherez ici ce soir et vous partirez demain matin. Je vous souhaite bonne chance.

Il nous serra la main et nous sortîmes ragaillardis.

Dehors, Gérard nous attendait. Il reclaqua des talons, salua et nous intima l'ordre de le suivre.

Nous avons traversé le camp. Tout semblait propre, il y avait déjà des assiettes sur de longues tables de bois soutenues par des tréteaux, l'air sentait le sable, les pins et l'eau de Javel.

Sous la tente kaki, Gérard nous désigna deux lits avec à leur extrémité deux couvertures pliées et deux draps cousus entre eux que l'on appelait un sac à viande.

– La soupe à six heures, dit Gérard, baisser des couleurs à sept, toilette à huit heures trente, coucher à neuf, extinction des feux à neuf heures quinze.

Il rerereclaqua des talons, salua et sortit d'un pas mécanique.

Une voix sortit de sous un lit.

– Vous en faites pas, il est un peu marteau mais il est bien brave.

Une tête apparut, une tignasse raide, deux yeux en grain de café et un nez en pied de marmite, je venais de faire connaissance avec Ange Testi.

Tandis que je faisais mon lit, il m'apprit qu'il aurait dû se trouver en ce moment en train d'éplucher les patates aux cuisines, qu'il s'était retiré sous le prétexte fallacieux d'une colique et qu'il se reposait un peu avant le repas du soir. Ce même prétexte lui servirait d'ailleurs demain à se présenter à l'infirmerie dont il espérait une exemption de service de quelques jours.

Je tirai sur les couvertures tout en demandant :

– Et c'est bien ici ?

– Oui, dit Ange, c'est l'idéal, il y a beaucoup de Juifs.

Je sursautai, mais il avait dit ça innocemment, vautré sur son matelas. J'ai d'ailleurs beau rassembler mes souvenirs, je n'ai jamais vu beaucoup Ange à l'état vertical, il avait une propension très nette à s'allonger, quelle que soit l'heure, dès qu'il le pouvait.

– T'es pas juif toi ?

– Non, et toi ?

137

Il eut un petit rire.

– Pas de danger, baptisé, le catéchisme, la communion, la confirmation et enfant de chœur en plus.

– Et comment tu es arrivé ici ?

Il croisa ses mains sous la tête et jeta autour de lui un regard de bouddha bienheureux.

– Eh bien, tu vois, je suis en vacances.

Il m'offrit une cigarette que je refusai.

– Je ne rigole pas, je suis vraiment en vacances, je vais t'expliquer ça, mais si ça ne te dérange pas, je retourne sous le lit parce que si le responsable des cuisines me trouve en train de coincer la bulle, il risque de ne pas me féliciter.

Couché sur le plancher, moi assis sur mon lit, je l'écoutai donc.

Il était originaire d'Alger, né en plein Bab-el-Oued, et il avait voulu passer ses vacances en France dont son père et son grand-père lui avaient vanté les merveilles. Il visitait Paris, couchait chez un sien cousin, déambulait à petits pas sur les Champs-Elysées lorsque entre-temps les Américains avaient débarqué en Afrique du Nord.

La nouvelle ne l'avait pas autrement frappé lorsqu'il comprit au bout d'un jour ou deux que, tant que la guerre ne serait pas finie, il était hors de question qu'il revoie le rivage d'Alger la Blanche.

Il en rigolait encore sous son plancher.

– Tu te rends compte ! Si ça dure encore dix ans, ça me fera dix ans de vacances !

Le cousin parisien ayant eu quelques semaines après son arrivée l'idée saugrenue de se marier, Ange s'était retrouvé dehors sans trop d'argent. Attiré comme un tropisme par le soleil, il était revenu dans le Midi, et s'était arrêté au bord de la mer qu'il ne pouvait franchir.

Pendant quelques jours, il avait un peu mendié et tout à fait par hasard était passé devant la grille il y avait plus de trois mois à présent. Il était entré, avait déballé son histoire, Subinagui l'avait gardé, et depuis il épluchait des patates, balayait le camp et surtout faisait d'énormes siestes.

– Au fond, conclut-il, à Alger je vendais des chaussures toute la journée dans la boutique de mon père, je me fatigue moins ici, et puis tu vois, plus la séparation dure, plus je serai content de les revoir.

Maurice qui était allé faire un tour revint et nous surprit en train de bavarder.

– On est combien dans le camp?

– Oh, une centaine, ça ne varie pas beaucoup, il y en a qui partent, d'autres arrivent. Mais vous verrez, on est bien au fond.

Je commençais à regretter de partir pour Vallauris, je sentais que je me serais fait un bon copain d'Ange.

A six heures, une cloche nous avertit de l'heure du repas. Grâce à Ange qui connaissait toutes les combines, nous trouvâmes de la place tout de suite sur le banc le plus proche de la roulante. Les marmites étaient gigantesques, et un garçon d'une quinzaine d'années que je sus après être un Hollandais puisait dedans avec une louche énorme dont il tenait le manche à deux mains.

Le bruit était assourdissant, il y avait deux Belges à côté de moi, eux aussi attendaient la fin de la guerre pour rentrer. En face, un blondinet qui s'appelait Masso, Jean Masso et dont les parents habitaient Grasse, avec lui aussi je sentais que nous pourrions devenir amis.

Après le repas, ce fut le rassemblement en étoile, face au tertre. Cela me fit un drôle d'effet, je crois bien que je ne m'étais jamais mis au garde-à-vous de toute ma vie, sinon pour jouer avec les copains.

Je vis le drapeau descendre lentement le long du mât.

Après cela, je vis que la plupart des types se retiraient sous des tentes centrales qui étaient circulaires comme un chapiteau de cirque et jouaient aux dames, aux cartes, aux petits chevaux, d'autres se promenaient dehors et il y avait quelques joueurs d'harmonica et de guitare ce qui me fit penser aux Italiens. Où étaient-ils à cette heure?

Je fis une partie de dominos avec Ange, Jean et mon frère et à neuf heures, j'étais au lit. Le responsable de la tente, nous dirions aujourd'hui le moniteur, se trouvait à l'autre bout de la rangée. Il me parut gentil mais suffisamment sévère pour qu'il n'y ait aucun chahut après le coucher.

Dans le noir, au-dessus de moi, j'entendais le bruissement du vent dans les feuilles des arbres qui entouraient le camp, il y avait aussi des crissements d'insectes, mais ce n'était pas cela qui me gênait le plus, c'était les mille bruits qui naissent de la vie en communauté : chuchotement de deux bavards, grincements de la toile ou des bois de lit, reniflements, toux, soupirs ; je sentais autour de moi la présence confuse de corps allongés, les respirations des dormeurs se mélangeaient produisant un souffle continu et chaotique, je n'avais jamais vécu cela et ce n'est qu'à une heure avancée de la nuit que je sombrai enfin.

Le coup de sifflet vrilla mes tympans et je bondis hors de mon lit effaré. Déjà les garçons autour de moi pliaient les couvertures, le sac à viande, échangeaient les premières bourrades, couraient torse nu vers les lavabos.

Seul Ange Testi ne semblait pas pressé de sortir des toiles.

– Joffo, Maurice et Joseph, au magasin en vitesse !

J'héritai de trois chemises à poches plaquées et pattes d'épaules, d'un short et de trois paires de chaussettes, le tout de la même couleur bleu de chauffe.

Je revêtis ces vêtements et mon moral baissa en d'assez considérables proportions. Je me sentis entièrement embrigadé.

– Vous allez à Vallauris tous les deux ?

– Oui.

– Alors en route, pas gymnastique, direction la sortie.

Nous partons en petites foulées, c'est peut-être la planque idéale les « Compagnons de France », mais ce n'est pas une sinécure.

Ils sont une dizaine à nous attendre. Le directeur est avec eux. Il nous salue d'un sourire qui remonte le courage d'un cran.

– Douze, dit-il, ça va, vous pouvez y aller, travaillez bien et faites-nous de belles choses, à ce soir.

Les jardins étaient pleins de roses tardives, il y avait dans l'air encore frais une odeur de pétales fanés et nous avancions en désordre malgré les exhortations de notre chef de file qui avait tenté de nous faire marcher en rang et en chantant le célèbre « Maréchal nous voilà ».

Vallauris n'est pas loin de Golfe-Juan, c'est la même commune, un village avec placette et un peu à l'écart une haute bâtisse de deux étages dont le plafond s'était écroulé. C'est dans ces vieux murs que se trouvait l'atelier de poterie des Compagnons de France.

Le long d'un des murs étaient alignés les modèles les plus récents : vases de toutes les formes, de toutes les grosseurs, joufflus, minces, élancés, avec bec, sans bec, avec une anse, deux anses, vernissés, non vernissés. Tout de suite je me trouvai devant un tour, un bloc de glaise et roule petit.

Dès la première matinée, une chose me frappe avec une évidence aveuglante : on peut aimer un métier et le détester très vite si les conditions dans lesquelles on le pratique sont mauvaises.

J'avais envie de faire mes pots, j'aimais voir et sentir tourner le bloc de glaise entre mes doigts, je sentais qu'avec une infime pression exercée par mes mains en conque, la forme serait autre, plus élancée, différente et ce que j'aurais voulu par-dessus tout, c'était réaliser un modèle qui fût le mien, c'est-à-dire inventer, improviser un volume qui aurait été sans doute différent de tous ceux que je voyais alignés contre le mur. Mais le maître apprenti qui m'avait pris en charge et en grippe dès mon arrivée n'était pas de cet avis. Peut-être avait-il raison, peut-être est-il nécessaire avant de devenir un créateur d'être auparavant un imitateur, faire des gammes avant de se lancer dans la symphonie, cela semble aller de soi, je n'en suis pas persuadé.

Quoi qu'il en soit, chaque fois que je tentais d'apporter à mon œuvre une note personnelle, j'étais viré de mon tabouret et en deux coups de pouce mon cicérone rétablissait la bonne proportion, réinstallait ce renflé du ventre que j'avais tendance à diminuer. Je reprenais après lui, et malgré moi je diminuais l'embonpoint qui me paraissait être une faute esthétique criante.

Après deux heures de ce petit jeu, le maître apprenti arrêta le tour et me regarda d'un air perplexe.

– Aucun sens des proportions, murmura-t-il, on va avoir du mal.

Je tentai ma chance.

– Est-ce que je pourrais en faire un sans modèle pour m'amuser ?

J'avais commis la plus lourde erreur qui se puisse commettre. J'eus droit à un sermon hurlé et je me ratatinai peu à peu sous les arguments : la poterie n'est pas un amusement, avant de faire sans modèle, il faut savoir les recopier, c'est en forgeant qu'on devient forgeron, on ne s'improvise pas potier, etc., etc.

Je le croyais frappé d'apoplexie.

Lorsqu'il sembla récupérer, il aplatit mon bloc du plat de la main et me dit :

– Recommence, je repasse dans dix minutes.

Je pédalai. Il revint, râla, me colla derrière un de ses disciples qui semblait être soudé devant son tour depuis trente mille ans avec mission de ne pas perdre un de ses gestes de façon à pouvoir les reproduire avec exactitude.

Je m'ennuyais ferme à voir monter peu à peu une sorte de vase que je voyais répéter en un grand nombre d'exemplaires.

Je revins à ma place au bout d'une heure mais c'était l'heure du repas.

Maurice n'avait pas l'air plus ravi que moi, à croire que les Joffo n'étaient pas nés pour travailler la glaise.

Après avoir mangé, je revins, le maître apprenti aussi et au bout de deux heures, la tête résonnant de ses conseils-aboiements, de l'argile jusqu'aux épaules, la sueur me dégoulinant jusqu'aux reins, je me dis que si je ne voulais pas succomber à la tentation de lui écraser un bon kilo de terre huileuse sur le coin de la figure, il valait mieux que j'abandonne définitivement le métier de potier.

Ainsi se perdent les vocations, cette journée fut mon unique expérience avec cet art qui devait prendre, sur les lieux mêmes où je fis mes premières armes en ce domaine, l'importance que l'on sait.

Qu'on le sache : je fus potier à Vallauris.

En tout cas, la première chose que nous fîmes le soir même dès notre retour à Golfe-Juan fut de nous rendre chez Subinagui et de lui balancer le morceau.

– C'est fini, dis-je, la poterie et moi on est fâchés.

– Pareil pour moi, renchérit Maurice, l'essai n'a pas été concluant.

Il nous écouta avec le calme bienveillant qu'aucune catastrophe ne semblait pouvoir ébranler et nous demanda :

– Vous pourriez m'expliquer pourquoi cela ne vous a pas plu ?

Je m'exclamai :

– Mais moi ça me plaît, ça me plaît beaucoup ! Mais je n'arrive pas à faire comme le veut…

Son geste m'arrêta et lorsque nos yeux se rencontrèrent, j'y lus clairement qu'il ne me condamnait pas, qu'il ne partageait pas les conceptions pédagogiques du maître apprenti et qu'il m'approuvait presque de ne pouvoir continuer à vivre sous sa férule. J'en fus tout réconforté et encore davantage lorsque après avoir consulté un dossier il ajouta :

– Si vous êtes d'accord, on va essayer les cuisines, j'espère que vous vous y plairez mieux, c'est une besogne moins artistique mais vous y trouverez sans doute davantage de liberté.

Maurice le remercia, j'étais content, je retrouverais Ange, et chacun sait que la cuisine dans une collectivité est toujours le lieu où se déroulent des tractations diverses dont un homme habile peut se trouver être le bénéficiaire.

Il nous raccompagna jusqu'à la porte et posa la main sur nos épaules.

– C'est bien d'être venus, dit-il, si quelque chose cloche, n'ayez pas peur, le bureau est toujours ouvert.

A partir de là commencent trois semaines merveilleuses.

C'était le filon cette cuisine, Maurice assistait un boucher professionnel et passait ses jours à découper des biftecks et à jouer à la manille coinchée, la deuxième activité l'occupant bien davantage que la première. Je me souviens pour ma part d'avoir tourné des chaudrons de purée, touillé des marmites de salades, coupé des tombereaux de tomates, toujours en compagnie de Masso et d'Ange qui abandonnait bien volontiers ses siestes et ses cachettes pour travailler avec moi, nous formions un trio inséparable.

Il existait un trafic à l'intérieur du camp, il portait sur le sucre en poudre et la farine. Personnellement, il m'est arrivé de mettre quelques bananes supplémentaires dans mes poches ou des biscuits ou des plaques de chocolat entre ma peau et ma chemise pour déguster avec les copains, je ne participais à rien d'envergure. Non pas qu'une honnêteté sans bornes m'étouffât, mais je n'aurais pas pu supporter que Subinagui soit au courant. Je connaissais les difficultés qu'il rencontrait pour se procurer de quoi nourrir le camp, il venait souvent parler avec le chef cuisinier et je le sentais tendu lorsque la camionnette qui nous apportait le ravitaillement n'arrivait pas.

Il y avait de joyeuses soirées, des veillées avec guitare, et j'aimais l'odeur des pins et de la mer lorsque la nuit tombait, le vent du soir se levait, balayant les chaleurs du jour et à l'exception de Gérard toujours aussi mécaniquement frénétique, nous nous détendions et reprenions en chœur les mélodies que lançait le chanteur. Cela faisait du bien, cela évoquait la paix.

Mais les nouvelles circulaient dans le camp, elles nous venaient des fournisseurs, de ceux qui revenaient des permissions que le directeur accordait facilement et nous savions que la guerre continuait. Elle faisait rage en Italie, les Allemands avaient fait prisonniers des régiments entiers de leurs alliés de la veille et je me demandais ce qu'étaient devenus mes copains de chez Tite... Marcello était-il mort, prisonnier ou civil ? Et les autres ? En tout cas les Allemands étaient encore puissants et ils tenaient bon ; malgré tous leurs efforts les Anglo-Américains n'avançaient pas, ils étaient stoppés au sud de Naples et il semblait que la ville ne tomberait jamais entre leurs mains.

Ils reculaient en Russie, mais moins qu'ils ne l'avaient fait et le doute s'inscrivait en moi, Masso finissait par croire au mythe de la défense élastique. Ils avaient l'air de se préparer pour un bond prodigieux qui submergerait la planète.

Nous parlions peu dans le camp, quelques-uns des adolescents avaient été envoyés par des familles pétainistes convaincues, certains étaient même carrément pro-allemands. Les conversations mouraient à leur approche et Maurice m'avait recommandé de ne pas faire la moindre confidence à mes copains.

Il y avait des raisons à cela : en plus des nouvelles de la guerre, d'autres informations nous parvenaient, elles tenaient en une formule : intensification de la chasse aux Juifs. J'avais surpris quelques mots à ce sujet entre Subinagui et le cuisinier chef en débarrassant le réfectoire.

Il en ressortait que le temps des subtilités était passé. Tout Juif, voire toute personne soupçonnée de l'être partait pour les camps allemands.

J'en parlais à mon frère mais il était encore bien plus au courant que moi.

Un matin, vers dix heures, alors que je récurais le dessus de la cuisinière, il vint vers moi avec son grand tablier bleu marine dont l'un des coins était retroussé comme les capotes des troufions de 14-18.

— Jo, j'ai réfléchi à un truc, si les Allemands faisaient une descente ici, et nous interrogeaient, je crois qu'ils sauraient tout de suite qu'on est Juifs.

Je restai mon chiffon en l'air.

— Mais pourquoi ? Jusqu'à présent…

Il m'interrompit et je l'écoutai, j'eus raison de me féliciter par la suite de l'avoir écouté attentivement.

— Écoute, Subinagui m'en a parlé. Aujourd'hui, la Gestapo ne cherche même plus à faire des enquêtes. Ils se foutent complètement des paperasses. Si on leur dit qu'on s'appelle Joffo, que papa a un magasin rue de Clignancourt, c'est-à-dire en plein quartier juif de Paris, ils n'iront pas chercher plus loin.

Je devais être devenu assez pâle car il fit un effort pour sourire.

— Tout ça pour te dire au cas où ils feraient une descente, il faut s'inventer complètement autre chose, une autre vie. Et je crois que j'ai trouvé quelque chose. Viens par ici.

Je posai ma poudre à récurer et le suivis à l'autre bout du local en m'essuyant les mains sur mon short déjà crasseux.

— Voilà ce qu'on va faire, dit Maurice. Tu connais l'histoire d'Ange ?

— Bien sûr, il la raconte assez souvent !

— Bon, eh bien, nous, c'est pareil.

Il me soufflait. Je ne voyais pas du tout où il voulait en venir.

— Tu ne comprends pas ?

Fallait quand même pas me prendre pour plus idiot que je n'étais.

— Si, on est venus en vacances en France et on est restés à cause du débarquement.

— Voilà. Gros avantage de la chose : ils ne peuvent pas contacter les amis ou les parents puisqu'ils sont restés là-bas, aucun contrôle n'est possible, ils sont obligés de nous croire.

Cela tournicotait dans ma tête, il me paraissait difficilement possible de s'inventer de fond en comble un nouveau passé sans se couper au moment d'un hypothétique interrogatoire.

— Et où c'est qu'on habitait.

— A Alger.

Je regardai Maurice. J'étais à peu près persuadé qu'il avait tout prévu mais il fallait en être sûr et pour ça poser les questions qui nous seraient peut-être posées.

— Quel est le métier de vos parents ?

— Papa est coiffeur, maman ne travaille pas.

— Et où habitez-vous ?

— 10 rue Jean-Jaurès.

Il n'a pas hésité une seconde, mais cela nécessite une explication.

— Pourquoi rue Jean-Jaurès ?

— Parce qu'il y a toujours une rue Jean-Jaurès, et le numéro 10 parce que c'est facile à se rappeler.

— Et s'ils te demandent de décrire le magasin, la maison, l'étage, tout ça, comment on va faire pour dire pareil ?

— Tu décris la maison de la rue de Clignancourt, comme ça on se trompera pas.

Je hoche la tête. Ça me paraît vraiment très au point. Brutalement, il se lève, m'empoigne par l'épaule et me secoue tout en hurlant :

— Et où allez-fous à l'égole, bedide garzon ?

— Rue Jean-Jaurès, dans la même rue, un peu plus bas, je sais plus le numéro.

Il m'envoie un uppercut de satisfaction.

— Bien, dit-il, très bien, t'es un peu retardé comme type, mais t'as du réflexe. Bloque celui-là.

Son direct m'atteint au plexus, je recule, feinte et cherche la distance. Il tourne autour de moi en dansant.

Masso passe la tête et nous regarde.

— Je parie pour le plus gros et le plus fort, dit-il.

Le même soir, alors que nous étions déjà couchés, je m'accoudai sur mon polochon et me penchai au-dessus de la ruelle qui séparait mon lit de celui de mon frère.

— Ça peut pas marcher ton truc.

Il se souleva à son tour. Je voyais son maillot de corps blanc se dessiner sur les couvertures brunes.

– Pourquoi ?

– Parce que Subinagui a nos papiers, il sait d'où nous venons et si les Chleuhs se renseignent, il sera bien forcé de leur dire.

– Te tracasse pas, dit Maurice, je vais lui en parler, ce type nous aidera.

Le silence tomba, certains dormaient déjà ou lisaient, une lampe de poche sous les draps. Il ajouta avant de se retourner définitivement :

– Tu sais, je crois qu'on n'est pas les seuls dans notre cas ici.

Je voyais dans la pénombre le rectangle plus sombre de la photo du maréchal qui était accrochée au mât central du dortoir et j'eus un élan de reconnaissance pour les « Compagnons de France » et je songeai que pour ceux que les Allemands traquaient, ce genre d'organisation était loin d'être inutile.

– Eh, les Joffo, vous venez avec moi ?

Le moteur de la camionnette tourne et Ferdinand a déjà la semelle sur le marchepied.

Le chauffeur nous regarde. C'est lui qui apporte la becquetance le vendredi, mange un morceau et redescend sur Nice vers les treize heures.

Nous sommes vendredi, il est treize heures, c'est donc le départ. J'en ai eu des échos aux cuisines, il y a des problèmes de factures avec les différentes maisons qui nous fournissent et il semble bien que deux d'entre elles forcent sur les notes et, sans doute pour compenser, nous livrent des sacs de plus en plus légers.

Ferdinand a vingt-quatre ans, une tuberculose a entraîné quatre ans de sana et l'a fait réformer. Il est l'intendant du centre, le bras droit de Subinagui. Il va régler ces problèmes.

C'est sans le vouloir que Maurice et moi nous sommes trouvés devant la camionnette. J'allais rejoindre Ange, et Maurice avait en main le paquet de cartes qui lui sert à faire ses interminables manilles coinchées lorsque la proposition nous tombe dessus. L'après-midi à Nice ! L'aubaine.

– Et pour rentrer ?

– On prendra le car du soir. Alors c'est oui ou c'est non ? Ne jamais hésiter.

– C'est oui.

C'est trop tentant, avec l'uniforme nous ne risquons rien et j'ai trop envie de savoir ce que sont devenus les parents. J'ai le sentiment qu'en voyant la façade de la maison, la façon dont les volets sont entrebâillés, je saurai qu'ils sont toujours là. Et puis, qui sait, si tout est calme... un saut dans l'escalier et nous serons fixés.

La camionnette vire en chassant sur les graviers de l'entrée et franchit la grille. Je me retiens aux ridelles pour ne pas tomber. La bâche n'est pas mise et le vent me coupe la respiration. Je vais rejoindre Maurice de l'autre côté où la protubérance du gazogène forme un abri.

Ferdinand est à côté du chauffeur et se retourne vers nous.

– ... quelqu'un à Nice ?

Cet engin fait un bruit abominable et le cahotement n'arrange rien. Je mets mes mains en cornet de chaque côté de ma bouche et je hurle :

– Quoi ?

– Vous connaissez quelqu'un à Nice ?

C'est Maurice qui essaie à son tour de se faire entendre.

– Non ! On va se balader !

Ce type conduit comme un dingue. Le véhicule cahote d'un côté à l'autre de la route, nous projetant d'un côté, de l'autre.

Je commence à avoir mal au cœur. Je sens que les nouilles au sel ne demandent qu'à regagner l'air libre.

Brusquement nous nous arrêtons. Le chauffeur jure à se péter les cordes vocales, il vient de s'apercevoir qu'il a fait plus de quinze kilomètres avec un pneu arrière à plat. Le pneu de secours a piètre allure, il est aussi reprisé qu'une chaussette, mais il fera l'affaire. Nous repartons. En tout, ce répit m'a été profitable : j'ai retrouvé mes couleurs et mon estomac a réintégré sa place normale.

Nice est tout proche d'ailleurs. Voici la baie soudain qui s'évase au détour de la route. Cela fait quelque chose de revoir cette ville. Dans le fouillis des maisons minuscules qui grouillent autour des quais, où est le bar de la mère Rosso ? Où est la maison derrière la Buffa ?

Ferdinand discute avec le chauffeur et au feu rouge, se tourne vers nous.

– On va descendre trois rues plus loin. Je vais voir un copain rue de Russie, ce sera vite fait, vous m'attendrez quelques minutes, après je vous montre où se trouve la gare routière pour que vous ne loupiez pas le car et vous pourrez filer.

– D'accord.

La camionnette s'arrête et nos pieds touchent le trottoir de Nice.

– Allez, en avant.

J'ai de la peine à le suivre, c'est qu'il est aussi grand qu'il est maigre Ferdinand, son nez et sa pomme d'Adam sont aussi coupants l'un que l'autre.

– Tiens, c'est là. Deux minutes et je redescends.

Il a déjà disparu sous la porte cochère.

Je ne me souvenais pas comme ces rues étaient chaudes. Des immeubles nous séparent de la mer et il suffit de ce peu d'obstacle pour que nulle fraîcheur ne nous parvienne. Les rues sont désertes. A l'embranchement là-bas, il a poussé une floraison de pancartes. Il y a planté dans le macadam une sorte d'arbre dont les feuilles sont de larges flèches jaunes marquées de mots noirs et longs écrits en gothique. Je me souviens avoir vu les mêmes à Paris avant de partir.

– Qu'est-ce qu'il fait ? murmure Maurice.

Je trouve qu'il est difficile de savoir si beaucoup ou peu de temps s'est écoulé si l'on n'a pas de montre.

– Ça fait peut-être pas deux minutes qu'il est parti.

Maurice sursaute.

– T'es complètement fou, ça fait au moins dix minutes.

Voilà le genre d'argument qui réussissait à me mettre en colère.

– Comment peux-tu savoir que ça fait exactement dix minutes, tu le vois à quoi ?

Maurice prend cet air supérieur qui m'exaspère toujours.

– Je le vois à rien, mais ça se sent. Si t'es pas capable de sentir quand tu attends deux minutes ou trois quarts d'heure, t'as plus qu'à te jeter à la mer.

Je hausse les épaules.

– Moi je dis qu'on peut pas savoir, que peut-être ça fait pas plus de deux minutes qu'on est là.

– Crétin, murmure Maurice.

Je ne relève pas l'insulte, il fait vraiment trop chaud pour se bagarrer. Je m'assois carrément par terre, à l'ombre du mur.

Maurice piétine, repasse deux, trois fois devant moi et brusquement se décide :

– Je vais aller voir, de toute façon, on sera bien capables de la trouver la gare routière, on va pas passer notre après-midi à faire le poireau.

Il a poussé la porte et est entré.

C'est vrai qu'il a raison, le temps tourne et nous le perdons bêtement dans une rue étouffante. Ou alors j'ai pris l'habitude du grand air et je ne supporte plus la chaleur urbaine qui me semble jaillir des murs plutôt que du soleil.

Et voilà que c'est Maurice qui ne revient pas maintenant, ça c'est le bouquet.

Si j'avais quelque chose pour jouer seulement, mais rien. Mes poches sont vides et il n'y a pas de cailloux qui pourraient au moins remplacer les osselets.

Je vais jusqu'au bout de la rue et je retourne en comptant mes pas.

Trente-cinq aller, trente-six retour.

Ça c'est drôle, je fais des pas plus longs quand je vais quelque part que lorsque j'y retourne. Ou alors c'est la route qui s'est dilatée avec la chaleur. Ou alors je me suis trompé en comptant. En tout cas, je m'ennuie épouvantablement.

Mais qu'est-ce qu'ils foutent les salauds !

J'étais si content de partir tout à l'heure et puis voilà, d'abord je manque de dégueuler dans la voiture et maintenant je me morfonds devant cette porte, alors que... Allez, je rentre.

C'est pas parce que je suis le plus petit qu'ils vont me manœuvrer comme ils veulent.

La cour est agréable, il y a du lierre sur l'un des murs et une tonnelle au fond. Des jouets d'enfants traînent près d'un petit tas de sable.

Pas de concierge. L'escalier là-bas et c'est tout.

Je traverse la cour et mets le pied sur la première marche.

Le mur se jette sur moi, mes paumes claquent dessus. Je les ai jetées devant moi pour ne pas me fracasser le crâne.

La douleur s'irradie dans mon dos, je me retourne.

Il est là, il m'a propulsé avec le canon de la mitraillette. Le vert ferreux de l'uniforme accapare toute la lumière de la pièce.

Il va peut-être me tuer, le cercle noir du canon est à quelques centimètres de mon nez. Où est Maurice?

Il se penche. Il sent la cigarette. Sa main me serre le bras et les larmes gonflent mes paupières, il serre fort, très fort.

La bouche s'ouvre.

— Youd, dit-il, youd.

A toute volée, il me catapulte contre une porte latérale qui vibre sous le choc.

Le soldat fonce sur moi et je lève le coude pour me protéger le visage, mais il ne frappe pas, il tourne le loquet de la porte et je tourbillonne encore dans la pièce, alors qu'il a déjà refermé derrière moi.

Maurice est là, Ferdinand et deux femmes dont l'une pleure. Elle a une éraflure qui serpente sur le front.

Je m'assois, encore sonné. Je n'ai pas compris, tout cela est un rêve, tout à l'heure j'étais dans la rue, il faisait chaud, c'était l'été et j'étais libre, et puis il y a eu cette cour, une poussée violente et je suis là, à présent.

— Qu'est-ce qui se passe?

J'ai peine à former des mots, j'ai peur d'avoir parlé d'une voix tremblante, d'une petite voix flûtée et ridicule.

Ferdinand a des yeux plus dilatés qu'à l'ordinaire, ils sont baignés d'une eau nouvelle. Mon frère non plus n'a pas tout à fait le même visage que tout à l'heure, peut-être ne retrouverons-nous jamais nos visages d'autrefois.

— C'est ma faute, chuchote Ferdinand, on est tombés dans une souricière, il y avait ici un centre de résistance qui fournissait des faux papiers et une filière pour passer en Espagne.

Maurice regarde Ferdinand.

— Mais pourquoi t'es venu ici, t'avais besoin de partir là-bas?

Ferdinand acquiesce.

— Avec les bruits qui couraient dans le camp ces derniers temps, je me suis paniqué, j'avais cette adresse et je voulais filer avant que les boches débarquent à Golfe-Juan.

Je le contemple, stupide.

– Mais pourquoi tu veux te barrer ?

Ferdinand a un coup d'œil vers la porte et un tic déforme sa lèvre :

– Parce que je suis juif.

Il nous regarde et je vois sa pomme d'Adam monter et descendre.

– Vous en faites pas, c'est pas bien grave pour vous, quand ils sauront que vous n'êtes pas juifs, ils vont vous relâcher.

– Ben voyons, murmure Maurice.

Il me regarde. N'aie pas peur, frère, je sais la leçon, j'ai tout dans la tête, il n'y aura pas d'erreur.

– Mais toi, Ferdinand, qu'est-ce que tu vas faire ? Tu sais ce que tu vas leur dire ?

Il a un sanglot qui secoue ses épaules pointues.

– Je ne sais pas… Je n'arrive pas à comprendre, j'avais tout prévu pour avoir une nouvelle carte d'identité, et juste comme c'était la sortie du tunnel…

Les femmes devant nous le regardent pleurer. Elles sont jeunes, vingt, vingt-cinq ans peut-être, elles ne semblent pas se connaître, elles sont immobiles sur leur chaise.

C'est une pièce ripolinée, il y a des chaises et une armoire, c'est tout. Pas de fenêtre. L'électricité brûle, sans l'ampoule pendue au plafond, nous ne verrions rien.

C'est bizarre d'ailleurs cette pièce qui… et soudain, je comprends : il y a une fenêtre qui doit donner sur la cour, mais l'armoire a été poussée devant de façon à supprimer un accès et à décourager toute tentative d'évasion. Nous n'avons eu affaire qu'à un soldat, peut-être y en a-t-il d'autres.

Je n'ai pas l'impression qu'en me jetant dans la pièce, l'Allemand ait fermé la porte à clef derrière moi, mais s'en assurer ou tenter de fuir, c'est la balle dans la tête à coup sûr.

– Qu'est-ce qui va se passer maintenant ?

Maurice a fermé les yeux, il a l'air de dormir.

– On va être interrogés et quand ils se rendront compte de l'erreur, ils nous laisseront partir.

Je le trouve bien optimiste. Inutile de tenter de parler avec Ferdinand, il s'est recroquevillé sur la chaise et se balance, berçant une douleur insupportable. Les femmes se taisent toujours et c'est mieux ainsi, il est peut-être bon qu'elles ne nous parlent pas. La chaleur à présent est intense. La rue, en comparaison, apparaît une douce température.

Je regarde mes compagnons ruisseler. J'ai l'impression que si j'éteignais la lumière cela irait mieux, toute la fournaise me paraît sortir de ce soleil minuscule qu'est l'ampoule, j'associe l'idée d'obscurité et de fraîcheur.

— Et si on éteignait ?

Tous sursautent, cela fait des heures peut-être que nous sommes là, à nous taire, à rissoler dans notre jus.

Une des femmes, celle qui a du sang sur le front me sourit.

— Je crois qu'il vaut mieux pas, ils pourraient croire que nous complotons ou que nous cherchons à nous évader…

Je comprends qu'elle a raison, le type qui m'a fait entrer n'a pas l'air avare de coups de crosse.

— Quelle heure est-il, s'il vous plaît ?

C'est Maurice qui a posé la question à la jeune femme. Elle a un bracelet-montre très fin, presque une chaîne, la montre est petite, rectangulaire.

— Cinq heures et quart.

— Merci.

Cela fait trois heures que nous sommes là.

Personne n'est venu encore, personne ne s'est fait prendre à part nous.

La fatigue glisse en moi sournoisement, mes fesses sont endolories à force de demeurer assis depuis plus de trois heures. Peut-être nous ont-ils oubliés, d'ailleurs ils se foutent pas mal de nous, ils devaient chercher les responsables de la filière, les gros bonnets, des hommes repérés, recherchés depuis longtemps, mais nous, que représentons-nous à leurs yeux ? Strictement rien ! Tu parles d'un tableau de chasse : deux femmes apeurées, deux mômes et un grand échalas tout maigriot, c'est vraiment la belle prise !

A présent qu'ils nous ont mis la main dessus, ils sont certains de gagner la guerre, ça ne fait plus aucun problème.

Les images tournent dans ma tête, elles passent sous mes paupières que la lumière trop vive emplit d'un jaune douloureux.

Ce que je comprends le moins, c'est la violence de ce soldat. Sa mitraillette braquée, ses bourrades, ses yeux surtout, j'ai eu l'impression que le rêve de sa vie aurait été de m'enfoncer dans le mur et je me pose la question : pourquoi ?

Je suis donc son ennemi ?

On ne s'est jamais vus, je ne lui ai rien fait et il veut me tuer. Ce n'est qu'en cet instant que je comprends un peu maman ou des gens qui venaient au salon à Paris et que j'entendais discuter, ils disaient que la guerre était une chose absurde, stupide et cela ne me paraissait pas juste. Il me semblait qu'il y avait dans la lutte armée un ordonnancement, une raison d'être qui m'échappait mais qui existait dans le crâne des gens importants et responsables. Aux actualités, les régiments défilaient en bon ordre, bien alignés ; les chars roulaient en longues lignes, des individus à mine grave, cravate stricte ou poitrine constellée discutaient, signaient, parlaient avec force et conviction. Comment pouvait-on dire que tout cela était absurde ? Ceux qui le disaient ne comprenaient pas, ils tranchaient, dans leur ignorance, mais la guerre aux yeux de l'enfant que j'étais ne ressemblait en rien au chaos, au désordre, à la police. Même dans mon livre d'histoire, en plus des belles images qui me la rendaient pittoresque et exaltante, on me l'avait représentée entourée d'accords, de traités, de réflexions, de décisions... Comment penser que Philippe Auguste, Napoléon, Clemenceau et tous les ministres, les conseillers, tous ces gens pleins de savoir, occupant les postes les plus élevés aient été des fous ?

Non, la guerre n'était pas absurde, ceux qui disaient cela ne comprenaient rien.

Et puis, voilà que cette guerre, voulue, faite par des adultes aux cravates toujours très strictes et aux médailles toujours plus glorieuses, aboutissait en fin de compte à me jeter moi, un enfant, à coups de crosse, dans une pièce fermée, me privant du jour, de la liberté, moi qui n'avais rien fait, qui ne connaissais aucun Allemand, voilà ce que maman voulait dire, elle avait raison finalement. Et en plus, il était possible que...

La porte s'est ouverte.

Ils rient et sont deux à présent, leur arme sur le ventre.

– Dehors, vite, vite.

C'est la bousculade, j'ai tout de suite la main de Maurice dans la mienne, surtout, surtout qu'ils ne nous séparent pas.

Il y a un camion dehors.

– Vite, vite.

Ma tête tourne, je cours derrière les deux femmes dont l'une se tord le pied sur ses talons de bois. Ferdinand souffle dans mon dos.

Il y a un camion au bout de la rue et deux officiers qui attendent.

D'un même élan nous nous engouffrons à l'arrière. Il n'y a pas de banc, il faut rester debout.

Un des deux soldats monte derrière nous, l'autre rabat la lourde plaque de fer qui obture l'arrière à mi-hauteur puis je le vois sauter, escalader et retomber parmi nous dans un bruit de boîtes. Sa mitraillette l'encombre et il jure.

Nous nous cramponnons les uns aux autres. Je vois la rue pivoter et disparaître.

Nous nous taisons, écartant nos pieds pour ne pas tomber.

Je ne vois par l'arrière que les rues qui s'enfoncent.

Le camion s'arrête brusquement. Les soldats rabattent la plaque et sautent les premiers.

– Allons, vite.

Je suis dehors en plein soleil, et je n'ai pas de peine à me reconnaître.

En face de moi, c'est l'hôtel Excelsior. Le siège de la Gestapo niçoise.

IX

Un monde fou dans le hall, des gens, des enfants, des valises. Des hommes qui courent avec des listes, des dossiers au milieu des soldats.

Beaucoup de bruit. Près de moi un vieux couple, soixante-cinq ans à peu près. Il est chauve, il a mis son costume des dimanches ; elle est petite, il n'y a pas longtemps qu'elle a dû se faire faire un indéfrisable, elle fait très coquette, elle roule dans ses mains un mouchoir qui est de la même couleur que son foulard. Ils sont très calmes, appuyés à une colonne, ils regardent devant eux une petite fille de trois ou quatre ans qui dort sur sa mère. De temps en temps ils se regardent et j'ai peur.

J'étais jeune, très jeune, mais je crois que même plus jeune que je ne l'étais, j'aurais compris que ces deux vieux se regardaient comme des gens qui ont vécu ensemble toute leur vie et qui savent que l'on va les séparer et que sans doute ils feront seuls, chacun de leur côté, le bout de chemin qui reste à faire.

Maurice se penche vers un homme assis sur un sac.

– Vous allez où?

L'homme semble ne pas avoir entendu, son visage n'a pas bougé.

– Drancy.

Il a dit cela simplement, comme l'on dit merci ou au revoir, sans y accorder la moindre importance.

Un grand remous soudain. En haut des escaliers, deux S.S. viennent d'apparaître avec un civil qui tient une liste retenue par une épingle sur un rectangle de carton. Au fur et à mesure qu'il prononce un nom, il regarde si quelqu'un se lève, il coche alors avec son stylo sur la feuille.

L'appel est long. Pourtant, peu à peu le hall se vide; dès qu'ils ont été nommés, les gens sortent par une porte latérale. Un camion doit les conduire à la gare.

– Meyer Richard. 729.

Le vieux monsieur distingué ne bronche pas, lentement il se baisse, prend une mallette à ses pieds et avance sans hâte.

Je l'admire pour cette lenteur, pour cette assurance, je sais qu'en cette seconde il n'a pas peur. Non, nous n'avons pas peur, salauds, absolument pas.

– Meyer Marthe. 730.

La petite dame a pris une mallette plus petite encore que celle de son époux, et ma gorge se serre, je viens de la voir sourire.

Ils se rejoignent à la porte. Je suis heureux qu'on ne les sépare pas.

Nos deux gardes sont toujours là. Celui qui m'a frappé fume. Je le regarde à la dérobée. C'est fou ce qu'il a la tête de tout le monde, pas du tout une gueule de brute, alors pourquoi?

Lentement, le hall s'est vidé. Des S.S. passent dans tous les sens avec toujours des papiers à la main. Ils semblent avoir un travail important et préoccupant. Bientôt, nous allons rester seuls tous les quatre, appuyés au mur du fond.

Un des officiers appelle un des soldats qui nous surveille d'un claquement de doigts. Il bondit aussitôt. Le S.S. appelle le deuxième.

A présent, nous sommes seuls, le hall est vide.

Je m'aperçois que je n'ai pas lâché la main de mon frère. Quelle heure peut-il être ?

Un homme en civil descend les escaliers et nous regarde tout en refaisant son nœud de cravate. Il va peut-être nous dire de partir.

Il parle en allemand à quelqu'un que je ne vois pas et qui est à l'étage au-dessus en nous montrant du doigt.

Il nous fait signe et nous montons.

J'ai envie de faire pipi, cela fait longtemps et j'ai peur. Il y a des officiers à l'étage, des Français interprètes. Nous arrivons dans un couloir, devant des portes.

– Donnez vos papiers.

Les deux femmes présentent les leurs. Ferdinand aussi.

L'interprète entre dans un bureau, ressort aussitôt.

– Entrez toutes les deux.

Nous restons tous les trois dans le couloir, personne pour nous garder. Il y a un bruit étouffé de machines à écrire et de voix qui parvient de l'étage supérieur, mais je n'entends rien de ce qui se dit dans la pièce où les femmes sont entrées.

Maurice me regarde, il parle avec des mâchoires qui ont de la peine à se desserrer.

– Ça ira, Joseph ?

– Ça ira.

La porte devant nous s'ouvre. Les deux femmes sortent. Elles pleurent toutes les deux. Je sais qu'on ne les a pas battues, cela me donne du courage.

Elles redescendent et nous attendons toujours. Cela me rappelle le dentiste rue Ramey, lorsque maman m'amenait après l'école.

L'interprète paraît. Cette fois c'est à nous. Nous entrons tous les trois.

C'est une ancienne chambre mais il n'y a plus de lit, une table à la place avec un S.S. derrière. Une quarantaine d'années, des lunettes, il semble fatigué et bâillera plusieurs fois.

Il tient entre ses mains les papiers de Ferdinand et le regarde. Il ne dit rien et fait un signe à l'interprète.

– Tu es juif ?

– Non.

L'interprète a un débit de mioche et un accent méridional, c'est certainement un Niçois, il ressemble à un client de mon père dont je n'aime pas à me rappeler le nom.

– Si tu n'es pas juif, pourquoi as-tu de faux papiers ?

Je ne regarde pas Ferdinand, je sais que si je le regarde je n'aurai plus assez de courage pour moi.

– Mais… ce sont mes papiers.

Il y a un bref échange en allemand. Le S.S. parle et l'interprète traduit.

– Il est facile de savoir si tu es juif ou pas, aussi dis-le tout de suite sans histoire, sinon tu vas mettre tout le monde de mauvaise humeur, tu vas prendre des coups et ce serait bête, alors il vaut mieux vider ton sac tout de suite et on n'en parlera plus.

Il donne l'impression qu'il suffit de le dire et que c'est terminé, on va se retrouver dehors.

– Non, dit Ferdinand, je ne suis pas juif.

Il n'y a pas besoin de traduction. Le S.S. se lève, enlève ses lunettes à monture de corne, passe devant son bureau et se plante devant Ferdinand.

A la volée, sa main claque sur la joue terreuse de Ferdinand, la tête ballotte et à la deuxième gifle, il chancelle et recule de deux pas. Les larmes coulent.

– Arrêtez, dit Ferdinand.

Le S.S. attend. L'interprète encourage d'un geste.

– Allez, vas-y, raconte, d'où tu sors, toi ?

A peine audible, Ferdinand parle.

– Je suis parti de Pologne en 40, mes parents ont été arrêtés, je suis passé par la Suisse et…

– Ça va, ça, on verra ça plus tard. Tu reconnais que tu es juif ?

– Oui.

L'interprète va à lui et lui donne une tape amicale sur l'épaule.

— Eh bien, tu crois pas que tu aurais dû le dire plus vite ? Allez, tu peux descendre, tu montreras ça au factionnaire au bas des escaliers.

Il tend un ticket vert que Ferdinand prend. Je saurai très vite ce que signifie le ticket vert.

— A vous deux maintenant, vous êtes deux frères ?

— Oui. Lui c'est Joseph et moi Maurice.

— Joseph et Maurice comment ?

— Joffo.

— Et vous êtes juifs.

Ce n'est pas une question, ce type affirme. Je veux aider Maurice.

— Ah non, alors, ça c'est faux !

Il est surpris par ma véhémence. Maurice ne lui laisse pas le temps d'en placer une.

— Non, on est pas juifs, on est d'Algérie. Si vous voulez je peux vous raconter.

Il a froncé les sourcils et parle au S.S. qui a remis ses lunettes et nous examine. L'Allemand pose une question. Je comprends de mieux en mieux, c'est vraiment très près du yiddish, mais il ne faut surtout pas que j'aie l'air de comprendre.

— Qu'est-ce que vous faisiez rue de Russie ?

— On arrivait du camp des Compagnons de France, on accompagnait Ferdinand, on l'attendait, c'est tout, il nous a dit qu'il montait voir un copain.

Le S.S. tourne un crayon entre ses doigts.

Maurice prend de l'assurance, je sens qu'il est parfaitement maître de lui, il commence à leur servir l'histoire toute chaude : papa coiffeur à Alger, l'école, les vacances et puis le débarquement qui nous a empêchés de revenir, tout marche sur des roulettes, et tout à coup, la seule chose qu'on n'avait pas prévue.

— Et vous êtes catholiques ?

— Bien sûr.

— Vous avez été baptisés alors ?

— Oui. On a aussi fait notre communion.

— Quelle église ?

Merde, la tuile. La voix de Maurice résonne, encore plus nette.

— La Buffa. A Nice.

L'interprète se caresse la bedaine.

— Pourquoi pas à Alger?

— Maman préférait qu'on la fasse en France, elle avait un cousin dans la région.

Il nous regarde et écrit quelques lignes sur un carnet et le referme.

— Eh bien, nous allons vérifier si tout ce que vous venez de nous raconter est exact. Pour commencer, vous allez passer la visite médicale. Nous allons vérifier si vous êtes circoncis.

Maurice ne tique pas. J'essaie de rester impassible.

L'interprète nous regarde.

— Vous avez compris?

— Non. Qu'est-ce que ça veut dire circoncis?

Les deux hommes nous regardent. Tu as peut-être été un peu loin, Maurice, un peu trop loin, tout à l'heure ils pourraient peut-être nous faire payer assez cher tant d'assurance. En tout cas, c'est à présent que le bel édifice va sans doute s'écrouler.

Etage supérieur, un soldat nous pousse dans les escaliers. Tout va être découvert, je m'en fous, je sauterai du train en marche, je n'irai pas en Allemagne.

Je me retrouve dans une autre pièce, celle-là est vide, il n'y a pas de bureau, il y a trois hommes avec des blouses blanches.

Le plus vieux se retourne lorsque nous entrons.

— Ah non, on va pas passer la nuit là, j'ai fini mon service depuis une demi-heure.

Les deux autres rêlent et enlèvent leur blouse. L'un d'eux est allemand.

— Qu'est-ce que c'est que ces deux-là?

Le soldat qui nous accompagne lui présente un papier. Pendant ce temps, les deux autres enfilent leur veste.

Le vieux lit, il a des sourcils très noirs qui contrastent avec ses cheveux poivre et sel.

— Enlevez vos shorts et vos slips.

Les deux autres bavardent toujours, j'entends des mots,

des noms de rues, des prénoms de femmes, ils serrent la main au toubib qui va nous examiner. Ils sortent.

Le docteur s'assoit sur une chaise et nous fait signe de nous approcher.

L'Allemand qui nous a amenés est derrière nous, près de la porte, nous lui tournons le dos.

De sa main droite, le docteur remonte le pan de la chemise de Maurice qui masque le sexe. Il ne dit rien.

C'est mon tour. Il regarde.

– Et à part ça vous n'êtes pas juifs !

Je remonte mes culottes.

– Non, nous ne sommes pas juifs.

Il soupire et sans regarder le soldat qui attend toujours, il dit :

– Ne faites pas attention à lui, il ne comprend pas le français. Nous sommes seuls ici, vous pouvez me dire la vérité, ça ne sortira pas du bureau. Vous êtes juifs.

– Non, dit Maurice. Nos parents nous ont fait opérer quand nous étions petits parce que nous avions des adhérences, c'est tout.

Il hoche la tête.

– Un phimosis, d'accord. Figure-toi que tous les types qui viennent ici ont eu un phimosis dans leur enfance.

– C'était pas un... comme vous dites, c'étaient des adhérences.

– Vous avez été opérés où ?

– A Alger, un hôpital.

– Quel hôpital ?

– Je n'en sais rien, on était tout petits.

Il se tourne vers moi :

– Oui, maman est venue me voir, elle m'a apporté des bonbons et un livre.

– Quel livre ?

– *Robin des Bois*, avec des images.

Silence. Il s'est reculé sur sa chaise et nous examine l'un après l'autre. Je ne sais pas ce qu'il lit dans nos yeux, mais sans doute quelque chose qui l'incite à changer de méthode. D'un geste, il fait sortir le soldat qui attend toujours.

Il va à la fenêtre, regarde la rue toute jaune du soleil couchant. Ses mains jouent avec les rideaux. Doucement, il se met à parler.

— Je m'appelle Rosen, dit-il, vous savez ce que ça veut dire quand on s'appelle Rosen?

Nous nous regardons.

— Non.

Poliment, j'ajoute :

— Non, docteur.

Il s'approche et pose ses deux mains sur mes épaules.

— Ça signifie tout simplement que je suis juif.

Il nous laisse digérer la nouvelle et ajoute après un clin d'œil à la porte :

— Ça signifie également qu'avec moi, on peut parler.

Il a des yeux très perçants, presque noirs. Je me tais toujours mais Maurice réagit plus vite.

— D'accord, dit-il, vous êtes juif, mais pas nous, c'est tout.

Le médecin ne répond pas. Il marche vers le portemanteau, fouille dans sa veste, tire une cigarette et l'allume. A travers la fumée il nous examine encore. Impossible de savoir ce qui se passe dans la tête de cet homme.

Tout à coup il murmure comme pour lui-même : « Chapeau. »

La porte s'ouvre et le S.S. à lunettes qui nous a interrogés est là, sur le seuil.

Il pose une question brève. Dans la réponse que lui fait le médecin, je ne retiens qu'une phrase, mais elle vaut le coup, elle nous a sauvé la vie : « Das ist chirurgical gemacht. »

Nous avons été conduits dans une des chambres qui devait autrefois servir au personnel de l'hôtel, je n'ai pas dormi. A six heures du matin, nouvel interrogatoire. Cette fois nous sommes séparés.

Le S.S. qui m'interroge est très différent du premier. Il arrête les questions de temps en temps pour se mettre des gouttes dans le nez. C'est également un autre interprète. Celui-là roule les *r*. Dès mon entrée dans le bureau, j'ai senti une connivence s'établir entre lui et moi, je sais qu'il va me soutenir. C'est capital un interprète dans un interrogatoire, il suffit d'un mot, d'une intonation et tout change.

— Décris la chambre où tu habites rue Jean-Jaurès.

Je sais qu'ils vont comparer avec la déposition de Maurice, mais là, peu de chances qu'ils nous coincent.

— Je couchais avec mon frère, lui il avait le lit près de la porte, moi près de la fenêtre, c'était du parquet par terre avec une descente de lit chacun, un petit tapis rouge, un pour chacun. On avait une table de nuit chacun aussi avec une lampe, mais les lampes étaient différentes, la mienne avait un abat-jour vert et…

— Ne parle pas si vite, il faut que je traduise.

Il se lance dans une longue phrase. Le S.S. renifle et ajoute quelque chose. L'interprète prend l'air ennuyé.

— Ton frère a dit que ton abat-jour était rose.

— Non, il s'est trompé, il était vert.

— Tu es sûr ?

— Sûr.

Echange en allemand. Rapidement l'interprète lâche à mon intention :

— T'as raison, il avait dit vert. Et tes deux frères, qu'est-ce qu'ils faisaient ?

— Au salon, ils coupaient les cheveux.

— Ils faisaient de la politique ?

Je fais une grimace dubitative.

— Je ne sais pas, je n'en ai jamais entendu parler.

— Ton père lisait le journal ?

— Oui, tous les soirs après le repas.

— *Alger Républicain* ou un autre ?

Attention, ça c'est une perche mais elle pourrait servir à m'assommer. Cet homme a l'air de m'aider, mais je ne dois me fier à rien ni à personne.

— Je ne sais pas les noms des journaux.

— Ça va, tu peux sortir.

Des couloirs encore, me voici à la chambre de bonne où Maurice m'attend.

La porte se referme. Jamais les soldats ne tournent la clef, mais ce serait une folie d'essayer de sortir.

Il y a une fenêtre, nous sommes tout en haut, au dernier étage. Nous nous accoudons. Si quelqu'un nous regarde par le trou de la serrure ou par un orifice quelconque de la pièce, il ne nous verra même pas parler.

— Un autre truc, dit Maurice, le dimanche on allait à la

mer. On se baignait sur une plage, on ne se souvient pas du nom.

Je songe à part moi que ça fait beaucoup de choses dont nous ne savons plus les noms.

— Un truc que tu peux rajouter, murmure Maurice du bout des lèvres, c'est qu'il y avait une mosquée pas loin, sur une place.

Je fixe tout dans ma mémoire. J'essaie de trouver un détail qui augmenterait définitivement notre édifice. Brusquement une illumination.

— Et si on avait un copain arabe?

Maurice ricane.

— Et il s'appelait Mohamed, non, n'invente rien, après on va s'embrouiller. Est-ce que tu as connu un Arabe à Paris?

— Non.

— Eh bien, à Alger non plus, c'est tout.

Je réfléchis.

— C'est quand même plus courant de rencontrer des Arabes à Alger qu'à Paris.

— Non, on vivait dans le quartier des Européens et on ne fréquentait pas les Arabes.

Ça me semble tiré par les cheveux mais je me tais. J'ai appris par la suite que l'on pouvait en effet vivre en Algérie et ne pas connaître d'Arabes, ce Maurice Joffo avait une sorte de divination pour les futurs problèmes coloniaux de la France.

Bientôt midi et j'ai faim, nous n'avons rien mangé depuis vingt-quatre heures. Des pas dans le couloir, c'est l'interprète.

— Joseph Joffo, à l'interrogatoire.

C'est le troisième depuis hier soir, ça ne finira jamais.

C'est toujours le même S.S. enrhumé. Cette fois il suce des pastilles.

— A quoi vous jouiez à l'école?

Ça c'est pas difficile, je pourrais lui en parler pendant deux jours.

— A chat, chat perché, chat coupé, au prisonnier, à la balle, aux billes, alors là il y a tous les jeux, à la tique, à la patte, au trou, au paquet, aux osselets, aussi.

L'interprète interrompt ma lancée et traduit. Je comprends

qu'il ne sait pas traduire « osselets ». Peut-être les enfants allemands n'y jouent-ils pas.

– Je peux lui montrer avec des pièces.

Il se met à rire, fouille dans sa poche et me tend de la monnaie. Je prends cinq pièces, les place dans le creux de ma paume, les lance en l'air et en rattrape trois sur le dos de ma main.

L'officier me regarde faire avec attention. Je continue ma démonstration. L'interprète rit et je sens que l'atmosphère se détend un peu, mais l'Allemand se reprend.

– Décris-nous la ville.

– C'est très grand, il y a la mer, papa nous amenait tous les dimanches quand il faisait beau, il y a aussi une place, tout près de la rue Jean-Jaurès avec une mosquée blanche avec toujours des Arabes autour. Il y avait aussi une grande rue et…

Je commence à la décrire, je prends la Canebière pour modèle : les cafés, les cinémas, les grands magasins, dix ans plus tard je me rendrai compte que j'ai réinventé la rue d'Isly avec plus de précision que si j'y avais vécu.

– … Le port est très grand, il y avait toujours plein de bateaux.

– Quel genre de bateaux ?

J'en ai vu à Marseille. S'ils étaient à Marseille, ils devaient aussi de temps en temps être à Alger.

– La plupart avaient la coque rouge et noir avec des cheminées, une ou deux. En général deux.

– Parle-nous de tes amis et de ceux de ton frère.

– On avait pas les mêmes parce qu'on était pas dans la même classe. Moi mon meilleur copain c'était Zérati, un jour…

Dans deux heures, je saurai que Maurice aussi a parlé de Zérati. Le nom a dû leur paraître suffisamment algérien pour qu'ils nous laissent en paix le restant de la journée.

Vers sept heures un soldat nous a conduits aux cuisines où nous avons mangé une assiette de soupe, debout devant des rangées de casseroles noircies.

La deuxième nuit commence. Je me demande s'ils ont arrêté papa et maman. S'ils le font et que mes parents ont de faux papiers, il faudra faire semblant de ne pas les connaître. Non, cela serait affreux, il ne faut pas songer à cela.

Le sommeil tarde et la soupe ne passe pas. Il ne faut pourtant pas que je vomisse car il me faut des forces, demain ils vont sans doute continuer à nous interroger à nouveau et il ne faut pas que je flanche. Dieu des juifs, des arabes et des catholiques, faites que je ne flanche pas.

Je distingue le carré plus clair de la fenêtre. Maurice respire régulièrement à côté de moi. Demain nous serons peut-être libres. Peut-être.

Six jours.

Six jours qu'ils nous tiennent et ne nous lâchent pas. Il y a eu encore un interrogatoire le matin du troisième jour et un autre l'après-midi du quatrième. Depuis deux jours, rien. Maurice a demandé à l'interprète qu'il a croisé dans un couloir de l'hôtel. Il paraît que notre dossier est en instance, que les Allemands attendent un fait plus décisif pour le classer définitivement : c'est-à-dire pour nous libérer ou nous embarquer pour la déportation.

Les différents services sont surchargés de travail. C'est un grouillement continu dans le grand hall, dans les deux salons et les couloirs des étages. Les escaliers sont encombrés de civils, de S.S., de militaires. Il y a les services d'identité, ceux de vérification, de délivrance d'ausweiss, de contrôle de domiciles. D'un jour à l'autre, ce sont les mêmes que l'on retrouve dans les couloirs, les mêmes teints plombés, les rides creusées par la fatigue et la peur ; il y a un homme sur le palier du deuxième qui attend debout depuis trois jours, il vient à la première heure et part à la tombée de la nuit. Qui est-il ? Que veut-il ? Quel papier vient-il chercher en vain ? Tout me semble totalement incompréhensible, il y a surtout ce contraste entre les aboiements des caporaux S.S. qui poussent le troupeau dans les escaliers (je sens dans leurs gestes et leur voix qu'ils aimeraient frapper et tuer) et d'autre part ces recherches méticuleuses, cette forêt de tampons chichement maniés, les empreintes, les paraphes, toute une méticulosité qui me fascine. Comment peuvent-ils être à la fois des tueurs et des clercs tatillons et appliqués ?

En tout cas depuis hier, le sergent de semaine à l'Excelsior a trouvé une combine, il y a deux types de moins aux pluches, c'est nous qui les avons remplacés. La première matinée j'étais content de sortir de la chambre, mais j'ai vite déchanté : après les légumes, il y a la salade, le lavage des plats, la plonge l'après-midi. Plus de soixante S.S. et employés mangent dans l'ancienne salle à manger de l'hôtel. Hier soir, j'étais tellement fatigué que je ne me suis endormi que très tard, j'ai entendu une église sonner deux heures. C'était peut-être le clocher de la Buffa.

A sept heures ce matin, on est venu nous réveiller, il faut que nous descendions aux cuisines. Quand ils en auront assez de nous faire travailler, ils nous tueront, je le sens. Ce que je sens également, c'est que le moral s'en va, c'est dû à une sorte de névralgie qui me tracasse, j'ai une migraine presque constante depuis le dernier interrogatoire.

Hier en remontant, j'ai vu le docteur qui partait. Il n'avait pas de blouse blanche et j'ai failli ne pas le reconnaître. Lui nous a vus. Il a eu l'air surpris et est passé très vite. Il a disparu par la porte à tambour.

Pourquoi a-t-il fait ça, celui-là ? Pourquoi nous a-t-il sauvés nous alors qu'il doit chaque jour en condamner des centaines ? Parce qu'il a eu pitié de deux enfants ? Rien de moins sûr, hier il y avait tout un contingent de Juives dans le salon avec des billets verts et il y en avait qui portaient des gosses dans leurs bras, des gosses bien plus petits, bien plus mignons, bien plus attendrissants que nous.

Peut-être alors parce que nous n'avons rien dit, que notre entêtement lui a plu, il a dû se dire : « En voilà deux qui se cramponnent drôlement à leur vie, ils méritent de ne pas la lâcher, je vais leur donner un coup de main. » C'est possible. Mais le sait-il lui-même ? Peut-être s'est-il surpris en nous sauvant la mise, peut-être n'en est-il pas encore revenu... Je ne sais pas, et puis il m'est trop difficile de réfléchir avec ce mal de crâne. Maurice a demandé de l'aspirine, il n'y en a pas.

– Regarde.

Tandis que nous descendons vers le hall, la main de Maurice serre mon bras brutalement, il a stoppé. Le grand salon grouille de monde, il me semble que le nombre d'arrestations augmente et je me rappelle que nous sommes vendredi, le jour des départs en convoi. Qui a-t-il vu ?

– A droite, souffle Maurice, près de la colonne.

Je les vois alors, tous les trois en shorts. Il y a Masso parmi eux et deux autres du camp des Compagnons. Le plus grand était à côté de moi à Vallauris le jour de la poterie.

Jean m'a vu. Il lève les deux bras, son visage s'éclaire. J'ai envie de pleurer soudain et je cours vers eux, Maurice sur mes talons.

On se serre les mains au milieu du brouhaha, Masso m'embrasse, il rit.

– On vous croyait partis au camp, j'étais sûr qu'ils vous avaient embarqués. Pourquoi vous gardent-ils ?

Ce serait difficile à expliquer. Je préfère interroger :

– Mais vous, pourquoi vous êtes là ?

Il a l'air en forme, ses cheveux sont tout ébouriffés, en quelques mots il me met au courant.

– C'est cette nuit, les S.S. ont bouclé le camp et sont entrés, il a fallu qu'on se lève et qu'on ôte nos pyjamas, ils nous ont regardé le zizi avec des lampes électriques et ils ont emballé tous les circoncis, moi c'est parce que j'ai eu une opération quand j'avais six ans, je n'ai pas pu leur expliquer encore...

Maurice regarde autour de lui en se haussant sur la pointe des pieds.

– Et vous êtes que tous les trois ? Il n'y en a pas d'autres ?

Le type de la poterie cligne de l'œil.

– Quand il a su que Ferdinand et vous deux aviez été arrêtés, Subinagui s'est méfié.

Maurice a un geste éloquent : il ne faut pas parler si fort, il y a des hommes de la Gestapo en civil qui se mêlent aux suspects et écoutent. S'ils entendent quelque chose, ils font descendre les bavards dans les caves et là on ne sait pas ce qui se passe.

Le garçon comprend et baisse la voix, il chuchote à présent.

– Vous savez qu'il y avait pas mal de Juifs au camp qui se cachaient ? Subinagui les a fait partir en pleine nuit, en leur donnant des adresses. Nous on s'est fait pincer sur la route près de Grasse, on n'avait pas de papiers.

Je regarde Masso. Il sourit de toutes ses dents et me frappe sur l'épaule.

– Je vais te dire une bonne chose, Joffo, nous on s'en fout de ces histoires, on ne partira pas, on n'est pas juifs.

Maurice me tire par le bras.

– Viens, il faut aller aux cuisines parce qu'on va se faire engueuler s'ils ne nous voient pas.

Nous serrons les mains rapidement. Avant de descendre l'escalier de l'office, je me retourne : je vois la tête de Jean, souriante entre deux épaules. Je ne sais pas encore que je ne le reverrai jamais, que personne n'a jamais revu Jean Masso.

Arrivé le vendredi matin, les Allemands n'eurent pas le temps d'examiner son cas. La Gestapo de Nice devait fournir pour chaque convoi un contingent de mille deux cents personnes. A dix-huit heures, stupéfié, il entendit son nom sur la liste et monta dans le train de la mort. Il avait fait l'appoint. Grâce à lui, les statistiques de Juifs arrêtés furent exactes cette semaine-là.

Les jours qui suivirent, mon mal de tête empira. A présent, même la nuit l'hôtel était plein de bruit, de pas, de cris et je me réveillais en sursaut, baigné de sueur. J'étais sûr à présent que l'on battait des gens dans les caves.

Ils avaient totalement cessé de nous interroger à présent et je ne savais pas ce qu'il fallait penser de l'oubli où nous nous enfoncions peu à peu. Nous avaient-ils totalement oubliés ? Le dossier était-il égaré ? Ou bien au contraire se livraient-ils à une enquête des plus minutieuses ? La seule chose certaine et rassurante c'est qu'ils ne pouvaient pas se rendre à Alger, mais peut-être disposaient-ils d'autres moyens pour savoir vraiment qui nous étions.

Chaque midi et chaque soir, la même comédie se déroulait, je n'arrivais plus à manger et Maurice me forçait. Nous nous engueulions alors et un soir où je m'étais forcé à avaler un plat de purée avec quelques centimètres de boudin, je vomis dans les escaliers en remontant à la chambre. J'étais terrifié car si un Allemand m'avait vu, je sais qu'il m'aurait frappé, assommé peut-être. Quelqu'un montait derrière nous et mon frère m'entraîna à toute allure. Je m'effondrai sur mon lit, le cœur battant, l'estomac encore soulevé de spasmes. Je sentis avant de m'endormir que Maurice m'enlevait mes chaussures et m'essuyait le front avec le pan de sa chemise. Je m'endormis.

Dans la nuit, j'eus une impression curieuse, quelqu'un grattait à notre porte. Je me réveillai et je n'avais absolument pas peur. Mes doigts tâtonnèrent sous le lit et rencontrèrent le métal froid d'une mitraillette. Je me demandai qui l'avait mise là et m'en emparai. Je sentis le froid du plancher sur la plante de mes pieds nus et j'allai ouvrir la porte. Je me trouvai nez à nez avec le S.S. qui m'avait interrogé la deuxième fois. Son visage était contre le mien, énorme, déformé par la proximité, je pouvais distinguer chaque pore de sa peau avec une netteté parfaite. Ses yeux s'agrandirent, ressemblèrent à deux lacs monstrueux où j'allais m'engloutir et périr noyé, juste au moment où je pressai sur la détente, il s'écroula contre le mur, couvert de sang.

Je me sentis divinement bien et je partis dans le couloir. Des Allemands en uniforme et des hommes de la Gestapo apparurent soudain à un tournant, ils foncèrent vers moi en hurlant et je lâchai une rafale, je les vis tournoyer, les murs devinrent rouges et je commençai à descendre l'escalier. Tous à présent couraient affolés dans tous les sens, je me mis à tirer sans arrêt, m'émerveillant que mon arme fût parfaitement silencieuse, je fis un véritable carnage, je voyais les trous dans les ventres, dans les poitrines, les têtes se fracassaient. Jean Masso ravi applaudissait en criant : « Bravo Joseph, tue-les tous. » D'autres hommes sortirent de la cave et je tournai le canon vers eux en les arrosant à leur tour, ils s'écroulèrent comme des guignols lamentables et le sang coulait toujours, atteignant mes galoches. Je pataugeais dedans, m'éclaboussant jusqu'aux genoux. Je suffoquais d'horreur et me remis à vomir avant de tomber sur un monceau de cadavres. Je vis alors mon père qui vint vers moi du fond d'un tunnel et je voulus courir vers lui, mais je ne parvenais pas à me dégager des bras et des jambes qui m'enserraient, j'allais mourir étouffé dans le charnier et je fis un effort terrible pour parvenir à la surface, un effort si grand que je parvins à ouvrir les yeux.

J'étais dans une chambre inconnue, et le silence était total. Le plafond était brillant, comme laqué et je pouvais voir mon reflet, je me trouvais ridiculement petit, juste ma tête dépassait des draps et reposait sur un oreiller.

Je refermai les yeux et, quelques instants plus tard, je sentis une main sur mon front et j'arrivai à nouveau à entrouvrir les paupières. Une jeune fille était là, qui me souriait, elle me parut très belle, son sourire était doux et ses dents brillaient.

Elle comprit que je n'avais pas la force d'ouvrir la bouche et elle répondit à toutes les questions comme si elle les avait vues dans mes yeux.

On m'avait trouvé dans le couloir, au petit matin, inanimé. J'avais été retransporté dans une autre chambre et le médecin était venu qui avait dit que c'était grave, un début de méningite.

Je l'écoutais. Je l'aurais écoutée parler des journées entières. Je sus que je me trouvais toujours dans l'hôtel.

Elle me laissa quelques instants et revint avec de la compote qu'elle me fit manger à la petite cuillère. J'essayai à un moment de sortir mon bras des draps et de prendre cette cuillère mais ma main tremblait trop fort. J'avais peur de vomir mais cela ne se reproduisit pas, j'en fus heureux car je ne voulais pas tacher le drap et attirer des ennuis à cette jeune femme si gentille.

Après son départ, je refermai les yeux mais il y avait une image qui apparaissait toujours sous mes paupières et dont je ne pouvais pas me débarrasser : je voyais une porte.

Je savais que cette porte était celle de la cave de l'hôtel Excelsior, elle n'avait rien de spécial mais j'avais une peur affreuse qu'elle s'ouvre, que des êtres en sortent dont j'ignorais encore la forme et la couleur mais que je savais être des choses d'épouvante. Au moment où je la vis s'entrebâiller, je poussai un tel cri que mon infirmière revint. J'étais en sueur de nouveau et elle m'essuya le visage et le cou. Je pus lui dire quelques mots et cela parut lui faire plaisir, elle me dit que c'était bon signe, c'était la preuve que je commençais à guérir.

Elle resta avec moi une bonne partie de la nuit, chaque fois que je m'éveillais, je discernais sa présence assise sur le fauteuil et cela m'apaisait.

Le jour se leva et je m'aperçus que j'étais seul dans la chambre. Une chose étrange se produisit alors : je me levai et m'approchai de la fenêtre. Bien qu'il fît encore sombre, je discernais une forme en bas, allongée sur le trottoir. C'était un garçon baignant dans son sang. Je regardai son visage plus attentivement, il était tourné vers moi et je le reconnus soudain : c'était celui de Joseph Joffo.

C'était drôle, j'étais à la fois mort sur le trottoir et vivant dans une chambre de clinique. Ce qui était important, c'était de savoir lequel était le vrai. Mes cellules durent fonctionner normalement car j'arrivai à la conclusion suivante : j'allais sortir et je rencontrerais certainement quelqu'un. Si ce quelqu'un me parlait, c'est que j'étais le vrai Joseph, si personne ne me disait rien, le vrai Joseph serait donc l'enfant mort, un pied dans le caniveau.

Je sortis et me trouvai dans un couloir. Ce ne fut pas long. Une voix me fit sursauter :

– Mais qu'est-ce que tu fabriques là, toi ?

Je me retournai et souris. J'étais rassuré : le vrai Jo était vivant.

Tranquillement je regagnai ma chambre, le médecin suffoqué établit aussitôt un constat de somnambulisme et à partir de cet instant je ne vis plus la porte de la cave.

A présent, les jours s'écoulaient calmes et presque heureux. Je récupérais assez rapidement et mon infirmière qui s'appelait Mlle Hauser me félicitait de ma mine meilleure de jour en jour.

Un matin, cela faisait une semaine à peu près que j'étais là, je lui demandai pourquoi elle ne portait pas une blouse comme les médecins et les infirmières. Elle me sourit et dit :

– Ce n'est pas un hôpital et je ne suis pas infirmière.

Je restai un moment sans voix et j'ajoutai :

– Mais pourquoi me soignez-vous alors ?

Elle se détourna et entreprit de retaper mes oreillers.

Avant que j'aie pu poser une autre question, elle dit simplement :

– Je suis juive.

Jamais je n'eus autant de mal à résister à l'envie folle de lui dire : « moi aussi », mais je ne le pouvais pas, cela était exclu, il y avait peut-être des hommes en ce moment, l'oreille contre la porte. Je ne répondis pas mais attrapai son cou au passage et l'embrassai. Elle me rendit mon baiser, effleura ma joue de ses doigts et sortit.

De toutes mes forces, je souhaitais que les Allemands

aient besoin d'elle longtemps, très longtemps, jusqu'à la fin de la guerre, qu'ils ne l'emmènent pas dans un de ces convois du vendredi...

Le soir elle revint avec un livre et me le tendit.

– Tu devrais lire un peu, Jo, tu ne vas plus à l'école depuis longtemps, cela te ferait du bien.

Je me mis à lire, j'en arrivais au rythme de deux à trois livres par jour. Je pouvais me lever à présent comme bon me semblait. Je demandais souvent à Mlle Hauser la permission d'écrire à mon frère, mais le règlement était strict, toute correspondance avec l'extérieur était interdite.

Un matin, vers neuf heures, alors que j'étais plongé dans un Jack London, la porte s'ouvrit et un docteur entra. Je le connaissais bien, c'était celui qui m'avait visité à mon arrivée ici.

Il regarda la feuille de température au pied du lit, me dit de tirer la langue et ne la regarda pas. Il s'approcha, souleva une de mes paupières et me dit simplement :

– Habille-toi.

Je n'en crus pas mes oreilles.

– Tes affaires sont dans le placard.

Je décidai de tenter le tout pour le tout afin de rester encore.

– Mais je ne peux pas me lever, dès que je pose le pied par terre, la tête me tourne et je tombe.

Il ne prit même pas la peine de me répondre. Il consulta sa montre.

– Dans cinq minutes tu dois être en bas, dépêche-toi.

Je m'habillai. Mes vêtements avaient été lavés et repassés et je sentis là la main de ma garde-malade. Je sortis, je ne la vis pas dans le petit bureau vitré qu'elle occupait d'ordinaire tout près de ma chambre et dans lequel nous avions bavardé si souvent. J'allais écrire : « je ne la revis jamais », mais je m'aperçois que cela fait de nombreuses fois que j'emploie cette formule. Hélas ! elle convient une fois de plus. Où vous en êtes-vous allée, mademoiselle Hauser ? Dans quel camp avez-vous débarqué, l'un de ces matins brouillardeux et froids de Pologne ou d'Allemagne orientale ? Tant d'années ont passé, et pourtant je revois le clair visage penché sur moi, je sens les mains douces sur mon front, j'entends la voix :

– Tu devrais lire un peu, Joseph, tu ne vas plus à l'école...

Je me souviens d'un joli visage d'une grande tendresse et à nouveau ce fut Maurice. Il avait maigri et pâli.

– Ça va pas fort en ce moment, il y a un nouveau chef, il paraît que c'était la pagaille et ils ont nommé ce bonhomme, c'est un terrible, va falloir se tenir à carreau.

Il ne croyait pas si bien dire, moins de deux heures après mon arrivée, un civil français vint nous chercher aux cuisines.

– Maurice et Joseph Joffo, interrogatoire.

Notre dossier était ouvert sur le bureau, il y avait des papiers en plus grand nombre, des lettres.

Ainsi donc, ils n'avaient pas laissé tomber l'affaire et cela me coupa les jambes. Ils avaient une guerre mondiale sur le dos, ils reculaient devant les Russes et les Américains, ils se battaient aux quatre coins de la planète, et ils employaient des hommes, du temps pour essayer de savoir si deux gamins étaient juifs ou ne l'étaient pas, et cela depuis bientôt plus de trois semaines !

L'Allemand en civil qui trônait derrière le bureau devait être ce terrible dont m'avait parlé Maurice. Il portait une veste en tweed, très large, ce qui l'épaississait encore. Même assis, on pouvait se rendre compte qu'il était vraiment très petit. L'interprète avait changé également.

Debout, le ventre arasant le rebord du bureau, nous attendons Maurice et moi.

Le petit homme nous regarde, remue des papiers et murmure une phrase. La traduction suit automatiquement.

– Le chef du camp « Moisson Nouvelle » a confirmé votre histoire en tout point.

Il s'arrête et une chaleur m'envahit, il se peut que dans cinq minutes nous soyons dehors.

L'Allemand toujours dans un murmure reprend la parole. Ça va trop vite pour que je comprenne bien tout, mais l'interprète fait son office. Celui-là ne brode pas, sa voix n'est pas une voix humaine avec intonation, chaleur, accent, c'est une machine à traduire de haute précision qui doit annoncer les naissances et les morts du même ton. Sans bouger, il désigne Maurice du menton.

– Votre affaire traîne depuis trop longtemps, nous ne pouvons plus vous garder ici…

Ça, c'est également mon avis. Il poursuit :

– Toi, le plus grand, tu sors. Tu as quarante-huit heures pour ramener les preuves que tu n'es pas juif. Il nous faut des certificats de communion, retrouver le prêtre à Nice. Débrouille-toi.

L'Allemand ajoute quelque chose. L'interprète intervient :

– Si dans quarante-huit heures tu ne reviens pas, nous découpons ton frère en morceaux.

Maurice claque des talons, je l'imite sans savoir pourquoi, il a dû remarquer que cela plaisait.

– Merci, messieurs, dit-il, je reviendrai.

Comme on secoue une poussière du plat de la main, l'homme de la Gestapo nous congédie. Il n'y a pas de temps à perdre. Maurice frotte ses chaussures avec un bout de couverture. Je m'assieds sur mon lit.

– Maurice, tu sors. Si tu vois que tu as une chance de me faire libérer, tu reviens. Sinon, tu restes dehors et tu te planques. Il vaut mieux qu'il en reste un sur les deux que pas du tout.

Il se peigne à toute vitesse, cherchant son reflet dans la vitre de la fenêtre.

– Te casse pas la tête. Dans deux jours, je serai là. Salut.

La porte s'est déjà refermée. J'entends le pas précipité de ses galoches sur la moquette. Il ne m'a ni embrassé ni serré la main.

Est-ce qu'on s'embrasse pour une séparation de deux jours ? Chose bizarre, ces deux jours ne me parurent pas plus longs que d'autres. Je ne regardai pas particulièrement plus la pendule. Je savais, disons que j'espérais, que de toute façon ils ne me couperaient pas en morceaux, simplement j'aurais le ticket vert pour vendredi et comme je m'évaderais du train, cela ne serait, au fond, pas bien grave.

Je me sentais bien plus en forme qu'avant ma maladie, je travaillais aux cuisines et on commençait à me connaître. Il m'arrivait parfois en passant dans un couloir, en descendant un escalier de rencontrer un des Allemands ou un interprète qui me souriaient ou me serraient la main. Je me sentais en passe de devenir une des figures traditionnelles de l'hôtel Excelsior.

Ce jour-là, je fus particulièrement soigné : après avoir épluché des topinambours, écossé des haricots et trié des lentilles, je fus expédié avec un grand pot d'encaustique et deux sortes de chiffons différents pour faire briller les portes des étages.

Je m'attaquais à la première quand je reçus un coup de pied dans le derrière, pas méchant, mais suffisant pour me faire lâcher mon pot.

C'était Maurice, tout rigolard.

Je lui expédiai une droite au foie, il riposta par deux crochets courts, sautilla autour de moi et finit par dire :

— J'ai les certifs, chantonna-t-il.

J'abandonnai mon attirail de cireur de portes et nous allâmes dans un réduit qui fermait le couloir où se trouvaient les balais et tout le matériel de nettoyage. C'était un endroit sûr d'où personne ne pouvait nous entendre. Il me raconta les événements.

Jouant le tout pour le tout, il était retourné à la maison : mes parents y étaient toujours, ils ne sortaient plus et n'ouvraient pratiquement plus les volets, ils avaient maigri tous les deux, c'est une voisine qui leur faisait les commissions. Il leur avait exposé la situation et maman avait pleuré. Maurice était alors sorti et était entré dans l'église voisine.

— Tu comprends, me dit-il, je me souvenais du curé de Dax, si un prêtre nous avait sauvés une fois, un autre nous rendrait peut-être le même service une deuxième fois.

Il n'y avait personne dans l'église, juste un vieux monsieur qui rangeait les chaises. Maurice lui demanda où il pouvait trouver le curé. Le vieux monsieur lui répondit que c'était lui. Le bedeau était en Allemagne dans une usine et il fallait qu'il fasse tout lui-même.

Il fit entrer Maurice au presbytère, mit une soutane et l'écouta. Maurice raconta tout. Le curé ne lui laissa même pas achever l'histoire.

— Ne t'inquiète pas, je vais te faire les certificats de communion que je vais te remettre tout de suite. D'autre part, je vais expliquer ta situation et celle de ton frère à Monseigneur l'Archevêque qui interviendra sûrement. Rentre tranquillement au camp, réconforte Joseph, je viendrai vous voir à l'Excelsior.

Quand il sortit de l'église, Maurice rayonnait, il avait nos certificats en poche.

Au lieu de rentrer directement, il fit un détour par Golfe-Juan pour voir Subinagui et il recommença à expliquer la situation.

— Ne vous faites pas de mauvais sang, dit le chef du camp, je vais téléphoner à l'archevêque de mon côté car deux précautions valent mieux qu'une et je peux t'assurer qu'il va faire un maximum.

Il n'en dit pas davantage mais Maurice comprit que Mgr Remond avait évité le départ pour Drancy à tous ceux qu'il avait pu.

Cette fois-ci, nous tenions vraiment le bon bout. A peine sortis du placard, l'interprète-machine nous tomba dessus.

— Alors, tu as tes preuves ?

— Bien sûr, j'ai des certificats de communion.

Il nous regarda, il était impossible de savoir s'il était satisfait ou déçu par la nouvelle.

— Attendez devant le bureau, je vais prévenir le responsable.

J'avais du mal à rester calme, pourtant il ne fallait pas trop offrir le spectacle d'une intense jubilation, il fallait rester naturel. Nous avions fait notre communion à la Buffa, on en apportait la preuve, et c'était tout. Rien de plus naturel.

Nous entrons. L'Allemand a la même veste de tweed. Maurice lui tend nos papiers. Il les regarde, les retourne.

— Das ist falsche !

Même sans savoir la langue, la traduction s'impose : ils sont faux.

Je n'admirerai jamais assez le réflexe du frangin :

— Chic, vous allez nous libérer alors ?

L'interprète laisse filtrer les mots entre ses lèvres.

— Non. Ces papiers sont des faux.

Maurice a eu le temps de se préparer.

— Dites-lui qu'il se trompe. D'ailleurs le curé va venir nous voir et nous emmener. Il nous l'a dit.

— Nous vérifierons, sortez.

Dans le dossier qui se referme, nos deux certificats sont en bonne place. Ils n'ont pas suffi cependant à nous faire libérer.

Dehors, Maurice siffle entre ses dents :

– Merde et merde et merde et merde…

Une voix claque de l'étage au-dessous.

– Les Joffo, à l'office, on vous cherche.

Nous redescendons. Un des employés nous tend un panier plat en osier, un grand panier presque circulaire.

– Allez chercher des tomates, et grouillez-vous. Prenez les plus mûres.

Je savais où se trouvaient les tomates. Il y avait un petit escalier mitoyen avec le palier d'un autre immeuble et cet escalier qui comptait une dizaine de marches se terminait par une sorte de terrasse couverte, assez fraîche, où il y avait des claies sur lesquelles s'entassaient des fruits et des légumes que la cuisine ne trouvait pas suffisamment mûrs. Au dernier rang, c'étaient les tomates.

Je les connaissais bien, j'en avais assez transbahuté du marché au bar de chez Tite. Celles-là étaient à peine jaunes et sur le dessus les nervures étaient vertes dessinant une étoile d'émeraude.

Maurice regarda autour de lui. C'était calme, un décor d'arrière-cour, les hauts murs jaunes de soleil nous entouraient.

Je pris une tomate et la déposai au fond du panier mais je n'eus pas la force d'en prendre une deuxième. Mon regard était fixé sur le muret qui séparait le palier où nous nous trouvions de l'immeuble d'en face.

Il n'avait pas cinquante centimètres. Cinquante centimètres à franchir et c'était la liberté.

Je regardais Maurice. Lui aussi respirait plus vite. Il fallait choisir rapidement, quelques courtes minutes pour se décider.

Là-bas, sur l'autre palier, nous dévalions les escaliers et nous étions dehors, sur la rue opposée à l'hôtel, c'en était fini de l'attente, des faux papiers, des interrogatoires, de ces sueurs d'angoisse, un muret de cinquante centimètres et la mort s'éloignait à tout jamais.

Je n'osais pas parler, je savais que Maurice était tendu comme une corde d'arc. Je posai une deuxième tomate à côté de la première.

178

Maurice en prit une à son tour mais la garda dans sa main.

– On y va, murmure-t-il.

Je me lève, un frisson me parcourt, quatre pas à faire.

L'ombre du mur découpe sur le sol une ligne nette, une tache d'encre tirée à la règle. Le soleil a peut-être tourné mais dans le bas de la ligne d'ombre, il y a une protubérance, quelque chose qui bouge et qui disparaît.

Je me baisse et ramasse un insecte imaginaire. Peu de chances que la sentinelle sache parler français mais deux précautions valent mieux qu'une.

– Je l'ai loupé, il s'est envolé.

Maurice a rempli déjà à moitié le panier.

– T'es tout con si tu crois que tu vas attraper des papillons à la main.

Je l'aide et nous repartons.

Avant de redescendre, je bondis comme un ressort, tourne en l'air et retombe.

– Zut, encore loupé.

L'homme a disparu, j'ai vu en un éclair le retrait du corps, la tache noire que forme le canon de la mitraillette.

Un des cuistots se retourne à notre arrivée et nous regarde poser le panier sur la table.

– Qu'est-ce que vous foutez là ?

– Ben, on rapporte les tomates !

Il reste un instant bouche bée et se retourne brusquement.

– Ça va, laissez ça là. On n'a plus besoin de vous.

Sa surprise ne m'a pas échappé. Je la comprendrai encore mieux lorsque je m'apercevrai que dans les trois repas qui vont suivre, celui du soir et les deux du lendemain, il n'y aura pas le moindre plat de tomates.

Maurice avait décidément raison : le chef de l'Excelsior est un monsieur redoutable. Ce piège ne sera peut-être pas le dernier.

Le curé de la Buffa vint trois jours plus tard. Il s'assit sur une chaise qu'un S.S. vint lui apporter. C'était un témoignage de respect fort peu usité à l'Excelsior, mais ce fut le seul. Il resta trois heures immobile assis sans prononcer une parole.

Au bout de ce temps, on vint le prévenir qu'il ne serait pas reçu.

Il se leva et appela du doigt un interprète qui passait dans le couloir. D'une voix douce et mesurée, il expliqua qu'il comprenait très bien que les services de la Gestapo soient surchargés, voire débordés de travail, et qu'il reviendrait donc dès le lendemain sept heures, resterait jusqu'à la fermeture et cela jusqu'à la victoire du IIIe Reich, s'il le fallait, de façon à ne pas laisser les services administratifs nazis commettre une lourde erreur dont pâtiraient deux enfants. Il se permettait d'ajouter que Monseigneur l'Archevêque qui était au courant de sa démarche était décidé à intervenir en haut lieu, à Berlin s'il le fallait.

Au fur et à mesure qu'il parlait, un petit groupe de S.S. s'était formé autour de lui et le brave curé ne manquait pas d'ajouter lorsqu'il racontait cette histoire : « Après mon laïus, ils me regardèrent et j'eus du mal à me retenir de les bénir. »

Nous étions tombés sur le curé le plus têtu, le plus humoriste et le plus acharné à arracher des Juifs des griffes des Allemands, qu'il y avait dans le département des Alpes-Maritimes.

Le lendemain, la porte n'était pas ouverte, les sentinelles de nuit n'avaient pas encore été relevées par celles de jour que le factionnaire du hall vit arriver le bon curé de la Buffa qui lui fit un petit signe d'amitié, trottina vers les escaliers, s'empara d'une chaise en murmurant : « Ne vous dérangez pas... » à des S.S. en train de jouer aux cartes et vint s'installer face au bureau. Il s'était cette fois muni de son bréviaire et il était facile de comprendre, rien qu'à le voir, qu'il serait plus facile de changer le mont Blanc de place que d'essayer seulement d'envisager que cet homme pouvait dévier d'un millimètre de la tâche qu'il s'était fixée.

Chaque fois qu'un interprète, un employé, une personne quelconque passait dans le couloir, elle effectuait un léger détour.

A midi, il n'avait toujours pas été reçu.

A midi cinq, le curé plongea sa main dans une poche profonde de sa soutane et en tira un morceau de papier blanc, soigneusement plié. Le papier contenait deux tranches de pain gris et un morceau de mortadelle.

Le curé avala son sandwich avec entrain, replia soigneusement le papier qu'il remit dans sa poche, il avala un cachou qui dans son esprit devait représenter le dessert et comme un gendarme allemand le regardait suffoqué à une dizaine de mètres de là, il se leva et lui demanda dans un allemand grammaticalement correct mais à l'accent nettement niçois :

– Je m'excuse de vous déranger, militaire, mais auriez-vous l'amabilité de m'apporter un verre d'eau ?

Après cet épisode, il devint rapidement l'attraction de l'hôtel et les responsables comprirent qu'il pouvait y avoir là quelque danger, aussi à quatorze heures fut-il introduit le premier. L'entrevue fut brève, sèche, mais courtoise.

Il revint le lendemain mais n'eut pas besoin cette fois de s'asseoir. Il fut introduit immédiatement. Il apportait les papiers demandés et au-delà : il y avait nos deux certificats de baptême et une lettre manuscrite de l'archevêque qui expliquait que ces deux certificats avaient été établis à la cathédrale d'Alger, ville où nous étions nés et qu'ils se trouvaient en sa possession puisque ces documents avaient été nécessaires à la cérémonie de notre communion, qu'il certifiait également avoir eu lieu en l'église de la Buffa à la date mentionnée. En foi de quoi, il demandait notre libération immédiate et se déclarait prêt, si toutes ces preuves n'étaient pas jugées suffisantes, à venir lui-même s'expliquer au siège de la Gestapo.

Il aurait été évidemment très désagréable pour la Gestapo de voir l'épiscopat prendre officiellement position contre elle. Les raisons en sont encore obscures, même aujourd'hui. On peut cependant en distinguer une. Même en ces années où la France se vide d'hommes, de nourriture, de matériel, même au moment où les travailleurs partent vers les usines allemandes, la politique de collaboration européenne n'est pas encore abandonnée, il ne faut donc pas, sous prétexte d'envoyer deux gosses dans la chambre à gaz, se brouiller avec l'Eglise française car les pratiquants sont nombreux. Pour sauvegarder sa politique de neutralité vis-à-vis de la catholicité niçoise, la Gestapo décide donc de relâcher après plus d'un mois d'arrestation Maurice et Joseph Joffo.

La vie tient le plus souvent à peu de chose, en cette année-là, je peux dire que pour nous, elle ne tient à rien. Simplement au fait qu'arrêtés un vendredi, nous avions pénétré à l'hôtel Excelsior alors que le convoi hebdomadaire était déjà constitué et que la manie administrative des Allemands les entraîna à ouvrir un dossier nous concernant. Peu d'entre nous ont eu cette chance.

Ce fut le curé qui nous emmena, nous tenant chacun par une main. Lorsque l'homme à la veste de tweed signa l'acte de libération, notre curé l'empocha comme quelque chose qui lui était dû depuis longtemps et ne remercia pas. Il y avait même dans son attitude une pointe d'agacement, elle voulait dire : « Il vous en a fallu du temps pour vous décider. »

Avant de sortir du bureau, il salua de la tête et nous dit :

– Maurice, Joseph, dites au revoir au monsieur.

Nous y allâmes en chœur.

– Au revoir, m'sieur.

L'homme en tweed nous regarda partir sans un mot, l'interprète n'avait pas eu besoin de traduire.

Dehors, je fus ébloui par le soleil et le vent qui venait de la mer. Je sursautai : rangée devant l'hôtel il y avait la camionnette qui nous avait amenés. Subinagui était au volant, il nous embrassa tout heureux.

– Allez, en route, on rentre à Moisson Nouvelle, vous avez assez traîné en ville.

La voiture démarre. Je me retourne, les sentinelles devant l'hôtel rapetissent, rapetissent, elles disparaissent dans un tournant. C'est fini, on en est sortis.

Nous sommes sur les quais, la mer est là qui étincelle. Le soleil va s'y coucher dans peu de temps.

La voiture s'arrête.

– Je vais chercher ma décade, dit Subinagui, le tabac de Golfe-Juan n'est plus approvisionné, j'aurai peut-être plus de chance ici.

Nous descendons.

C'est l'endroit où la plage est la plus sauvage, les galets sont plus gros, plus ronds, plus durs qu'ailleurs, je me tords les pieds dans mes galoches mais plus on s'approche de la mer, plus ils rapetissent, s'aplatissent, tournent en un gravier humide et glissant que les franges des vaguelettes recouvrent.

Mes lacets sont durs à défaire, Maurice retire déjà ses chaussettes.

Ça y est, je suis pieds nus et l'eau qui court s'infiltre entre mes orteils.

Nous avançons ensemble. C'est froid au début mais c'est agréable, il semble que la température de l'eau s'abaisse de seconde en seconde.

La mer est plate et immobile, immense mare d'huile que le soleil fait rougeoyer. Il y a des mouettes sur la plage et soudain elles s'envolent toutes, passent au ras de nos têtes et montent vers le large, planantes.

L'eau nous vient à présent jusqu'aux genoux et nous arrêtons. Le ciel est au maximum de son bleu. Nous restons là, debout, sans rien dire.

Je ne pense à rien, ma tête est vide, je sais seulement que je vais vivre, que je suis libre, comme les mouettes.

Derrière nous, accoudé au parapet, Subinagui nous regarde.

Gérard apparaît à la porte de la cuisine. Il est toujours aussi impeccable, il met chaque nuit son short sous le matelas pour qu'il conserve bien le pli.

— Jo, au téléphone.

Je lâche mes haricots. On pourrait coudre pendant dix ans avec tous les fils que j'ai enlevés.

Je traverse le camp en courant jusqu'au bureau.

Subinagui parle et me tend l'écouteur dès qu'il me voit surgir.

— C'est ton père.

Je colle l'écouteur de toutes mes forces contre mon oreille tandis qu'il sort et referme la porte derrière lui.

— Allô, papa ?

J'ai dû chevroter car il n'a pas reconnu ma voix.

— C'est toi Joseph ?

— Oui. Comment vas-tu ?

— Très bien, très très bien. Maman aussi. Je suis content que vous soyez là-bas tous les deux.

— Moi aussi.

Je le sens ému, un peu tremblant. Il ajoute :

— C'est très bien d'avoir tenu le coup, on a eu une belle émotion quand on a vu Maurice mais je savais que ça se passerait bien.

A entendre le soulagement que sa voix exprime, il ne devait pas en être tellement persuadé.

– Tu as eu peur ?

– Non… enfin pas beaucoup, j'ai été malade à un moment mais je suis guéri, ça va. Et Henri et Albert ?

– Ça va pour eux aussi, j'ai des nouvelles régulières. On tient le bon bout, va.

– Oui, j'espère.

– Alors écoute, je ne peux pas rester trop longtemps, ta mère s'inquiéterait, tu la connais… Embrasse Maurice et je t'embrasse aussi, bien fort. On va se revoir bientôt à présent.

– Oui, papa.

– Au revoir, Jo, et… sois sage…

Quand il me dit « sois sage », c'est qu'il ne sait plus quoi dire et j'ai peur d'éclater en sanglots dans l'appareil.

– Au revoir, papa, à bientôt.

Un déclic. Il a raccroché.

C'est bête que Maurice n'ait pas été là, il travaillait dans une ferme à trois kilomètres de là.

Je retourne à mes haricots. La vie au camp n'est plus la même qu'auparavant. Testi est parti, une tante est venue le chercher et je n'ai pas retrouvé mon copain. Et puis depuis la descente effectuée par la Gestapo en pleine nuit, l'atmosphère n'est plus aussi confiante qu'autrefois. Nous sommes moins nombreux aussi, certains sont partis. On dit qu'un des plus grands s'est engagé dans la milice. Le soir, les veillées se raccourcissent, une méfiance s'est installée. Mais même ainsi, ce camp est pour moi le paradis, il est bon d'aller où bon vous semble, et surtout d'être à l'air. Les journées se raccourcissent, nous marchons vers l'hiver. Encore un hiver de guerre.

– Elle va finir bientôt la guerre, monsieur Subinagui ?

Il rit et tire un trait sous la dernière addition de la colonne. Il referme le carnet de comptes et affirme :

– Trois mois, dit-il, je prends le pari qu'elle ne durera pas trois mois.

Je le trouve bien optimiste, il me semble que nous nous sommes installés dedans pour toujours, qu'elle est devenue un état permanent, la guerre et l'existence se sont confondues, il n'est même plus besoin de partir pour lui échapper, elle est partout. Des mots se chuchotent qui évoquent d'étranges décors : Guadalcanal, Manille, Monte Cassino, Benghazi, sous les cocotiers, les minarets, la neige, les pagodes, les monastères au sommet des montagnes, au fond des mers, dans le ciel, elle est partout, triomphante et les jours passent... Bientôt quinze jours que nous sommes revenus de l'Excelsior.

Je suis sur le bateau qui va partir vers le château d'If. Le capitaine me secoue de plus en plus violemment, je vois briller l'ancre de marine de sa casquette et ce qui m'étonne c'est qu'il connaisse mon nom.

– Jo. Jo.

Il m'énerve ce type, il faut que je lui échappe, que je m'enfonce davantage au creux de la chaleur, il faut que...

– Jo !

Cette fois je suis réveillé. Le rond de la torche m'éblouit. Il fait nuit noire.

– Habille-toi vite, fais doucement...

Que se passe-t-il ? Les autres dorment sous la tente, sur l'autre rangée quelqu'un s'est retourné sur lui-même et le ronflement un instant interrompu reprend de plus belle. Dans l'obscurité j'enfile ma chemise. Merde, c'est à l'envers, évidemment. Je sens Maurice près de moi qui racle des semelles sur de sol.

Ce ne peut pas être une descente de la Gestapo, il y aurait des cris, tout le monde serait debout. C'est Subinagui qui tient la lampe électrique.

– Sortez, je vous rejoins au bureau.

Dehors, la nuit est fraîche, énormément d'étoiles. Le mur de la toile est déjà mouillé par l'humidité qui monte du sol.

Tout dort dans le camp. Tout, sauf nous.

Le bureau est ouvert, Subinagui arrive sur nos talons, son ombre plus épaisse se découpe à peine sur le ciel sombre. Il est chargé de deux paquets. Lorsqu'il pénètre dans la petite pièce qui sent le bois blanc et le vieux papier, il allume la loupiote et je m'aperçois qu'il tient entre ses bras nos deux musettes.

Il va donc falloir reprendre la route, je le sais. Je l'ai peut-être toujours su.

X

— Vous partez tout de suite, j'ai mis tout ce qu'il vous fallait dans vos musettes, deux chemises, du linge, des chaussettes et un casse-croûte. Maintenant je vais vous donner de l'argent et vous allez à travers champs gagner Cannes. Là vous prendrez un train pour Montluçon et de là vous gagnerez un petit village où votre sœur vous attend, il s'appelle…

Maurice l'interrompt :

— Qu'est-ce qui se passe ?

Subinagui baisse le nez.

— J'aurai préféré que vous ne me posiez pas la question mais elle était inévitable.

Il réfléchit et annonce brutalement :

— Votre père a été arrêté hier après-midi dans une rafle et conduit à l'hôtel Excelsior.

Tout se met à tourner, la Gestapo aura été plus forte que l'armée du tsar, elle se sera finalement emparée du père Joffo.

— Ce n'est pas tout, votre père avait ses papiers sur lui, à son nom. Les Allemands ne vont donc pas tarder à faire le rapprochement avec vous, ils vont donc venir vous chercher. Il n'y a pas une minute à perdre. Foncez.

Maurice a déjà la courroie de sa musette au-dessus de son épaule.

— Et maman ?

— Elle a été prévenue à temps, elle est déjà partie, je ne saurais vous dire où mais vous pouvez être rassurés, vos parents ont dû prévoir un endroit pour se cacher. Allez, filez. N'écrivez pas, ne donnez aucune nouvelle, ils vont peut-être surveiller la correspondance que nous recevons.

J'ai imité Maurice, la musette pèse de nouveau à mon côté.

Subinagui a éteint les lumières, nous sommes tous les trois sur le seuil de la baraque.

— Passez par le sentier du fond, évitez les routes, vous devez avoir un train vers sept heures. Au revoir les enfants.

Nous marchons. Tout s'est passé si vite que je n'ai pas encore réalisé. Je sais seulement que mon père est aux mains

186

des nazis et que les Allemands sont peut-être déjà à nos trousses. Quel triomphe pour le type à la veste de tweed s'ils nous remettent la main dessus ! Et le curé de la Buffa ! Des prêtres ont été déportés pour moins que cela. Celui qui aide un Juif partage son sort, non, il ne faut pas se faire prendre.

La terre est sèche, dure, mais les herbes et les feuilles de vigne que nous frôlons mouillent nos shorts et les manches de nos chemises.

Le camp est loin déjà. La nuit est si claire que la crête des collines jette son ombre sur la plaine et les cultures en terrasses.

Où se trouve Montluçon ? Je n'en ai aucune idée. Décidément, je n'ai pas assez travaillé ma géographie en classe. Maurice ne doit pas le savoir plus que moi, inutile que je le lui demande. Et puis avec le chemin de fer, il n'y a pas à s'en faire, le train vous conduit, on y arrivera toujours.

Ce que je crois c'est que c'est loin de la mer, loin de la côte, c'est la seule chose dont je sois sûr. Cela m'ennuie de quitter la Méditerranée, j'y reviendrai quand je serai plus grand et que ce sera la paix.

Le chemin monte. Ce qu'il faut c'est éviter les fermes pour ne pas faire aboyer les chiens. L'ennui c'est que cela nous oblige à de larges détours qui nous écartent de la direction.

Maurice s'est arrêté. Très visible devant nous, il y a une route, un embranchement.

– On va traverser, chuchote Maurice. Tout droit c'est Vence, faut passer de l'autre côté.

Furtivement nous traversons la route et après l'escalade d'un talus, la mer réapparaît à nos pieds, large et grise, scintillante. La ville qui la borde est encore invisible, c'est Cannes, il faut à présent descendre par les jardins sur la gare.

Nous nous accroupissons au pied d'un arbre. Inutile de nous presser, marcher dans les rues à cette heure serait trop dangereux, il vaut mieux attendre que l'aube vienne.

L'aube sent bon, une odeur forte et sèche, un peu comme les poivriers de Menton.

Peu à peu les formes autour de nous se précisent et les couleurs surgissent l'une après l'autre, les rouges, les bleus, les verts se réinstallent. Il y a des toits au-dessous de nous qui se confondent avec la roche.

Somnolent, je guette le premier rayon qui éclate brutalement à la surface de l'eau, comme le coup de trompette qui annonce le fracas des cuivres. C'est à nous d'entrer en scène.

Nous repartons et par les villas fermées nous gagnons le centre de la ville. Il y a des gens sur des vélos, les commerçants soulèvent les premiers rideaux de fer.

Voici la gare.

Il y a déjà du monde. Moins qu'à Marseille il est vrai.

— Deux aller pour Montluçon.

L'employé manœuvre une machine, compulse des livres, des indicateurs, j'ai l'impression qu'il n'arrivera jamais à établir le prix du billet. Ça y est enfin.

— Cent quatorze francs vingt.

Maurice ramasse la monnaie pendant que je demande :

— Où faut-il changer ?

— C'est compliqué. Vous allez à Marseille, vous avez l'express dans trois quarts d'heure. Après vous remontez sur Lyon. S'il n'y a pas de retard, vous n'avez que deux ou trois heures d'attente. A Lyon, vous prenez l'autorail pour Moulins et à Moulins vous avez un nouveau changement pour Montluçon. Ou alors vous avez une autre solution par Roanne, Saint-Germain-des-Fossés, Gannat et Montluçon, ou encore Saint-Etienne, Clermont-Ferrand et la ligne de Bourges, mais d'une façon comme de l'autre, vous y arriverez toujours. Seulement je ne peux pas vous dire quand exactement. D'ailleurs, où que vous alliez je ne peux pas vous dire quand vous arriverez ni même si vous arriverez parce que...

Ses bras en croix, il produit avec sa bouche un bruit de moteur et de bombes.

— Vous voyez ce que je veux dire ?

On est tombés sur un bavard.

Avec un clin d'œil, il ajoute :

— Et il n'y a pas que les bombardements, il y a aussi les...

De ses deux poings réunis il appuie sur un détonateur imaginaire, gonfle ses joues, devient écarlate.

— Braoum ! Vous voyez ce que je veux dire ?

Nous acquiesçons, fascinés.

— Et il n'y a pas que les sabotages ! Il y a les ralentissements, les arrêts, les déraillements, les voies déboulonnées et puis également...

Les deux mains en porte-voix il se met à ululer sinistrement :

– Vous voyez ce que je veux dire ?

– Les alertes, dit Maurice.

Il a l'air ravi.

– C'est ça, les alertes. Tout ça pour vous dire que je ne peux pas vous dire quand vous arriverez, peut-être dans deux jours, peut-être dans trois semaines, de toute façon, vous le verrez bien.

– C'est ça, dit Maurice, on le verra bien. Merci des renseignements.

– Il n'y a pas de quoi. Le train pour Marseille est sur la voie C.

Nous nous éloignons avec une forte envie de rire et je vais laisser éclater ma joie lorsque je le vois à cinq mètres de nous.

Mon frère l'a aperçu aussi, il est trop tard pour nous cacher ou pour fuir.

Nous continuons à avancer. J'ai l'impression que l'on doit voir mon cœur battre à travers ma chemise.

Il s'est arrêté, il nous a reconnus.

– Bonjour, m'sieur.

S'il tente quelque chose, s'il sort un flingue, un sifflet ou s'il nous saute dessus, je sais déjà où frapper, un shoot du pied droit avec le bout ferré de ma galoche, ça ne va pas lui faire du bien.

– Bonjour.

Il a toujours sa voix mécanique, sans intonation. C'est l'interprète de l'hôtel Excelsior, celui qui traduit pour l'homme en tweed.

Pour la première fois je vois apparaître sur son visage un embryon de sourire.

– Vous partez en voyage ?

– Oui, dans un autre centre des Compagnons de France.

– Très bien. Où ça ?

Heureusement que nous sommes tombés sur un employé particulièrement affable, je me lance dans une de ces improvisations qui me sont chères.

– A Roanne. Mais c'est très loin, on doit changer à Marseille, Clermont-Ferrand, Saint-Etienne et Moulins.

– Très bien, très bien.

Maurice reprend du poil de la bête. S'il ne nous a pas arrêtés, c'est qu'il n'est pas encore au courant de l'arrestation du père.

– Et vous, m'sieur, vous travaillez toujours à Nice ?

Il hoche affirmativement la tête.

– J'ai eu un congé de quelques jours. J'y retourne.

On reste là à se dandiner d'un pied sur l'autre.

– Eh bien, au revoir, messieurs, je vous souhaite un bon séjour à Roanne.

– Merci, m'sieur. Au revoir, m'sieur.

Ouf.

– Si ça continue, me dit Maurice, on va mourir cardiaques avant que les Allemands nous attrapent.

Le train arriva. Contrairement à ce qu'avait dit l'employé de Cannes, il y eut une correspondance pour Lyon presque immédiatement. Jusqu'à Avignon, le voyage fut presque agréable, mais, passé cette ville, un ennemi surgit auquel nous n'avions pas pensé : le froid.

Les trains n'étaient évidemment pas chauffés et nous remontions vers le nord, nous éloignant de plus en plus de la douceur méditerranéenne. A Montélimar, je me réfugiai dans les toilettes, enfilai trois slips l'un sur l'autre, trois maillots de corps et mis deux paires de chaussettes. A Valence, je me mis deux chemisettes, deux shorts et ma troisième et dernière paire de chaussettes, j'eus du mal à enfiler mes galoches.

Malgré ces épaisseurs successives, j'avais toujours les bras nus, les genoux nus et à Lyon, sur le quai de la gare que parcourait un vent frais et humide, nous fîmes, Maurice et moi, un concours pour savoir celui qui claquerait des dents le plus fort, je le gagnai haut la main bien qu'il prétendît le contraire. Cela fut prétexte à un pugilat qui nous réchauffa un peu mais lorsque après une heure et demie d'attente le train arriva et remonta encore davantage vers le nord-ouest, la situation devint dramatique. Dans les compartiments, les gens avaient déjà leurs habits d'hiver, manteaux, gants, foulards, et nous, nous étions en estivants. Je n'aurais jamais cru qu'il y eût dans un même pays de telles différences de climat. J'avais appris rue Ferdinand-Flocon que la France était un pays tempéré, je pouvais certifier que c'était faux. La France est un pays froid et de toutes les villes de France, Montluçon est de très loin la plus froide.

Nous sommes descendus violacés et tremblotants sur ce quai gris, sous un ciel gris, un employé gris prit notre ticket et nous nous trouvâmes dans une ville totalement dénuée de la moindre couleur où soufflait un vent glacial. Nous étions au début d'octobre mais jamais un hiver ne fut aussi précoce que celui de cette année 1943. Les gens arpentaient les trottoirs pour se réchauffer mais le vent semblait venir de partout à la fois. Cette ville était un courant d'air glacial où malgré les superpositions, mes orteils me paraissaient être devenus de marbre dur. L'air passait par les manches de mes chemises, glissait le long des aisselles et j'avais la chair de poule depuis Valence.

Entre deux claquements de mâchoires, Maurice, frigorifié, arriva à articuler :

– Faut faire quelque chose, on va crever de pneumonie.

C'était bien mon avis et nous nous mîmes à courir à toute allure dans les rues tristes.

La phrase bien connue : « Cours un peu, cela te réchauffera » est sans doute la plus grosse de ces innombrables bêtises que prononcent les adultes à l'intention des enfants. Je peux affirmer, pour avoir vécu l'expérience ce jour-là, que lorsqu'on a bien froid, courir ne sert à rien. Cela essouffle, fatigue, mais ne réchauffe absolument pas. Au bout d'une demi-heure de cavalcades, de galops frénétiques, de frottements de mains, je soufflais comme un phoque mais grelottais encore davantage.

– Ecoute, Jo. Il faut s'acheter un manteau.

– Tu as des points textile ?

– Non, mais il faut tenter.

Dans une rue en arc de cercle qui contournait une morne place, je vis un magasin minuscule, l'une de ces boutiques que les grandes surfaces font disparaître en trois mois de temps.

Une vitrine poussiéreuse, une façade délavée et une enseigne presque invisible : « Vêtements d'hommes, dames et enfants ».

– On y va.

J'allais éprouver là la sensation peut-être la plus agréable de toute ma vie dès la porte refermée : le magasin était chauffé.

La chaleur entra d'un coup par chacun de mes pores, je me serais vautré par terre de bien-être. Sans un regard pour la brave dame qui nous regardait derrière son comptoir, nous nous collions contre le poêle qui ronflait doucement.

La commerçante nous regardait les yeux ronds. Il devait y avoir de quoi, il ne devait pas être fréquent à Montluçon de voir débarquer deux garçonnets en chemisettes superposées, les bras nus par un froid de loup, serrant une musette contre leur poitrine.

Je sentais mes fesses se rôtir doucement et j'étais en extase lorsque la brave dame nous questionna :

– Qu'est-ce que vous désirez, mes enfants ?

Maurice s'arracha aux délices du poêle.

– On voudrait des manteaux ou des grosses vestes, nous n'avons pas de tickets mais peut-être qu'en payant un peu plus cher...

Elle secoua la tête navrée.

– Même en payant des millions, je ne pourrais rien vous vendre, il y a bien longtemps qu'il n'y a plus d'arrivage, les maisons de gros ne livrent plus.

– C'est que, dit Maurice, on a froid.

Elle nous regarda, apitoyée.

– Ça, dit-elle, vous n'avez pas besoin de me le dire, ça se voit.

Je me mêlai à la conversation :

– Vous n'avez pas de pull-over, quelque chose qui protège un peu ?

Elle eut un rire comme si je venais de lui raconter une histoire particulièrement drôle.

– Il y a bien longtemps qu'on ne sait plus ce que c'est qu'un pull-over, dit-elle. Tout ce que je peux vous offrir, c'est ceci.

Elle se baissa, prit sous le comptoir deux écharpes. C'était de l'ersatz, de l'imitation pure laine, ce serait toujours mieux que rien.

– On va prendre ça. Je vous dois combien ?

Maurice paya et je pris mon courage à deux mains :

– Excusez-moi, madame, mais ça ne vous dérangerait pas que nous restions encore un tout petit moment ici ?

La seule idée de replonger au-dehors me faisait dresser les cheveux sur la tête et je dus avoir le ton plaintif qui convenait car elle accepta. Elle semblait même heureuse d'avoir quelqu'un à qui parler, ce n'était pas la clientèle qui devait lui faire beaucoup de conversation.

Quand elle sut que nous arrivions de Nice, elle se récria, elle y avait passé ses vacances autrefois et elle nous fit raconter tout ce qui se passait là-bas, les changements qu'avait connus la ville.

J'étais toujours collé au poêle et j'envisageais d'enlever une de mes deux chemisettes lorsque je m'aperçus que la nuit tombait. Il n'était plus question de prendre le car pour le village où habitait ma sœur, il allait falloir trouver un hôtel.

Je fis part de mes préoccupations à Maurice lorsque la brave dame intervint :

– Ecoutez, dit-elle, vous ne trouverez pas d'hôtel à Montluçon, il y en a deux qui ont été réquisitionnés par les Allemands et un autre pour la milice, si par chance vous aviez une chambre, elle ne serait pas chauffée. Je peux vous proposer la chambre de mon fils, vous serez un peu serrés dans le lit mais vous serez au chaud.

Brave marchande de Montluçon ! J'en aurais sauté de joie. Le soir, elle fit le meilleur gratin dauphinois qu'il m'ait jamais été donné de manger. Elle continuait à parler tandis que je piquais du nez sur mon assiette vide. Elle nous offrit de la tisane pour finir et je m'endormis aussitôt, enfoui sous un édredon rouge bourré de plumes.

Il y eut une alerte pendant la nuit mais les sirènes ne nous réveillèrent même pas.

Elle nous fit la bise en partant et refusa que nous la payions.

Il faisait un peu moins froid dehors et nous avions tout de même nos cache-col pour nous emmitoufler.

Le car asthmatique avait la même couleur que Montluçon, il était gris et la seule note de gaieté de sa carrosserie était des touches de minium que l'on avait peintes sur les taches de rouille.

Il cahota à travers une campagne qui me parut particulièrement sinistre à côté de celle que je venais de quitter. Il n'y avait déjà plus une feuille aux arbres et à travers les vitres, une pluie fine commença à tomber.

Moins d'une heure après, il nous arrêtait devant l'église d'Ainay-le-Vieil.

C'était un hameau plus qu'un village, quelques maisons serrées l'une contre l'autre, une rue étroite et une boulange-rie-boucherie-épicerie-quincaillerie-bar-tabac. Les champs commençaient au ras du village, tout de suite je remarquai que, bien que les moissons aient été faites, les granges étaient vides. Les grands hangars en bordure de la départementale n'abritaient pas une demi-meule de paille chacun.

Notre sœur, Rosette, habitait avec son mari une des maisons accotées à l'église. Elle nous embrassa et pleura lorsque nous lui apprîmes que papa avait été arrêté par la Gestapo.

Dans la grande cuisine carrelée, elle nous servit du vrai lait dans de grands bols de faïence et nous fit mettre un pull-over en vraie laine celui-là. Maurice en avait un très grand, le mien m'allait mieux mais en retroussant les manches et en enfouissant le bas dans notre short, cela irait. Nous étions parés pour les frimas.

Depuis notre arrivée, je sentais chez Rosette, malgré son évidente joie à retrouver ses petits frères, une inquiétude, une crainte que je ne lui connaissais pas. Maurice y fut également sensible car au bout d'un moment il demanda :

— On dirait qu'il y a quelque chose qui t'ennuie ?

Elle nous coupa encore une énorme tartine de pain, reversa du lait dans nos bols et s'assit près de nous.

— Ecoutez, dit-elle, je ne pense pas que vous puissiez rester. Ce ne serait pas prudent.

Nous la regardions en silence.

— Voilà, expliqua-t-elle, je vais vous expliquer. Il y a un dénonciateur dans le village.

Elle chiffonna son tablier entre ses mains.

— Il y a un peu moins de deux mois, deux femmes sont arrivées ici, l'une avait un bébé. Elles se sont installées chez un fermier qui habite à l'autre bout du village. Il n'y avait pas huit jours qu'elles étaient là que la Gestapo est venue. On les a emmenées avec l'enfant. Le fermier a été arrêté avec elles. Il est revenu trois jours après et... ils lui ont cassé un bras. Il a ajouté que si quelqu'un essayait encore de cacher des Juifs, il serait fusillé.

– Mais qui a dénoncé ? demanda Maurice.

– Eh bien, c'est justement ça le drame, poursuivit Rosette, personne ne le sait.

Je digérai l'histoire et pris la parole à mon tour.

– Mais vous avez bien une idée quand même.

Elle hocha lentement la tête.

– C'est impossible à dire, nous sommes environ un hameau de cent cinquante habitants, ce qui fait, si l'on excepte les gosses, quatre-vingts à quatre-vingt-dix adultes. Tout le monde se connaît, chacun a des soupçons, on ne parle plus que de ça ici... Quand je croise l'instituteur, il dit que c'est la vieille du bas bourg qui espionne tout de sa fenêtre, pour nos voisins ce serait justement l'instituteur qui a une photo de Pétain dans sa salle à manger, d'autres prétendent que c'est le père Viaque qui est un ancien croix de feu et a donné son cuivre aux Allemands, ça devient infernal, chacun suspecte l'autre. J'étais à l'épicerie hier et plus personne ne se parle, il y a des clins d'œil à la dérobée. Il paraît que lorsqu'on dénonce la Gestapo donne de l'argent alors personne n'ose plus acheter de peur d'avoir l'air de dépenser davantage, mais alors les soupçons tombent justement sur celui qui n'achète plus... C'est un cercle vicieux.

– Et toi, tu n'as pas peur que le dénonciateur...

Rosette a un mouvement des épaules un peu fataliste.

– Non, je ne crois pas, je suis ici depuis assez longtemps maintenant, et j'espère que mes papiers tiendront le coup. Mais j'ai quand même une cachette que Paul a trouvée en cas de perquisition.

Je laisse échapper un soupir. Ça m'aurait assez plu de vivre ici quelque temps, au village, on aurait pu trouver du travail, se balader, jouer, mais il est certain que ce n'est plus possible, il faut repartir et même repartir vite.

Maurice pense à voix haute.

– Je ne crois pas qu'on nous ait vus entrer.

Rosette sourit, un peu tristement.

– Tu sais, au début, je ne croyais pas non plus que les gens faisaient attention à moi, et puis je me suis rapidement rendu compte que même lorsque la rue est vide, que les volets sont clos, on ne perd rien de tes gestes, tout se sait ici, vous ne pouvez pas vous imaginer.

Elle s'arrête et nous regarde. Lorsqu'elle prend cet air réfléchi, elle ressemble à mon père d'étonnante façon.

– Vous savez ce que vous allez faire ? Vous allez retrouver Henri et Albert à Aix-les-Bains.

– Où c'est Aix-les-Bains ?

Rosette me regarde comme une institutrice peinée qui interroge le cancre de la classe.

– Dans les Alpes, en pleine montagne, je vais vous donner de l'argent pour...

Maurice refuse d'un geste royal.

– Inutile, on vit toujours sur nos économies de Nice et...

On a frappé.

Rosette se fige, je reste la bouche pleine, sans oser déglutir mon pain imbibé de lait.

Se planquer ? Ce serait maladroit, la pire erreur, on nous a certainement vus entrer. Rosette le comprend qui du geste nous intime l'ordre de ne pas bouger.

Elle va ouvrir la porte.

On l'entend s'exclamer :

– Ah ! c'est vous, madame Vouillard ? Vous venez pour les œufs ? Entrez donc...

– Je ne voudrais pas vous déranger, j'ai vu que vous aviez du monde...

C'est une voix de vieille femme. C'est en effet une vieille femme qui entre, maigrelette, fichu noir, veste noire, bas gris, souliers fourrés et des rides dans tous les sens, une vraie grand-mère de campagne comme dans les livres d'Alphonse Daudet.

Nous nous levons.

– Bonjour, madame.

– Oh ! mais qu'ils sont grands ! et robustes ! Celui-là c'est le plus jeune, je parie que vous êtes bien deux frères, vous vous ressemblez bien, allez...

Elle continue à pérorer pendant que la colère grimpe : s'il y a une chose que je n'ai jamais pu supporter, c'est que l'on me dise que je ressemble à mon frère. Je ne sais pas pourquoi, il n'est pas plus laid qu'un autre, mais cela me met hors de moi, il y a là un empiétement sur mon individualité. Il a

196

suffi de cette remarque pour que mes soupçons tombent sur elle. Gros à parier que c'est elle la dénonciatrice, elle a un nez fouineur qui ne trompe pas un expert en espionnage comme Joseph Joffo. Elle nous a vus entrer, elle vient se rendre compte, dans deux heures, elle fait son rapport à la Gestapo.

– On est venu voir la grande sœur, je présume ?

Ça continue, elle pose des questions à présent. Il n'y a plus de doute.

Rosette revient avec quatre œufs.

– Voilà, madame Vouillard.

La vieille remercie, fouille sous son tablier, extrait avec difficulté un portefeuille-porte-monnaie serré d'un élastique. Je ne la quitte pas des yeux, il est évident qu'elle est pleine aux as, il y a un tas de billets là-dedans, l'argent des nazis.

– Et vous allez rester quelque temps dans le pays ?

Alors là, ma vieille, tu pousses un peu loin.

– Non, on est juste venus dire bonjour à Rosette et on repart sur Roanne.

Elle serre les œufs dans un grand mouchoir.

– Eh bien, au revoir, mes petits, à bientôt, Rosette.

Elle a bien une démarche de mouchard, le pas traînant pour retarder le plus possible le moment du départ ce qui permet de noter au passage un ou deux détails supplémentaires. Celle-là, on pourra dire que je l'aurai percée à jour.

Rosette la raccompagne et revient.

Elle se rassoit avec un soupir et désigne la porte d'un geste las.

– Elle est bien seule, cette pauvre femme, elle vient très souvent, pour un motif, pour un autre, mais en fait c'est pour bavarder un peu.

Je ricane.

– Bien sûr, bien sûr.

– De plus, elle ne s'appelle pas Vouillard, ce n'est pas son vrai nom.

Je suis de plus en plus sûr d'avoir ferré la proie, tous les espions ont plusieurs noms, ils ont même quelquefois des numéros.

– En fait, poursuit Rosette, elle s'appelle Marthe Rosenberg.

La carrière de détective privé que j'envisage depuis trois minutes vient de s'éloigner de moi à tout jamais.

La dénonciation des deux Juives et de leur bébé a bouleversé Marthe Rosenberg qui s'est installée au village depuis 1941. Ses papiers ne sont pas en règle, elle ne vit plus.

Pauvre grand-mère. Je lui adresse toutes mes excuses silencieuses et reprends ma place dans la conversation.

C'est donc décidé, le plus sage est de partir sur Aix. Cela me plaît assez au fond ; après la mer, la montagne. Tant qu'à faire, mieux vaut voir du pays, et puis je suis heureux de revoir les grands frères.

– Vous allez manger à midi avec nous, vous n'avez même pas vu votre beau-frère...

Maurice secoue la tête. Si Rosette avait fait l'expérience de l'arrestation, elle saurait qu'en présence d'un danger, si minime soit-il, il faut fuir, ne pas perdre la moindre seconde, un dixième, un centième suffit qui sépare la vie de la mort, la prison de la liberté.

Rapidement elle bourre nos musettes de chaussettes, de sandwiches. Il n'y a pas de car mais nous partirons à pied, une fois de plus. Je peux marcher longtemps à présent, je n'ai plus d'ampoules. La plante de mes pieds, la peau de mes talons a dû durcir. Je ne ressens plus la même douleur qu'autrefois dans les mollets et dans les cuisses, je me rends compte aux poignets de mes chemises et au bas de mon pantalon que j'ai grandi.

Grandi, durci, changé... Peut-être le cœur aussi s'est habitué, il s'est rodé aux catastrophes, peut-être est-il devenu incapable d'éprouver un chagrin profond... L'enfant que j'étais il y a dix-huit mois, ce garçon perdu dans le métro, dans le train qui l'emmenait vers Dax, je sais qu'il n'est plus le même que celui d'aujourd'hui, qu'il s'est perdu à jamais dans un hallier de campagne, sur une route provençale, dans des couloirs d'hôtel niçois, il s'est effrité un peu plus chaque jour de notre fuite... En regardant Rosette cuire des œufs durs, dire des mots que je n'entends pas, je me demande si je suis encore un enfant... Il me semble que les osselets ne me tenteraient plus à présent, les billes non plus d'ailleurs, une partie de ballon peut-être, et encore... Pourtant ce sont là des choses de mon âge, après tout je n'ai pas tout à fait douze ans, cela devrait me faire envie... eh bien non. Peut-être ai-je cru jusqu'à présent me sortir indemne de cette guerre, mais c'est peut-être cela l'erreur. Ils ne m'ont pas pris ma vie, ils ont peut-être fait pire, ils me volent mon enfance, ils ont tué en moi l'enfant que je pouvais être... Peut-être suis-je déjà trop dur, trop méchant, quand ils ont arrêté papa, je n'ai même pas pleuré. Il y a un an, je n'en aurais même pas supporté l'idée.

Demain, je serai à Aix-les-Bains. Si cela ne va pas, si un obstacle quelconque surgit, nous irons ailleurs, plus loin, à l'est, à l'ouest, au sud, n'importe où. Cela m'indiffère. Je m'en fous.

Je ne tiens au fond peut-être plus guère à la vie, seulement la machine est lancée, le jeu continue, il est de règle que le gibier coure toujours devant le chasseur et je me sens encore du souffle, je ferai tout pour qu'ils n'aient pas le plaisir de m'avoir. Par la fenêtre, les champs tristes et déjà gris de l'hiver ont disparu, les prairies plates et mornes se sont estompées, il me semble déjà voir les cimes, les neiges, le lac bleu et profond, les feuilles rousses de l'automne, je ferme les yeux et, déjà, entrent en moi les fleurs et les parfums de la montagne.

XI

Le plus difficile, c'est de ne pas déchirer le papier et surtout d'épargner la couleur sous le chiffre. Il faut travailler minutieusement, au quart de millimètre. L'idéal serait d'avoir une lampe très forte et une loupe d'horloger, le petit cylindre noir qui se visse sur l'œil et que l'on empêche de tomber en fronçant un sourcil.

Je tire la langue, incline la tête au ras de la table et continue mon travail de précision : la lame de rasoir gratte en douceur. Peu à peu, la barre noire du 4 disparaît. Et que reste-t-il lorsqu'on enlève la barre transversale du chiffre 4 ? On obtient tout simplement le chiffre 1.

Cela ne semble pas d'un immense intérêt à première vue mais en cette fin d'année 1943, l'avantage est inappréciable : les tickets d'alimentation n° 4 donnent droit à des rations de féculents, les tickets n° 1 représentent un kilo de sucre. L'avantage est inappréciable. Si vous disposez donc d'une surface plane, d'une mie de pain et d'une vieille lame de rasoir, vous pouvez demander à tous les gens que vous connaissez leurs tickets n° 4 et vous les transformez en tickets n° 1. Résultat : même en cette année d'intense privation, vous pouvez mourir du diabète.

Je commence à être connu dans le village. On m'arrête dans la rue lorsque je passe sur mon vélo et on me confie les précieuses feuilles. Je les rends transformées... En échange de ce travail je reçois un peu d'argent et si les choses continuent ainsi je vais réaliser des bénéfices presque équivalents à ceux de Nice.

Je souffle dans mes doigts. Impossible de faire ce travail avec mes moufles, ce serait comme si un chirurgien opérait les yeux fermés. Pourtant j'aimerais bien les avoir en ce moment ces moufles, car dans la chambre il fait... je n'ai pas le courage d'aller voir le thermomètre pendu à la tête de mon lit comme un crucifix dont il manquerait la partie horizontale.

En tout cas, la glace que j'ai cassée ce matin dans le pot de faïence s'est reformée en une pellicule plus fragile où un morceau de savon est resté pris comme un poisson mort.

Assis devant la petite table pliante de jardin qui occupe la moitié d'une minuscule chambre, seuls passent ma tête et mes deux bras. Le reste est enfoui sous le dessus-de-lit; si j'ajoute à cela ma veste, deux pull-overs, une chemise, deux maillots, on comprend que je suis toujours voué aux empilements successifs. Dans le jaune passé de la lourde étoffe, j'ai l'air d'une énorme chenille frileuse.

Il fait nuit. J'ai sommeil d'ailleurs, je devrais dormir d'autant plus que demain, le père Mancelier va cogner de l'extrémité de sa canne contre ma porte dès quatre heures, et que je ressens déjà dans chacune de mes fibres la difficulté prodigieuse que je vais avoir à m'arracher à la tiédeur des couvertures pour plonger dans le froid des habits glacés bien qu'ils soient sous le matelas, l'eau gelée dans le broc, et ce matin nocturne dans lequel je vais pédaler dans le silence total qui semble naître de la neige même. Devant moi, la lanterne de la bicyclette jette une tache jaune et pâle qui oscille, lueur anémique qui ne m'éclaire pas.

Cela importe peu, je connais le village les yeux fermés. Gros village d'ailleurs, c'est déjà une ville dont la maison Mancelier (librairie-papeterie) occupe le centre. Une des maisons du centre, tout au moins, celle située sur le plus beau côté de la place à partir duquel on voit tout le massif, vaste cirque déployé, dont la ville constitue le fond. Même l'été, le soleil disparaît vite derrière la ligne de crête. J'habite un pays d'ombres, de blancheur et de froid.

De nouveaux personnages sont apparus dans ma vie depuis deux mois que je vis à R. Les plus importants sont les Mancelier, mes patrons. Allons-y pour le portrait de famille.

Au centre, c'est le père, il a une moustache et les yeux d'un monsieur pas facile à vivre, la bonne cinquantaine, un genou qui ne plie plus et une hanche qui se plie trop. Cette double disgrâce explique la canne sur laquelle il s'appuie. On remarquera deux rubans à sa boutonnière : médaille militaire et Croix de guerre (avec palme, précise-t-il toujours). Blessures et décorations lui viennent toutes deux de la grande première 14-18. Il a fait la Marne, Craonne, les Eparges, Verdun en particulier sous les ordres de Pétain qui est toujours et chaque jour davantage l'idole n° 1. Il y a des photos de Pétain dans le salon. Une où le maréchal est à cheval, en noir et blanc, sur le guéridon, une autre où il est à pied et en couleur au-dessus de la porte. On sort et on retrouve Pétain dans le couloir, de profil et tête nue, si on entre dans la chambre on le retrouve de face et en képi mais cette fois sous forme d'une petite statuette posée sur un napperon qui recouvre le marbre de la table de nuit.

Ambroise Mancelier vénère le maréchal, pense que la collaboration avec Hitler est la seule chance de survie de la France pourrie par des années de tripatouillage parlementariste et explique les revers actuels de l'Allemagne par une crise passagère au cœur de l'État-Major allemand.

Détail important, mon vénéré patron a des ennemis personnels : les Juifs. Il dit n'en pouvoir supporter aucun.

Quant à moi, j'ai l'impression que depuis deux mois, il a

commencé à me prendre en amitié. Il est vrai que je n'ai rien à voir avec la race maudite, comme chacun sait.

Mais continuons la galerie.

Près de lui, Marcelle Mancelier. Il suffit de la regarder pour ne pas avoir envie de la décrire. Elle n'a aucun signe distinctif, cheveux grisonnants, elle porte une blouse dans le magasin, un tablier dans l'appartement, un châle noir à l'église.

Grosse travailleuse, elle s'occupe de l'aspect administratif de la boutique.

Debout, derrière eux, Raoul Mancelier, le fils. Il est rarement à la librairie. Il est fixé dans un quartier assez éloigné où il pratique le beau métier de clerc de notaire. C'est un pétainiste notoire, il ne cache pas ses opinions et affiche ses sentiments pro-allemands de façon très nette.

Et puis, près d'eux, debout, il y a Françoise.

Françoise Mancelier.

Lorsque je pense aujourd'hui à ces années, c'est peut-être ce visage de petite fille qui surgit bien avant autre chose, bien avant les faces des S.S., des gens de l'Excelsior, avant même le visage de papa. Si pendant ce temps de fuite je n'avais pas eu mon histoire d'amour, il aurait manqué quelque chose au tableau. Histoire d'amour est d'ailleurs beaucoup dire, rien ne se passa, rien n'eut lieu, ni baiser, ni serment, rien… Comment aurait-il pu d'ailleurs en être autrement, Françoise Mancelier avait un peu plus de quatorze ans et je n'arrivais pas à rattraper mes douze.

Comment raconter quelque chose qui n'a pas d'histoire? Je ressentais seulement au magasin, dans ma chambre, sur les routes, cette présence blonde et souriante qui rôdait en permanence sous mes prunelles. Je la voyais à table surtout, si je fais le bilan, je suis stupéfait qu'elle m'ait si peu parlé : « Bonjour, Joseph », « Au revoir, Joseph », « Joseph, tu voudrais aller à l'épicier, au boulanger, à la ferme » … Elle portait l'hiver de gros bonnets de laine écrue avec un pompon qui retombait et se balançait contre sa joue. Une joue rose très rose, comme les joues des enfants dans les publicités pour stations de sports d'hiver. Et moi, prisonnier de la carence de mes douze ans, je me sentais de plus en plus monosyllabique dans mes réponses à Françoise Mancelier, je sentais qu'elle ne pourrait jamais m'aimer, que deux ans d'écart c'était trop, qu'elle était jeune fille et que j'étais garçonnet.

Et puis j'avais trop mal commencé dans cette famille pour espérer pouvoir l'épouser un jour. J'étais arrivé un samedi à R. après deux jours passés à Aix-les-Bains. Albert, Henri, maman qui les avait rejoints, avaient été ravis de nous voir, mais cinq personnes ensemble, c'était trop dangereux, alors Maurice était parti pour R. où un ami d'Albert qui tenait l'hôtel du Commerce l'avait embauché. Quelques jours après, Maurice avait appris que la librairie Mancelier cherchait un coursier et j'avais à mon tour débarqué. Tout de suite j'avais fait l'affaire mais le lendemain même de mon arrivée, le dimanche, Ambroise Mancelier dans son costume sombre qu'il réservait pour le défilé du 11 novembre et les messes dominicales avait posé une main ferme sur mon épaule.

– Mon garçon, dit-il, tu dors sous mon toit, tu manges, tu travailles dans ma maison, tu fais donc un peu partie de ma famille. Es-tu d'accord avec moi sur ce point ?

– Oui, m'sieur Mancelier.

Je ne voyais pas du tout où il voulait en venir et je ne pris ces paroles que pour les prémices d'un de ces discours dont il abreuvait son entourage et qui étaient des variations sur le thème « Travail-famille-patrie » avec l'inévitable conclusion à la gloire du gouvernement de Vichy et de son chef incontesté Philippe Pétain.

Pourtant, ce jour-là, ce ne fut pas de cela qu'il me parla.

– Et si tu fais partie de la famille, tu dois en partager toutes les habitudes et tu te rendras compte que celle qui nous est la plus chère est de nous rendre tous les dimanches matin à onze heures et quart suivre l'office religieux à l'église. Dépêche-toi de t'habiller.

Le bruit de sa canne jaillissait à peine à mes oreilles que j'entrevis tout le comique de la situation, mais trois choses m'incitaient à obéir : tout d'abord on ne contredisait pas un homme comme Ambroise Mancelier, ensuite, j'étais curieux d'assister à un culte catholique et enfin je serais pendant près d'une heure en l'enivrante présence de la très belle Françoise aux belles joues.

En deux temps trois mouvements, j'enfilai mon manteau acheté à Aix-les-Bains et me trouvai à genoux sur un prie-Dieu auprès d'Ambroise qui ne s'agenouillait pas, son genou s'y refusant, et de sa très dévote épouse. Ma bien-aimée se trouvait juste devant moi ce qui me permit d'admirer sa nuque blonde et ses mollets ronds. J'imitais consciencieusement les génuflexions, les signes de croix des fidèles et je me sentais devenir tout duveteux, tout somnolent, lorsque les orgues éclatèrent et que la foule se leva.

Je préfère raconter la suite au présent, cela rendra peut-être l'aventure plus anodine, lui retirera cette aura de sacré que confèrent les temps passés, de l'imparfait au passé simple. Le présent est le temps sans surprise, un temps ingénu, celui où l'on vit les choses comme elles arrivent, elles sont neuves encore et vivantes, c'est le temps de l'enfance, celui qui me convenait.

Les vitraux sont rouges, la lumière du matin éclabousse les dalles de silhouettes de saints écarlates qui semblent saigner sur le sol.

Je suis le lent piétinement du troupeau qui va dehors retrouver la ville, les chuchotements sont déjà moins discrets.

Peu à peu les travées se vident, comme au restaurant les enfants de chœur desservent la table tandis que les orgues grondent. J'aime les orgues, on dirait une gigantesque et lourde cavalerie, des milliards de chariots aux roues pleines roulent sur nos têtes, le son se répercute et meurt, tonnerre déjà décroissant ; que de théâtre dans tout cela.

Nous sommes dans les derniers, il semble que le flot ait du mal à s'écouler. Il y a un bouchon près de la porte. Françoise est derrière moi. Dans le brouhaha retenu, je devine son pas, plus léger, presque glissant.

Soudain, devant moi, une dame très forte et vêtue de noir trempe la main dans une sorte de conque fixée au pilier, elle se retourne, me dévisage et tend vers moi deux doigts boudinés. Je suis surpris parce que je ne la connais pas. Elle a dû me voir passer le matin à vélo, elle est peut-être un des trois cents abonnés à qui je distribue le journal le matin. De toute façon, elle me connaît.

Je serre sa main chaleureusement.

– Bonjour, madame.

Pourquoi Françoise pouffe-t-elle ? Pourquoi le père Mancelier qui s'est retourné joue-t-il des sourcils à un rythme frénétique et inquiétant ? Il y a même un grand échalas, mari sans doute de la grosse dame, qui rigole franchement.

Je sens que ce n'était pas cela qu'il fallait dire, mais le plus grave, c'est Françoise. Jamais plus elle ne me prendra au sérieux, comment peut-on épouser un homme qui dit bonjour à une dame qui vous tend de l'eau bénite ? Pour me racheter, il faudrait une action d'éclat absolument mirobolante, un acte grandiose, inouï, il faudrait que je gagne la guerre à moi tout seul ou que je la sauve d'un incendie, d'un naufrage... Mais comment sauver quelqu'un d'un naufrage en Haute-Savoie ? Ou alors d'une avalanche ! Mais la neige qui recouvre la montagne ne descend jamais jusqu'ici ; il faut donc que je me fasse une raison : Françoise ne sera jamais ma femme, je suis indigne d'elle. C'est affreux.

Repas après la messe. Mme Mancelier a revêtu son tablier, mis des pantoufles à pompons et s'affaire près des fourneaux. Françoise a ouvert la porte du buffet et sort à petits bruits tintants des assiettes de faïence. Il y a des fleurs bleues dessinées tout autour et d'autres peintes au fond. Lorsque la soupe est claire j'ai toujours l'impression qu'elles vont surnager et que je vais les pêcher avec ma cuillère, ce sera la soupe aux fleurs, le potage géranium.

Mancelier a pris le fauteuil. Il lit des livres épais, fortement reliés dont le titre et le nom de l'auteur se détachent en doré sur la couverture. Ce sont des livres de généraux, de colonels. De temps en temps il a un hennissement de satisfaction, j'ai l'impression que celui qui a écrit ressemble comme deux gouttes d'eau à celui qui lit, pendant longtemps, tous les officiers supérieurs ont eu pour moi la même tête que Mancelier.

Le repas commence par des radis du jardin, totalement creux. Ça, c'est un sujet de stupéfaction permanent pour mon patron. Il est le seul du pays à posséder un terrain qui ne donne que des radis creux. Pourtant, il surveille la montée des feuilles, il arrose, ajoute de l'engrais à la terre, saupoudre d'un tas de produits blanchâtres qu'il mesure dans le secret de son appentis, mais rien n'y fait. La mince pellicule rose crevée, les dents rencontrent le vide. Peut-être l'année prochaine les radis du père Mancelier vont-ils s'envoler dans les airs comme des ballons minuscules.

Ce qui m'étonne c'est qu'il n'ait pas dit encore que si les radis étaient creux la faute en était aux Juifs. Il est vrai qu'il est parti sur autre chose – sur l'Europe.

– Vois-tu, Joseph, cela on ne te l'apprend pas à l'école publique, car l'école est devenue publique, comme une fille...

Coup d'œil légèrement inquiet vers sa femme qui n'a pas entendu et il reprend, rassuré :

– On ne t'apprendra donc jamais à l'école que ce qui caractérise les grands hommes c'est d'avoir un idéal. Et un idéal, ce n'est pas une idée, c'est autre chose.

Il ne dit pas quoi et se sert copieusement de haricots blancs, raclant de la fourchette pour ramener le maximum de petit salé.

– C'est bien autre chose. Mais encore faut-il savoir de quel idéal il s'agit. Eh bien, en politique, pour un homme qui n'est ni turc, ni noir, ni communiste, et qui est né dans une nation entre l'Atlantique et l'Oural, il n'y a pas trente-six choses à faire, il n'y en a qu'une : c'est l'Europe.

C'est net, clair et péremptoire, il n'y a pas à discuter. Je n'en ai d'ailleurs pas envie, je suis trop occupé à regarder Françoise à la dérobée... Elle n'a pas faim, je la vois qui tripote sa fourchette sur la belle nappe du dimanche.

– Or, qui voulait faire l'Europe ? Une Europe claire et propre, une Europe capable de lutter contre ses adversaires de l'ouest, de l'est ou du sud ? Ils ne sont pas nombreux dans l'Histoire. Ils sont... combien sont-ils, Joseph ?

Je sursaute et le regarde. Il tend vers moi une main solide dont le pouce, l'index et le majeur sont dressés.

– Alors combien sont-ils ?

– Ils sont trois, monsieur Mancelier.

– Très bien, Joseph, c'est exact, ils sont trois.

Il baisse le pouce.

– Louis XIV.

L'index disparaît.

– Napoléon.

Le majeur rejoint les autres.

– Philippe Pétain.

Il avale un coup de rouge pour se récompenser de sa superbe démonstration et rattaque de plus belle.

– Et le plus fort, c'est que ces trois hommes n'ont rencontré aucune compréhension de leur vivant, la grande masse des salauds et des imbéciles…

Mme Mancelier soupire, les yeux au lustre.

– Je t'en prie, Ambroise, modère tes termes.

Ambroise bat en retraite. Je n'ai jamais vu d'ailleurs un aussi fougueux militariste battre en retraite aussi vite que lui.

– … la grande masse donc s'est toujours dressée contre ces hommes de génie. Ils ont coupé le cou du petit-fils du premier, emprisonné le deuxième et je sais que le troisième a des ennemis, mais celui-là est un dur à cuire, il a fait Verdun, et rappelle-toi une chose, mon petit gars, quand on a fait Verdun, on passe partout.

Je n'écoutais déjà plus, j'avais fini mes haricots et attendais le dessert, Ambroise s'adressait à moi surtout, il était heureux de m'avoir comme nouvel auditoire car ni Françoise ni sa mère ne cachaient que tous ces discours les ennuyaient au-delà de toute expression, elles ne le disaient pas, mais leur attitude était parfaitement éloquente. Au café, Raoul arrivait avec sa femme. Là, ça repartait de plus belle, Raoul était plus lucide que son père, il n'était plus très sûr, lui, de la victoire de l'Allemagne, il prévoyait des difficultés, de graves obstacles, la « masse technologique américaine » en particulier. J'ai cru longtemps que les Américains avaient inventé une arme fabuleuse, un marteau géant, une masse qui broyait les armées allemandes par divisions entières.

– Si on m'avait suivi, disait Raoul, on se serait allié avec Mussolini et Hitler dès 36, à trois rien ne nous résistait, Franco était avec nous, on entrait en Angleterre comme dans du beurre, après on s'occupait de la Russie et on devenait les maîtres, en plus, ça nous aurait évité une défaite.

La femme de Raoul, une longiligne blondasse aux yeux globuleux et faciès de brebis, demandait alors :

– Et pourquoi n'a-t-on pas fait ça ?

Ambroise Mancelier éclatait alors d'un rire qui renversait le café dans la sous-tasse qu'il tenait entre ses doigts.

– Parce que, disait-il, au lieu d'être gouverné par des Français défendant leur sol et leurs droits, le gouvernement était pourri de Juifs.

Raoul levait un doigt professoral :

– Attention, disait-il magnanime, il n'y avait pas qu'eux.

Des mots résonnaient que je ne comprenais pas et qui revenaient toujours : métèques, francs-maçons, socialistes, front popu, etc.

Françoise était déjà partie depuis longtemps dans sa chambre pour ses devoirs, je me levais alors, demandais la permission de sortir et fonçais dans la rue.

Je courais alors de toutes mes forces vers l'hôtel du Commerce. En général, Maurice m'attendait en piétinant sur le trottoir, les poches bourrées de tout ce qu'il avait pu dérober aux cuisines. Il se défendait bien, il avait une combine très compliquée avec un boucher qui lui rapportait pas mal d'argent et avec ma combine de tickets, la cagnotte commune prenait d'intéressantes proportions.

Tout en marchant, il me racontait les nouvelles, il travaillait avec un chef de rang qui était de la Résistance et écoutait la radio de Londres, les nouvelles étaient bonnes et les Allemands reculaient toujours.

Un jour, arrivé à la limite de la ville, il me montra une montagne lointaine, brumeuse, cachée entre des pics.

– Là-bas, dit-il, c'est le maquis. Il paraît qu'ils sont nombreux, ils attaquent des camions et des trains.

Je sautai en l'air.

– Et si on y allait ?

C'était l'occasion rêvée pour conquérir Françoise, revenir colonel, fusil au poing, couvert de roses et l'emmener en croupe, au triple galop. Et puis ce serait amusant que le gibier se transforme en chasseur, juste retour des choses.

– Non, dit Maurice, ils nous prendraient pas, on est trop jeunes, j'ai demandé à mon copain.

Un peu déçu, je pénétrai sur le terrain de football et jusqu'à six heures nous tapâmes dans un ballon.

Au début, nous avions eu du mal à nous faire admettre par les gosses du pays. Ils allaient à l'école et pas nous. Cela avait créé de l'envie, donc de l'animosité. Puis ils m'avaient vu avec mon vélo et ma sacoche porter les journaux et finalement, les frères Joffo avaient été acceptés.

Le stade était lamentable, l'herbe poussait par touffes dis-séminées, nous shootions dans les pissenlits, les buts n'avaient plus de filet, il manquait la barre à l'un d'entre eux, il ne restait plus que les poteaux, ce qui donnait prise à d'infinies altercations. Nous discutions des heures pour décider si la balle avait passé trop haut ou était rentrée.

Et puis la neige était venue, le premier dimanche de l'hiver, elle avait été précise au rendez-vous. Il en était tombé trente centimètres dans la nuit et nous nous étions retrouvés, une dizaine de gosses, tapant nos talons les uns contre les autres pour nous réchauffer. Impossible de jouer, le ballon s'élevait et s'enfonçait dans la blancheur, il ne pou-vait plus rebondir. Ce fut un coup dur.

L'ennui, c'était aussi pour mon travail, il devenait impos-sible de rouler à vélo dans la neige et ma sacoche était lourde, je me rappelle avoir longuement cogité pour me fabriquer un traîneau surmonté d'une caisse de bois dans lequel j'aurais mis mes maudits canards, mais je n'eus pas l'occasion de le réaliser.

Noël 1943.

Je souffle devant moi et mon haleine se répand dans l'air froid en volutes blanches. Maurice a reçu pour nous deux une carte d'Henri, tout le monde va bien, ils nous souhai-tent en bonne santé. Mon frère a travaillé tard dans la nuit, il y avait un groupe d'Allemands et de collabos qui réveillonnaient, aussi tombe-t-il de sommeil, il ne s'est couché qu'à quatre heures. Il me refile des tartines de foie gras, quelques crevettes dans un sac de papier, un blanc de poulet et les trois quarts d'une bûche au beurre dans une boîte à chaussures. Je marche dans les rues vides, mes vic-tuailles sous le bras. Derrière les vitres, les gens mangent encore, on entend des cliquetis de couteaux, des bruits de verres, des rires. Les rues sont tristes et j'y suis seul.

Mes pas m'ont mené sur le stade, machinalement j'y suis revenu. Sur le bord du terrain, la tribune s'effondre à demi sous le poids de la neige mais protège tout de même en partie les gradins de bois.

Lorsque je traverse, mes pieds disparaissent jusqu'aux

chevilles et s'en arrachent avec un crissement léger qui seul rompt le silence total.

Je m'assois au sec sur les gradins, la paroi me coupe du vent, je suis presque bien.

Alors, seul dans la tribune, devant un stade vide et blanc de neige, cerné par les Alpes, Joseph Joffo s'empiffre de foie gras et de gâteau crème moka en se souhaitant à lui-même un joyeux Noël. Il sait que c'est une fête catholique, mais il n'a jamais défendu à un chrétien de pratiquer le Yom-kippour.

Le ventre lesté, je retourne à la librairie, enlève mes chaussures dans l'entrée et grimpe les escaliers en douce : il s'agit de ne pas se faire mettre la main dessus par le combattant de Verdun : il écoute avec componction l'éditorial de Philippe Henriot. Il n'en a jamais manqué un, depuis le gouvernement de Vichy. Il opine gravement du chef une dizaine de fois durant l'émission et lorsque Henriot a terminé, il tourne le bouton du poste d'un geste large et murmure immanquablement : « S'ils publient ces éditoriaux dans un livre, je serai le premier du pays à l'acheter. »

Je suis arrivé dans la chambre où il me semble faire plus froid que dehors. Je soulève mon matelas et m'empare du livre que j'ai fauché à la librairie, *Le Voyage en ballon*, c'est dans la Bibliothèque verte. Décidément, ma culture enfantine sera sous le signe de l'espérance.

Dans ce livre, il y a une quinzaine de cartes n° 4. Cela fait beaucoup de barres à enlever. Je m'entoure du couvre-lit, et en avant, au travail, lentement, pour ne pas déchirer le papier.

Ça fait le troisième que je rencontre qui rigole derrière mon dos.

Aurais-je un trou à ma culotte ?

Je passe une main discrète et mes doigts rencontrent le poisson de papier qui me pend depuis le milieu du dos.

C'est vrai, j'oubliais la date : 1er avril 1944.

Curieux que les gosses aiment autant faire des farces ! La guerre est toujours là, de plus en plus présente, et cela ne les empêche pas de tirer les sonnettes, de suspendre des casseroles aux queues des rares chats survivants qui n'ont pas été transformés en civet.

Pourtant cela va mal, enfin bien et mal à la fois, pour les

Allemands c'est la défaite, demain ce sera la déroute. D'autant plus que à R. les maquisards mènent des actions un peu partout. Il y a deux jours, c'est le dépôt de la gare qui a sauté, le père Mancelier a jailli dans le couloir, furieux, zébrant l'air avec sa canne et voulant aller administrer quelques volées de bois vert à tous ces jeunes salopiauds qui ne seraient contents que lorsqu'ils auraient ramené l'Anglais en France, réduisant à néant le travail de Jeanne d'Arc.

Il s'agite beaucoup en ce moment le père Mancelier, je le surprends à regarder le portrait de Pétain d'un œil qui n'est pas encore critique mais qui n'est déjà plus totalement admirateur. C'est à cela que je sais que les Alliés avancent, l'œil d'Ambroise est plus révélateur pour moi que Radio-Londres.

En tout cas, il fait beau et la bonne humeur de la population de R. a nettement remonté. Le boulanger m'a filé une brioche en échange de mon journal et le montant des pourboires a grimpé en flèche.

Je me sens joyeux et pédale comme un diable. Je n'ai plus que quatre journaux pour l'hôtel du Commerce et mon travail du matin est terminé. Je suis en avance.

La porte de l'hôtel claque derrière moi et je salue les buveurs qui sont installés aux tables.

Le patron est là, il fait la causette, il parle un peu patois et j'ai du mal à le comprendre.

– Salut, Jo. Tu veux voir ton frère ?

– Oui, je veux bien.

– Descends, il est au cellier.

C'est le crissement des freins qui m'a fait retourner, malgré la porte fermée, le son a résonné, strident.

A travers les rideaux, j'ai vu les deux camions, bloquant les rues en travers.

– Regardez ! …

Il n'y a pas besoin que je leur dise, tous les hommes se sont tus et regardent descendre des soldats noirs aux bérets inclinés. Ceux-là sont les plus détestés, ce sont les chasseurs de résistants, les miliciens.

Mitraillette au ventre, j'en vois un courir vers la ruelle Saint-Jean : ils connaissent le pays, ils doivent savoir que l'on peut s'enfuir par là en passant par les prés.

Il y en a un au centre qui fait de grands signes et j'en vois quatre se diriger droit vers nous.

– Ils viennent ici, dit le patron.

– Petit…

Je me retourne et regarde l'homme qui a parlé : c'est un des buveurs, mais je ne l'ai jamais vu, un petit homme assez vieux, habillé tout en velours sombre, il me sourit tranquille et vient vers moi.

On ne nous voit pas de la rue.

Une enveloppe froissée tombe dans ma sacoche, il l'a sortie de sa poche. Il jette dessus le journal qu'il tenait à la main.

Les miliciens poussent la porte.

Les lèvres du petit homme ne bougent pas, pourtant il parle. Ses yeux ne me regardent plus, mais c'est à moi qu'il s'adresse.

– M. Jean, dit-il, au Cheval-Blanc.

Sa main me pousse vers la porte. Je sors et me heurte à deux torses sombres sanglés de baudriers. Ce sont deux types bronzés, l'ombre de leur béret cache leurs yeux.

– Les pattes en l'air, vite.

Le plus maigre bondit comme un chat, c'est un super énervé, de la hanche il balance une carafe qui tombe à terre et le canon de sa mitraillette trace des zigzags. Le patron ouvre la bouche, je vois une main hâlée l'empoigner par le devant de la chemise et le pousser contre le comptoir.

Le deuxième milicien me regarde et a un geste du pouce derrière son épaule.

– Tire-toi, gamin.

Je passe entre les deux hommes, ma sacoche sous le bras. De la vraie dynamite cette sacoche, mais la dynamite n'explose pas toujours.

Je suis dehors. La place grouille d'hommes noirs. Je récupère mon vélo sur le trottoir et me mets en route. Qui ferait attention à un petit livreur de journaux ? Je réfléchis en pédalant. Qui est ce petit homme en velours ?

Au coin de la place, je me retourne.

Il est là, entre les deux miliciens, il a ses mains sur la tête. Il est loin, peut-être est-ce une grimace due à un rayon trop vif du soleil, mais j'ai l'impression qu'il sourit et que ce sourire est pour moi.

Au Cheval-Blanc à présent, vite.

Je connais le café, je glisse le journal sous la porte tous les matins.

Il y a peu de clients à cette heure. Lorsque je rentre, Maryse, la serveuse, a l'air surprise de me voir, elle s'arrête d'essuyer le dessus d'un des guéridons.

– Qu'est-ce que tu fais là ?

– Je cherche M. Jean.

Je l'ai vue sursauter. Elle semble inquiète d'ailleurs, ils ont dû voir passer les camions de la milice et ce n'est jamais bon signe.

Maryse passe sa langue sur ses lèvres.

– Qu'est-ce que tu lui veux ?

– Je veux le voir, j'ai une commission pour lui.

Elle hésite. Les trois paysans dans le fond tapent les cartes sur un tapis vert qui recouvre leur table.

– Viens avec moi.

Je la suis. Nous traversons les cuisines, la cour et elle frappe à la porte du garage. Elle frappe bizarrement, des coups qui forment un roulement comme un galop de cheval et puis un autre après, bien espacé…

La porte glisse sur ses gonds. Il y a un homme là, avec dès bottes de chasse. Il ressemble un peu à mon frère Henri. Il ne dit rien.

Maryse me désigne.

– C'est le livreur de journaux, il voudrait parler à M. Jean.

– Qu'est-ce que tu as à lui dire ?

Il a une voix un peu glacée. L'idée me vient qu'il vaut mieux être l'ami de cet homme que son ennemi.

– C'est un client du Commerce qui m'a donné une commission pour lui.

L'homme s'approche dans la lumière, il a l'air brusquement intéressé.

– Décris-le.

– Un petit monsieur, tout en velours, les miliciens viennent de l'arrêter.

Les deux mains de l'homme s'appuient sur mes épaules, deux mains fortes mais tendres.

– Fais ta commission, dit-il.

Ça ce n'est pas possible, le petit homme m'a dit à M. Jean et…

Maryse me pousse du coude.

– Vas-y, dit-elle, c'est lui M. Jean.

Il me regarde et je lui tends l'enveloppe.

Il la déchire, en sort un papier que je ne cherche pas à lire, je sens qu'il faut dans ce domaine beaucoup de discrétion.

Jean lit, remet la lettre dans sa poche et ébouriffe mes cheveux.

– Bien joué, petit, dit-il, c'est Maryse qui nous servira de relais. Quand j'aurai besoin de toi, c'est elle qui te le fera savoir. Rentre vite à présent.

Et voilà comment je suis entré dans la Résistance.

Je dois à la vérité de dire que ce fut là mon unique et bien modeste contribution au combat de la France libre. J'attendais avec impatience que Maryse me fît signe et je passais souvent devant le Cheval-Blanc, mais la serveuse essuyait ses verres et me dédaignait superbement. Je pense aujourd'hui qu'ils avaient dû me trouver trop jeune et peut-être surtout la présence d'Ambroise Mancelier les rendait-elle terriblement méfiants. Quant à ce dernier, il ne sortait plus, n'écoutait plus la radio.

Le 6 juin, jour du débarquement, fut certainement le plus long de l'année et le plus dramatique pour le vieux pétainiste : l'ennemi héréditaire souillait les plages normandes, une armada de nègres casqués, de Juifs new-yorkais, d'ouvriers anglais communistes se lançait à l'assaut de la douce France, berceau de l'Occident chrétien. Sa canne martelait les couloirs et sa femme ne descendait plus au magasin. Il y avait eu quelques algarades avec des clients qui indiquaient nettement que la température avait changé.

Un après-midi, alors que je défaisais une caisse de livres qui venait d'arriver, le fils du boulanger était entré, avait acheté un journal et en tendant la monnaie avait désigné la vitrine où trônait un livre illustré de photos couleur à la gloire du maréchal.

– Combien ?

J'étais suffoqué car je le connaissais un peu, c'était un copain à Maurice et on disait qu'il aidait les francs-tireurs, leur fournissant de la farine et leur livrant du pain. Mme Mancelier avait fait mine de fouiller des factures.

– Quarante francs.

– Je l'achète. Mais je l'emporte pas, vous le laisserez à sa place dans la vitrine. Ça ne vous dérange pas?

Elle était suffoquée la patronne, elle a balbutié qu'elle n'y voyait pas d'inconvénient mais qu'elle ne comprenait pas bien pourquoi il désirait l'acheter puisqu'il ne le lirait pas.

Elle a compris assez vite.

Le fils Mouron a pris une étiquette qui traînait sur la caisse et avec un crayon rouge, il a écrit dessus en belles lettres d'imprimerie : VENDU.

Ensuite il a pris l'étiquette et il a été la coller sur la couverture, en plein sur la cravate du père Pétain Sauveur de la France.

Elle a verdi et a dit :

– Je préfère vous le mettre de côté, je ne peux pas garder un livre payé en vitrine.

C'était assez sec comme ton et Mouron l'a regardée.

– Alors je ne l'achète pas, c'est pas la peine que je lâche mes quarante francs parce que dans quelques semaines je l'aurai à l'œil.

Il a ouvert la porte et avant de la claquer à toute volée derrière lui, il a encore lancé :

– A très bientôt, madame Mancelier.

Depuis ce temps-là, je faisais pratiquement tout à la librairie. Heureusement que les clients étaient rares, en 44 il n'y avait pas de grands lecteurs à R. A part le journal, les illustrés pour les gosses que je dévorais et rapportais par brassée à mon frère, je ne vendais pas trois livres dans la semaine.

Je faisais également les commissions et à la boulangerie Mouron, le père ou le fils me servait et me répétait à chaque fois : « Il commence pas à faire dans son pantalon le vieux con d'Ambroise ? » Tout le monde riait dans la boutique, moi aussi, mais j'étais un peu gêné quand même : on traitait bien mal le père de Françoise. Elle était partie fin juin, Françoise, d'ailleurs, chez une tante près de Roubaix. Et j'étais resté là, le cœur gros entre ces deux vieux qui n'osaient plus bouger de chez eux. Un soir il y a eu un fracas de vitres, je suis descendu en vitesse : un carreau avait été cassé dans la cuisine. Mouron avait raison, le vieux n'allait pas tarder à faire dans son pantalon.

Je sortais chaque soir après les maigres comptes de la journée, j'allais retrouver Maurice et nous gagnions le clocher de l'église, un clocher trapu aux poutres énormes. De là, on pouvait voir la route, la nationale qui zigzaguait très loin, dans la plaine, et des camions qui filaient pleins de soldats. Ils remontaient du sud, il y avait parfois de longs convois d'ambulances. Nous n'avions plus de nouvelles d'Aix-les-Bains, le courrier n'arrivait plus, des trains sautaient, on ne partait pas.

Maurice m'assure avoir vu des maquisards un soir à l'hôtel du Commerce, ils étaient descendus d'une traction, ils avaient des vestes de cuir, des pistolets, des P.M., des chaussures cloutées, ils étaient bien armés, très optimistes, ils disaient que c'était dur parfois mais qu'il n'y avait plus que quelques semaines d'efforts.

J'ai apporté un soir un énorme paquet de livres sur mon porte-bagages jusqu'à l'hôtel du Commerce, je les avais volés sur les étagères, ils étaient destinés aux maquisards. Je m'étonnais un peu qu'ils aient eu le temps de lire mais Maurice m'expliqua que c'était surtout pour les blessés que l'on soignait dans des grottes et qui trouvaient le temps long.

Depuis l'arrestation du petit homme, les miliciens ne sont plus revenus. Maurice m'a appris quelques semaines plus tard qu'ils l'avaient fusillé derrière le mur d'une ferme. Cela m'a rendu malade toute une journée, j'ai eu cette impression de tête vide que j'avais eue à Nice, ce sentiment que rien ne sert à rien et que les méchants gagneront toujours.

Les Allemands ne bougent plus guère du camp, il y a du va-et-vient. Le boulanger passe ses journées sur son toit à les surveiller à la jumelle. Il dit avoir vu des chars, des panzers arriver.

Le soir, tout le village est au courant et c'est la panique. Mouron est persuadé que les Allemands vont faire de R. un camp fortifié pour arrêter l'avance alliée. En quelques minutes de discussion, notre petit périmètre devient l'ultime rempart avant Berlin, si nous sommes libérés, le IIIe Reich s'écroule.

– Va falloir qu'on vive dans les caves, dit un fermier, et ça peut durer. Mais ils s'en foutent pas mal les Amerlos, ils écrasent tout, ils regardent pas où ils foutent les pieds, qu'on crève ou non, c'est pas ça qui les arrêtera.

Je le connais ce péquenot, un matin sur deux il râle parce que son journal n'arrive pas assez vite, c'est le mauvais coucheur.

Le père Flandrin l'engueule d'abord et annonce qu'à la mairie, ils ont confectionné des drapeaux américains avec l'aide de l'institutrice, c'est pour bientôt, on dit qu'ils ne sont plus qu'à cinquante kilomètres.

Mon Dieu, c'est vrai, ça va finir, ils ont l'air sérieux lorsqu'ils disent cela, je me demande s'ils y croient vraiment, s'ils se rendent compte de ce que cela représente : « ça va finir ». Je n'ose pas le dire encore, j'ose à peine le penser par une sorte de superstition stupide, comme si les mots étaient des moineaux et qu'à les dire trop fort on les fasse s'envoler, à tout jamais, au pays des espoirs irréalisés.

Je fais les comptes seul dans la boutique vide. Les Mancelier sont claquemurés là-haut. Ambroise frôle les murs, les trois quarts du temps il ne sort plus de sa chambre. Il n'écoute plus la radio, voici longtemps que je n'ai plus entendu Philippe Henriot.

Derrière le rideau de fer, c'est la nuit d'été. Il y a un groupe de jeunes sur la place qui discute malgré le couvre-feu. Au loin une rumeur obscure, lointaine, qui semble naître d'au-delà des montagnes, c'est la guerre peut-être qui vient jusqu'à nous, c'est l'avalanche que j'espérais pour sauver Françoise et qui va tous nous submerger.

J'ai sommeil, il est tard déjà et je suis levé depuis cinq heures. Il faudra recommencer demain d'ailleurs, pédaler le long des routes... A ce propos, je vais de plus en plus vite à grimper les côtes, encore quelques mois de ce régime et je serai champion cycliste.

Voilà, les additions sont terminées. Au début du cahier c'était le superbe alignement des chiffres calligraphiés de Mme Mancelier, les traits à la règle, les reports en rouge en haut des pages. Depuis quelque temps, mes gribouillis ont succédé à ce bel ordonnancement. Je gomme une tache et après le trait horizontal qui isole un jour d'un autre, j'inscris la date de demain.

8 juillet 1944.

– Jo !

Il me semble que c'est la voix de Maurice, mais cela n'est pas possible, car à cette heure il dort encore et à l'heure où dort Maurice, je dors aussi, donc tout cela est un rêve et...

– Jo ! réveille-toi, bon Dieu !

Cette fois-ci, j'ouvre les yeux. Il y a une rumeur lointaine, un grondement comme si la montagne se rapprochait.

Je pousse les volets entrebâillés. La place est vide encore. Il fait jour mais le soleil n'a pas paru encore, c'est l'heure d'avant l'aurore, l'heure où les choses et les êtres secouent les dernières brumes de la nuit.

Mes yeux clignotent. Là-bas, Maurice lève sa tête vers moi. Il est tout seul, unique être vivant sur la petite place.

– Qu'est-ce qu'il y a ?

Maurice me regarde et sourit :

– Ils sont partis.

Ce fut aussi simple que cela, d'une simplicité telle que j'en fus presque déçu. Je m'attendais à plus de spectacle, plus de vacarme. Je croyais que les guerres et les poursuites finissaient en opéra avec des gestes, des ports de bras, des poses splendides, eh bien pas du tout.

Je m'accoudais à ma fenêtre un beau matin d'été et c'était fini, j'étais libre, on ne chercherait plus à me tuer, je pourrais revenir chez moi, prendre des trains, marcher dans les rues, rire, tirer des sonnettes, jouer aux billes dans la cour de la rue Ferdinand-Flocon, cela ne m'amuserait-il plus ? Non, à bien y réfléchir, cela ne m'amuserait plus. Depuis quelques mois, c'était moi qui faisais marcher la librairie et c'était tout de même drôlement plus amusant que tout le reste.

Je suis descendu et nous sommes partis tous les deux dans le village. Il y avait un attroupement devant la boulangerie : des jeunes gens à vélo avec des brassards F. F. I. et des petits pistolets dans la ceinture. J'en connaissais quelques-uns. Ce n'étaient pas des vrais, ceux-là, ils avaient fleuri d'un coup, juste ce matin où les frisés s'étaient fait la malle plus au nord.

Et puis les rues se sont remplies, des drapeaux ont orné les fenêtres : français, anglais, américains. Peu d'américains parce que quarante-huit étoiles, faut se les faire, mais il y en avait tout de même, on s'embrassait au « Cheval Blanc », au « Commerce » et moi j'étais fou de joie parce que je m'en étais sorti et que ce matin je n'avais pas de journaux à distribuer. Ils ne devaient arriver que le lendemain, ce n'étaient plus les mêmes : *Les Allobroges, Le Dauphiné Libéré,* d'autres encore… J'en vendais des centaines, les gens couraient vers moi, jetaient des pièces, n'attendaient pas la monnaie, je remplissais la caisse, ce fut un tourbillon dont j'ai aujourd'hui de la peine à extraire des images, je revois surtout le visage livide d'Ambroise Mancelier appuyé contre le papier à fleurs de la salle de séjour et tous autour de lui, le fils Mouron en tête qui lui avait mis son poing sous le menton. C'était l'heure des comptes qui était venue, l'après-midi, il y avait trois filles qui étaient passées dans la rue entre une haie de F. F. I., elles avaient le crâne rasé et des croix gammées peintes sur le visage, on disait aussi qu'un des fils d'une voisine avait été fusillé dans le bois, il avait été retrouvé au moment où il essayait de cacher son uniforme de milicien. C'était à présent le tour du vieux pétainiste.

La première gifle a claqué comme un coup de 6, 35.

Je venais juste d'arriver et j'ai vu la tête du père Mancelier heurter le mur et quand j'ai vu les vieilles lèvres, que j'avais entendues dire tant de stupidités, se mettre à trembler je me suis faufilé jusqu'à Mouron.

– Laisse-le, il m'a planqué quand même pendant longtemps et ça pouvait lui coûter chaud de cacher un Juif.

Pour obtenir le silence, j'avais drôlement réussi mon coup. Mouron a récupéré tout de même :

– D'accord, dit-il, t'es juif, mais est-ce qu'il le savait, le vieux con ?

Je me retourne vers le vieux dont les yeux s'affolent. Je sais ce que tu penses va, j'entends encore toutes tes paroles : « les salauds de youdis », « la racaille youpine », « un bon coup de torchon dans tout ça », « quand on en aura supprimé une moitié, ça fera réfléchir l'autre ».

Eh bien, tu vois, t'en avais un chez toi de youpin, et un authentique encore, et le plus fort de tout, c'est que c'est un youpin qui va sauver ta peau.

– Bien sûr, il le savait !

Mouron fait la tronche.

– Ça n'empêche que c'est un collabo quand même, qu'est-ce qu'il a pu nous faire chier avec…

On l'interrompt.

– Oui, mais il était forcé peut-être de faire ça pour planquer Joseph…

Je m'en vais. S'ils discutent, c'est bon signe, ils ne le tueront pas. Ils ne l'ont pas tué, ils l'ont amené à la prison d'Annecy avec sa femme. Lorsqu'il est monté dans le camion, il tremblait de tous ses membres, mais moi seul ai pu savoir la cause réelle de son tremblement. Devoir sa peau à un Juif après avoir applaudi Henriot tous les soirs pendant quatre ans, c'est le genre de choses qu'il ne pouvait pas avaler.

Le plus fort de l'histoire, c'est que me voilà patron de la librairie, j'ai envie de passer au goudron « Librairie Mancelier » et de mettre mon nom à la place, ce ne serait que justice.

C'est qu'il y en a des journaux à présent, des tout nouveaux qui sortent chaque jour, toutes les feuilles clandestines au grand jour, c'est que les gens veulent savoir où ça en est, je suis devenu plus important que le maire, plus que le boulanger, je suis le grand dispensateur des nouvelles du monde, un rôle de premier plan ! Des journées de quinze heures et plus, ma caisse déborde, le fric ira aux héritiers Mancelier, mais pour l'instant j'en suis responsable et il ne s'agit pas de s'endormir.

Et tout à coup, sur tous mes canards, des lettres énormes, sur toute une page, des lettres comme je n'aurais pas cru qu'il en existe dans les imprimeries :

PARIS LIBÉRÉ.

C'était le matin de bonne heure, je revois le camion qui s'éloigne, tout dort encore dans le village, j'ai ces gros paquets mal ficelés qui répètent tous la même chose et je m'assois sur le trottoir devant ce qui est devenu mon magasin.

L'eau coule dans le caniveau entre mes jambes… c'est la Seine.

Près de mon talon gauche, ce petit tas de terre, cette motte, c'est Montmartre, derrière, près de la brindille, c'est la rue de Clignancourt et là, juste à l'endroit où débute la mousse, c'est ma maison.

La pancarte « magasin juif » a disparu, elle ne reparaîtra plus, les volets vont être ouverts au-dessus du salon, les premiers vélos vont sortir, en bas il doit y avoir une rumeur qui monte déjà, qui grimpe par-dessus les toits.

Je suis déjà sur mes pieds et j'ai foncé dans l'escalier, me voilà dans ma chambre. Sous le lit, la musette est là et je sais que c'est la dernière fois que je la prends.

J'aurai sans doute du mal à trouver un train, davantage encore à monter dedans, mais rien ne peut m'arrêter.

Rien ne peut m'arrêter.

Voilà le genre de phrase qu'il ne faut jamais dire, ni même penser.

De la librairie à la gare, il n'y a pas loin, sans doute pas un kilomètre, une allée droite, ombragée avec des bancs très épais où personne jamais ne s'assoit et qui, à l'automne, se couvrent de feuilles mortes.

Je trottais sec, tout sifflotant, il me semblait qu'au bout du chemin j'allais tomber sur le métro Marcadet-Poissonniers.

Ce n'est pas lui qui m'est apparu.

Ils sont arrivés à trois, le brassard au biceps, le ceinturon un peu lâche comme s'ils avaient vu le dernier western, l'un d'eux avait un foulard noué à la légionnaire et des bottes de chasse, des flingues en bandoulière, trois mausers allemands, les fusils les plus antipathiques qui soient au monde.

– Viens un peu par ici, toi.

Je m'arrête, stupéfait.

– Demi-tour, mon petit bonhomme.

Je ne les connais pas, je ne les ai jamais vus au village, ils doivent venir d'un autre maquis, en tout cas, ils n'ont pas l'air de rigoler.

– Mais enfin, qu'est-ce qui arrive ?

L'homme au foulard réajuste la bretelle du fusil et me désigne l'endroit d'où je viens. J'obéis.

Ça, c'est la meilleure. Coincé par la Gestapo, poursuivi toute la guerre, je me fais arrêter par des résistants français le jour de la libération de Paris.

– Mais vous êtes dingues ! Vous me prenez pour un S.S. déguisé ou quoi ?

Ils ne répondent pas. Complètement butés, les F. F. I. du secteur, mais ça ne va pas se passer comme ça, ils vont m'entendre et...

Me revoici sur la place. Il y a du monde à présent devant le magasin et surtout des types en veste de cuir, tous armés, il y en a un tout jeune que l'on appelle « mon capitaine », un groupe plus loin, avec des cartes d'état-major sur le capot d'une camionnette.

Un de mes gardes du corps claque des talons devant un maigrichon en civil.

— Voilà, mon colonel, on l'a récupéré.

Ça me coupe la respiration, voilà que je suis pris en chasse au même titre que les frisés.

Le maigrichon me regarde, il a un sourcil plus haut que l'autre.

— Où allais-tu ?

— Ben... à Paris.

— Pourquoi à Paris ?

— Parce que j'y habite.

— Et tu allais laisser tout ça là ?

De sa main ouverte il balaie le tas de journaux et la librairie.

— Et comment que j'allais laisser tout ça là !

Il me fixe et ses deux sourcils reviennent au même niveau.

— Je crois que tu ne comprends pas bien la situation.

D'un geste, il m'entraîne à l'intérieur de la boutique.

D'autres le suivent et s'installent, le font-ils pour m'impressionner ou est-ce l'habitude depuis quelque temps, toujours est-il qu'ils s'installent en rang d'oignons derrière la grande table, le colonel au milieu.

Je suis de l'autre côté, accusé devant mes juges.

— Tu n'as pas compris la situation, reprend le colonel, tu es responsable de la circulation des nouvelles dans le village, tu dois rester à ton poste car nous sommes encore en guerre et ton rôle est semblable à celui d'un soldat qui...

— Vous ne voulez pas que je rentre à Paris ?

Il s'est arrêté un peu interloqué, il se reprend très vite. Simplement, il articule :

— Non.

Je ne bronche pas. Mon petit vieux, les types de la Gestapo ne sont pas arrivés à avoir ma peau, c'est pas toi qui vas me faire peur.

– D'accord, alors fusillez-moi.

Le gros du bout de la rangée en avale son mégot.

Cette fois-ci, le colonel ne trouve rien à dire.

– Ça fait trois ans que j'ai quitté ma maison, qu'on est tous séparés, aujourd'hui que je peux rentrer, je rentre et vous ne m'en empêcherez pas.

Le colonel pose ses mains à plat sur la table.

– Comment t'appelles-tu ?

– Joseph Joffo, je suis juif.

Il respire un coup léger comme s'il craignait de se blesser les poumons en aspirant trop d'air.

– Tu as des nouvelles de ta famille ?

– Je vais à Paris pour en prendre.

Ils se regardent.

Le gros tapote sur la table avec son index.

– Écoute, tu ne pourrais pas rester pour…

– Non.

La porte s'ouvre. Celui-là, je le connais : c'est M. Jean.

Il sourit. J'ai eu raison de penser qu'il valait mieux l'avoir pour ami, il va le prouver.

– Je connais ce garçon, il nous a rendu des services. Qu'est-ce qui se passe ?

Le colonel s'est assis, il a l'air gentil au fond, si ce n'étaient pas ses sourcils qui lui donnent l'air un peu diabolique, ce serait le vrai pépé.

Il relève la tête.

– Il veut rentrer chez lui et évidemment, cela pose des problèmes pour le magasin.

M. Jean pose ses deux mains sur mes épaules comme la première fois où nous nous sommes rencontrés.

– Tu veux partir ?

Je le regarde.

– Oui.

Déjà, je sens que c'est gagné. Mes juges n'ont déjà plus des têtes de juges. C'est le soulagement qui m'a fait pousser des larmes, elles sont venues traîtreusement, comme pour me ridiculiser.

C'est dur de les empêcher de rouler.

J'ai repris le chemin, ils étaient une quinzaine à m'accompagner, le méchant du début avec le foulard m'a porté ma musette, j'avais mal dans le dos à force de recevoir des claques.

– Tu veux un sandwich pour le train?

– Tu crois que tu auras de la place?

– Tu fais la bise à la tour Eiffel.

Ils m'ont quitté un peu avant d'arriver, parce qu'un camion est arrivé avec d'autres maquisards qui les ont emmenés. J'ai dit au revoir encore et j'ai poussé un portillon qui donnait accès au quai.

Sur ce quai, il y avait dix millions de personnes.

. . . .

Et Maurice?

Avant de partir vers la gare je l'ai vu, son patron n'a pas voulu le laisser partir. Décidément c'est une manie, mais pas de mauvais sang à se faire, il s'en sortira et vite, je le connais.

Dans les livres que j'ai lus depuis, les auteurs disent souvent que la foule « grouille ». Sur le quai de R. ça ne grouillait pas. Il n'y aurait pas eu la place. Un peuple dense, tendu, les quais pleins à ras bords. D'où venaient-ils tous ces gens?

De tous les coins du département, peut-être d'ailleurs, ils avaient dû se planquer eux aussi et ils remontaient à présent vers la capitale, avec des ballots, des cageots, ils ne devaient rien y avoir à bouffer à Paris, il y avait des sacs de farine, des paniers remplis de bidoche, des poules liées par les pattes, tout un exode à l'envers.

– On ne montera jamais tous.

Je me retourne.

C'est la dame derrière qui a parlé, son menton tremblote, il y a deux poils longs sur les bajoues qui tremblotent un peu. Elle respire fort, elle a un sac sous le bras et une valise énorme cerclée de ficelle qui craque comme une pomme au four, un vrai désastre en puissance.

– Laissez passer, bon Dieu!

Sur la pointe des pieds j'arrive à voir le chef de gare qui escalade des montagnes de ballots, un travail d'alpiniste.

Il y a des remous, ceux qui sont au bord du quai arquent les reins pour ne pas descendre sur la voie.

J'entends parler autour de moi, il y a du retard, une heure déjà, et ce n'est pas tout, beaucoup de lignes ne sont pas réparées encore.

L'essentiel c'est de s'approcher d'abord et j'ai un avantage sur tous ces gens, c'est que je suis plus petit.

— Ouaïe !!!

J'écrase un pied, le propriétaire me bloque par la musette et ouvre une bouche tunnel, je suis plus rapide.

— Excusez, j'ai mon petit frère, là-bas, il va se faire écraser.

Le type grommelle et réussit l'exploit de se déplacer de cinq centimètres, ça me suffit pour en gagner vingt. Devant moi, la muraille de deux malles superposées.

Je balance la musette dessus et j'escalade en varappeur. Je suis dessus, je surplombe les têtes, j'ai l'air de vouloir faire un discours.

— Tu vas descendre de là, morveux !

— J'ai mon petit frère, là-bas...

J'ai repris ma voix douce, une voix préparatoire. Ça me permet de descendre le versant de l'obstacle. Adaptation au terrain : je rampe entre deux paires de fesses. Celle de droite ne semble pas avoir souffert des restrictions. J'incline à gauche. Miracle : un trou entre deux jambes, je me faufile, je rampe de biais et qui c'est qui se trouve au premier rang ? C'est Jo Joffo.

Impossible de s'asseoir, je n'arriverais plus à me relever ou je périrais étouffé. Je prévois avec crainte la ruée qu'il va y avoir à l'arrivée du convoi. Il y a une dame près de moi. Il serait plus juste de dire contre moi. Les hauts talons de bois, le grand sac, la haute chevelure, elle s'est faite belle et je ne cesse pas de l'entendre gémir doucement. Elle tente vers moi un pauvre sourire.

— J'espère que ça ne va pas durer longtemps.

On est restés deux heures et demie.

Le plus terrible, c'est dans les genoux, il y a deux plaques de bois qui viennent se coller devant et derrière la rotule, et ça serre, doucement d'abord et puis à tout casser.

Alors on reste une jambe en l'air, mais celle qui reste au

sol bloque la crampe dans les dix secondes, alors on inverse et c'est une danse lente, primitive, des ours chargés et dandinants qui...

– Le voilà.

Ça a couru comme un murmure, il y a une sorte de vague qui a flotté, je vois des mains qui s'emparent des poignées des valises, des doigts qui se tordent autour des courroies de sacs à dos, des rassemblements, tout un ramassis d'objets resserrés autour de leur propriétaire.

Je me penche, un peu, pas beaucoup, s'agit pas de passer sur les rails.

Oui, je l'ai vue, la locomotive avance, très lente, pas de fumée dans le ciel du matin, je ne me suis même pas aperçu comme il faisait beau.

Je me rejette en arrière, je me glisse sous la sangle de la musette et j'attends, crispé, les muscles douloureux, va pas falloir traîner si tu veux revoir Paname, mon petit Jo.

Le train.

Bondé.

Des grappes de corps semblent prêts à basculer par les portières. Ça va être effroyable. Je sens la poussée derrière moi qui commence. J'avance insensiblement malgré ma résistance, mon ventre frôle les marchepieds qui défilent.

– Attention là-bas...

Il y a des cris, des ballots ont dû tomber entre les roues, je ne jette pas un regard, une seconde de distraction et je suis refoulé.

Un crissement de frein à casser les rails et le train s'arrête.

D'elles-mêmes, les portes s'ouvrent et brutalement je suis aspiré par une pompe, j'ai deux types devant moi, je fonce en obus et en repasse un, un coup de reins et je pose une demi-galoche sur le premier marchepied. Serre les dents, Jojo, je pousse en forcené avec tout ce que j'ai, ça pousse derrière moi, à me péter les omoplates.

J'ai la poitrine dans l'étau et l'air n'entre plus, je me dégage en force et là, c'est le mur, je suis mal tombé : un costaud, énorme, les deltoïdes roulent sous le tissu, le plus gros malabar que j'aie jamais vu, il monte une marche, deux, il pousse encore, rentre, et ne bouge plus, il emplit la portière.

226

Il y a des pleurs, des cris de femme, derrière.

Je vois la main du gros qui tâtonne pour se claquer la portière au ras des fesses. Je suis sur le deuxième marchepied, ce salaud ne me laissera pas les dix centimètres qu'il me faut pour entrer. Je vois sa main, un paquet de muscles qui va se refermer, et alors, violemment, d'un coup de postérieur, il me rejette de toutes ses forces sur le quai, repoussant du même coup la masse qui m'étouffe.

Je rebondis en furie, bille en tête, et crac, de toutes les dents de ma mâchoire je mords le forcené dans la viande de la main.

Le type braille, se retourne à moitié, et je plonge dans la trouée, en rugbyman. Je suis parfaitement horizontal, j'entends la portière se refermer derrière moi, j'ai la tête sur un avant-bras, le reste du corps sur un amoncellement de valises et les pieds qui passent par la portière.

Il me faudra trente bons kilomètres pour reprendre la station verticale.

Le gros mordu me regarde d'un sale œil mais ne dit rien, il a intérêt, son coup de derrière était une infamie, il doit le savoir. Et puis, je m'en moque, le train avance, doucement, mais il avance et chaque tour de roue me rapproche, je sais qu'on arrivera : ce soir, demain, dans huit jours, je serai chez moi.

. . . .

Pendant que je m'enfonçais dans le compartiment, comme un clou dans une planche, le gars Maurice n'était pas resté inactif. Il avait préféré la route au rail. Ce garçon a toujours eu des goûts précis.

L'affaire fut rondement menée. Un ami de son patron. La voiture mais pas d'essence. Maurice fonce chez lui : s'il y a une place pour lui il fournira l'essence dont il n'a pas la première goutte. Il descend à la cave en tourbillon, trouve une bouteille de vieux cognac, en remplit dix-neuf autres de thé léger pour obtenir la couleur et fait goûter la bonne au premier sergent contre cinq jerrycans d'essence, c'est suffisant pour le trajet R.-Paris.

Maurice rassemble ses affaires, et arrive sur son patron la main tendue dans le double but de lui dire adieu et de ramasser son salaire. En pure perte. Ici se place l'affaire des reblochons.

A Paris, c'est la famine ou presque, et le reblochon c'est un lingot d'or. Maurice râle de ne pas être payé, il y a bien une promesse de mandat mais il y a mieux à faire.

– Si vous voulez, dit Maurice, j'emmène des reblochons, je les vends là-bas et je vous renvoie.

Pas la peine d'en dire plus, le patron a compris. Il est bien un peu méfiant mais c'est un coup à tenter. Ce garçon n'est pas rusé, il s'est toujours débrouillé pour ne pas le payer, une bonne tartine de rillettes de temps en temps pour le quatre heures, une tape affectueuse sur l'épaule.

– T'es bien avec nous, hein, Maurice ? T'as pas à te plaindre, et puis c'est la guerre, les temps sont durs pour tout le monde, et ici tu manges à ta faim, et puis je peux pas te payer comme Léon qui a dix-sept ans et qui est deux fois gros comme toi...

Enfin, il se décide.

– D'accord pour les reblochons.

Suivent toute une série de recommandations concernant le prix, les délais, les précautions, etc.

Et voilà comment, avec vingt bouteilles vides, deux boîtes de thé et une de cognac, Maurice Joffo regagne la capitale, somptueusement installé à l'arrière d'une traction légèrement cahotante, la tête reposant sur un oreiller de reblochons qu'il revendit dans la semaine et dont le légitime propriétaire n'entendit plus jamais parler. Ce qui ne fut que justice.

. . . .

« Marcadet-Poissonniers. »

Trois ans plus tôt j'ai pris le métro par un beau soir pour la gare d'Austerlitz, aujourd'hui je reviens.

La rue est la même, il y a toujours ce ciel métallique entre les gouttières des toits, il y a cette odeur qui flotte et qui est celle de Paris au matin lorsque le vent remue un peu les feuilles des arbres rares.

J'ai toujours ma musette, je la porte avec plus de facilité qu'autrefois, j'ai grandi.

Mémé Epstein n'est plus là. La chaise paillée dans le ren-

228

foncement de la porte a disparu elle aussi. Le restaurant Goldenberg est fermé. Combien sommes-nous à revenir?

« Joffo-coiffeur. »

Les mêmes lettres bien écrites, pleines et déliées.

Derrière la vitrine, malgré les reflets, j'aperçois Albert, il coiffe.

Derrière lui, Henri manie le balai.

J'ai déjà vu maman.

J'ai vu aussi que papa n'était plus là, j'ai compris qu'il n'y serait jamais plus… C'en était fini des belles histoires contées le soir à la lueur verte de l'abat-jour.

Finalement, Hitler aura été plus cruel que le tsar.

Henri me regarde, je vois ses lèvres s'agiter, Albert, maman se tournent vers la rue, ils disent des mots que je ne puis entendre à travers la vitre.

Je me vois dans la vitrine avec ma musette.

C'est vrai, j'ai grandi.

EPILOGUE

Et voilà.

J'ai quarante-deux ans aujourd'hui et des gosses. Trois gosses.

Je regarde mon garçon comme il y a trente ans mon père me regardait et une question me vient, idiote peut-être comme beaucoup de questions.

Pourquoi ai-je écrit ce livre ?

Bien sûr, j'aurais dû me la poser avant de commencer, cela aurait été plus logique mais les choses ne se passent pas souvent logiquement, il est sorti de moi comme une chose naturelle, cela m'était peut-être nécessaire. Je me dis qu'il le lira plus tard et cela me suffit. Il le rejettera, le considérera comme des souvenirs ressassés ou au contraire cela le fera réfléchir, c'est à lui à présent de jouer le jeu. En tout cas j'imagine que ce soir, à l'heure où il va pénétrer dans sa chambre, à côté de la mienne, je sois obligé de lui dire : « Mon petit gars, prends ta musette, voilà 50 000 francs (anciens) et tu vas partir. » Cela m'est arrivé, cela est arrivé à mon père et une joie sans bornes m'envahit en songeant que cela ne lui arrive pas.

Le monde irait-il mieux ?

Il est un vieux monsieur que j'admire beaucoup : Einstein.

Il a écrit de très savantes choses, il a dit qu'entre cinq minutes passées sur la plaque rouge d'une cuisinière et cinq minutes dans les bras d'une belle fille, il y avait, malgré l'égalité de temps, l'intervalle qui séparait la seconde de l'éternité.

En regardant dormir mon fils je ne peux que souhaiter une

chose : que jamais il ne ressente le temps de la souffrance et de la peur comme je l'ai connu durant ces années.

Mais qu'ai-je à craindre ? Ces choses-là ne se reproduiront plus, plus jamais.

Les musettes sont au grenier, elles y resteront toujours.

Peut-être…

DIALOGUE AVEC MES LECTEURS

Depuis la parution du *Sac de billes* en octobre 1973, je puis dire que je n'ai jamais cessé de dialoguer avec mes lecteurs.

Au fil d'un abondant courrier, auquel j'ai répondu dans toute la mesure de mes possibilités. Si certains de mes correspondants n'ont pas reçu en temps et en heure les réponses qu'ils étaient en droit d'attendre, je leur demande de m'en excuser. Entretenir une telle correspondance est un travail bien lourd, et les questions suscitées par le récit de mon aventure m'ont souvent surpris, troublé ou déconcerté. Non moins marquante – et passionnante – a été pour moi la rencontre, dans des dizaines de collèges et lycées où j'ai été invité, d'écoliers qui ont aujourd'hui l'âge que j'avais pendant la guerre. Leur spontanéité, leur gentillesse, la pertinence de leurs questions m'ont bien souvent ému, voire bouleversé. Et je dois dire un grand merci aux professeurs grâce à qui ces rencontres ont eu lieu, et qui, souvent, m'ont témoigné l'intérêt que présentaient pour eux mes livres dans leur démarche éducative.

Reste que nombre des questions ainsi soulevées, au-delà des réponses ponctuelles, et parfois peut-être insatisfaisantes, que j'ai pu leur donner, me sont demeurées présentes à l'esprit. Il n'est pas toujours aisé, face à un jeune auditoire, tandis que les questions fusent à un rythme rapide, de trouver à tout instant le mot juste pour aller à l'essentiel. A chaque fois que j'évoque ces années de mon enfance, je revis les moments d'angoisse que j'ai connus quand il me fallait jour après jour, heure après heure, me cacher ou ruser avec ceux qui m'interrogeaient. Dans ces conditions, la réflexion et le recul permettent seuls de trouver la réponse vraiment adéquate, sans rien déformer ou oublier, avec une certaine objectivité.

C'est précisément ce qui m'a incité à écrire cette postface. Etant donné l'intérêt et la curiosité que ce récit continue à susciter, notamment auprès des plus jeunes, il m'a semblé utile de réunir les questions qui m'ont été posées le plus souvent depuis sa parution, et d'y répondre aussi complètement et clairement que je pouvais. Beaucoup touchent à l'aspect humain ou psychologique de cette aventure. D'autres relèvent, plus concrètement, de l'histoire d'une époque que les jeunes lecteurs n'ont pas connue. Dans tous les cas, j'ai voulu les aider à se replacer dans le contexte, parfois difficile à apprécier un demi-siècle plus tard, où s'est déroulée mon aventure.

*

Les questions fusent, en fait, dès le premier acte de celle-ci : le départ, en la seule compagnie de mon frère, vers la zone libre. Et c'est bien sûr cette décision, prise par mes parents dès que leur apparaît la nécessité de se cacher pour échapper aux persécutions nazies, qui en fait l'objet. Combien de fois aurai-je entendu ce cri du cœur : « Moi, ma mère ne m'aurait jamais laissé partir, même accompagné d'un frère aîné, avec un billet de cinquante francs en poche ! »

Une telle remarque, si naturelle pour des enfants d'aujourd'hui, reflète bien toute la difficulté qu'il y a pour eux à se figurer les circonstances tellement éloignées – et c'est tant mieux ! – de leur propre expérience.

Je passe bien entendu sur le fait que cinquante francs, à cette époque, valaient davantage qu'ils ne valent aujourd'hui, où ils ne suffiraient pas même pour déjeuner à deux convenablement… L'essentiel est ailleurs. Dans un autre de mes livres, *Anna et son orchestre*, j'ai raconté la vie de ma mère. Et je crois qu'il faut la connaître pour comprendre qu'elle ait pu agir ainsi avec nous, et pas du tout de façon irresponsable, mais au contraire en vraie mère, courageuse et affectionnée. Je résumerai ici brièvement son histoire.

Ma mère est née dans un village russe, au temps des tsars,

avant la révolution de 1917. Toute petite, elle a connu les pogroms, véritables explosions de haine contre les juifs, au cours desquelles maisons et magasins étaient pillés ou brûlés, et leurs habitants molestés ou tués. En 1905, à Odessa, où une répression brutale est opposée au mouvement populaire de rébellion contre le pouvoir tsariste – c'est là qu'aura lieu la fameuse révolte des marins du *Potemkine* –, elle réussit à quitter le pays en embarquant sur le *Constanza*. Elle débarque en Turquie, où elle espère retrouver quelques-uns des membres de sa famille. Elle les trouve en effet, et crée avec eux un orchestre tzigane qui va traverser l'Europe du début du siècle : Constantinople, Vienne, Varsovie, Budapest, Berlin... et enfin Paris. Il faut avoir tout cela en tête pour comprendre sa réaction, plus tard, dans ce même Paris occupé, où il devient de plus en plus évident que les juifs vont de nouveau subir la persécution. L'aventure que j'ai vécue, elle l'a vécue aussi, ou du moins quelque chose qui y ressemble beaucoup. Elle sait qu'à dix ou douze ans on peut et on doit s'en sortir seul, quand il n'y a pas d'autre solution. Les aventures qu'elle a traversées lui ont appris ce que c'est que l'adversité. Bien sûr, elle ne nous regarde pas partir sans chagrin, sans inquiétude, sans souffrance même. Mais c'est cela, la lutte pour la vie.

J'ajouterai – cela aussi m'a été demandé – que s'il arrivait qu'une situation analogue se reproduisît, je ferais exactement la même chose. Nous avons tous vu de ces films d'aventure où les héros, pourchassés, se séparent afin de brouiller les pistes et de semer leurs poursuivants. Le jeu était le même : il valait mieux qu'un seul fût pris plutôt que tout le groupe.

*

Un autre personnage de mon livre suscite une grande curiosité : c'est le prêtre rencontré dans le train, qui, devinant que nous n'avons pas de papiers, mon frère et moi, déclare aux Allemands que nous sommes avec lui. « Savait-il que vous étiez juifs ? »

Je ne sais pas. Je crois surtout qu'il ne s'est pas posé le problème. Il a vu deux gamins paumés qui allaient avoir des ennuis avec les « feld-gendarmes ». Alors il n'a pas hésité.

Un geste de la main, une phrase : « Les enfants sont avec moi ! » Ce fut clair, net, précis. Je crois que c'était tout simplement un saint homme, à qui il ne manquait que l'auréole ! Et je ne peux repenser à lui sans émotion.

Je reviendrai plus loin sur ces protections imprévues dont nous avons quelquefois bénéficié, et auxquelles nous avons dû de rester en vie. Mais puisque j'en suis à ce prêtre, je tiens à souligner qu'il ne ressemblait en rien à celui mis en scène dans le film que le réalisateur Jacques Doillon a tiré de mon livre. On y voit Maurice et Jo obligés d'insister pour que l'ecclésiastique, qui est en train de boire du vin rouge, consente enfin, après bien des hésitations, à leur demander : « Mais où sont vos parents ? Et pourquoi je dirais que vous êtes avec moi ? » Peut-être M. Doillon a-t-il voulu ainsi faire durer le suspense. En tout cas ce n'est pas du tout là l'homme que nous avons rencontré.

Le même problème se pose d'ailleurs pour mon père. M. Doillon l'a représenté au bord de la dépression nerveuse, ne sachant pas très bien ce qu'il va faire de ses enfants. Rien de commun avec mon père, qui a toujours fait preuve de sang-froid et qui, dès le début de la guerre, n'a jamais hésité sur la conduite à tenir face aux événements.

J'ai à plusieurs reprises exprimé ces réserves devant mes auditoires, et à chaque fois, on m'a demandé pourquoi j'avais laissé faire le film. Je dirai simplement que je n'avais bien sûr aucune expérience des adaptations cinématographiques, et que je n'ai pas collaboré à l'écriture du scénario. Et quand après bien des demandes j'ai pu voir les « rushes », il était trop tard, le film était presque terminé.

*

Mais ce sont là des questions secondaires. Une interrogation beaucoup plus fondamentale, je crois, chez mes jeunes lecteurs, porte sur un point très concret : la peur. « Avez-vous connu la peur ? » Et ceci encore : « Vous considérez-vous comme un héros ? »

La peur n'est pas un phénomène simple. Au début de mon aventure, j'avais surtout l'impression d'une énorme farce. Tout cela n'était pas sérieux. Je partais avec mon frère, le complice de tous mes jeux. J'avais l'impression que nous allions jouer aux gendarmes et aux voleurs, vivre en direct une des bandes dessinées que nous lisions alors. Ce serait cette fois-ci *Bibi Fricotin chez les S.S.* ! Avec l'insouciance de cet âge, je n'envisageais pas la gravité des événements, et je n'imaginais certes pas ce qui nous attendait. Imaginez que vous partiez en compagnie de votre meilleur copain, un peu d'argent en poche… avec la bénédiction de vos parents. C'est l'aventure, le monde à découvrir, avec un petit zeste de danger pour corser l'affaire. Tout cela était au fond assez excitant.

Et finalement la peur – la vraie – survint au moment où je m'y attendais le moins, où je ne l'attendais plus : ce fut à Nice, lorsque je tombai, rue de Russie, dans la souricière organisée par les S.S. Face à la mitraillette braquée sur moi, je compris que cette fois le jeu était bien fini, que ce n'était plus comme au cinéma. Une telle situation, lorsqu'on en fait l'expérience, n'a rien à voir avec une scène, si violente soit-elle, vue à la télévision. Tout va très vite dans votre tête. En un instant vous comprenez que l'individu qui vous « braque » n'a qu'à appuyer sur la gâchette pour vous envoyer sans délai dans un monde que certains, sans preuves à l'appui, disent « meilleur » … Sincèrement, je crois que cette peur-là, je ne l'oublierai jamais.

En même temps, il est étonnant de constater que l'on s'habitue à un état de fait susceptible de provoquer la peur. L'être humain a une faculté d'adaptation qui lui permet de surmonter des situations impossibles. Au bout de quelques jours d'incarcération à l'hôtel Excelsior, de sinistre mémoire, j'avais fini par m'habituer à voir les S.S. traîner dans les couloirs de l'hôtel, ainsi que les hommes de la Gestapo. Finalement, aussi étrange que cela paraisse, je redoutais beaucoup moins nos bourreaux que les larmes de mes amis. Le quotidien, les S.S., la Gestapo étaient l'adversaire; il fallait combattre, résister, quel qu'en soit le prix. En revanche, les plaintes et les larmes des victimes augmentaient mon désarroi, me démoralisaient. Je l'avoue avec tristesse : elles me pesaient, elles faisaient partie de mes souffrances. Je les comprenais, bien sûr : mais j'avais du mal à les supporter.

J'ai connu d'autres peurs dans ma vie : la peur du dentiste, la peur des coups (j'ai fait un peu de boxe), la peur de l'accident de voiture, la peur du gendarme lorsque l'on est en infraction, la peur du noir lorsque l'on est enfant, la peur de la maladie, aussi. J'ai été gravement malade, et je n'étais pas sûr de m'en sortir. Je puis vous assurer cependant que ces peurs-là n'ont rien à voir avec celle dont je parlais précédemment.

Et finalement ces quatre années de l'Occupation m'ont apporté une philosophie. Je me suis par la suite senti bien plus fort pour affronter la vie de tous les jours, ses pièges, ses échecs, ses déceptions. Pour les ramener à leurs justes proportions, il me suffisait de me reporter à cette époque. Et je pense à ce mot de Nietzsche : « Ce qui ne m'a pas tué m'a rendu plus fort. »

Il existe une autre sorte de peur : celle que nous inspire ce que nous ne connaissons pas. Je me trouvais récemment dans un train de banlieue. Une dame, accompagnée d'un enfant de six ou sept ans, vint s'asseoir près de moi. A l'arrêt suivant monte un Noir ; et à ce moment l'enfant a un mouvement de recul et une exclamation où se mêlent la stupeur et l'effroi. Alors la dame, confuse : « Monsieur, je vous prie d'excuser le petit. C'est la première fois qu'il voit un homme de couleur. » Et le Noir a répondu : « Ne vous faites pas de souci… Cela m'a fait le même effet la première fois que j'ai vu un Blanc ! »

Voici peu de temps, j'ai reçu une lettre d'un garçon de onze ans. « En face de mon école, m'expliquait-il, il y a un mur sur lequel on a écrit : à quoi sert d'écouter la peur, puisque l'histoire a donné Hitler ? Je n'ai pas compris ce que voulait dire l'auteur de ce graffiti. Pourriez-vous me dire ce que vous en pensez ? »

Je dois dire que j'ai été troublé par le problème posé. J'ai fini par répondre ceci : en toute franchise, je crois qu'il vaut mieux « écouter » la peur. Elle a au moins le mérite de nous apprendre à être prudents. Un soldat qui monterait à l'assaut des lignes ennemies sans avoir peur serait un inconscient. La peur nous incite aussi à nous défendre. Si les démocraties, encore puissantes dans le monde, avaient été moins sûres d'elles lorsque Hitler prit le pouvoir et révéla, de plus en plus, le caractère agressif et guerrier d'une politique basée sur la haine et le racisme, nous aurions peut-être évité la guerre mondiale, avec ses millions de morts de tous pays, de toutes religions, de toutes conditions.

Reste l'autre partie de la question : avons-nous été des héros ? Ma foi, si nous l'avons été, ce fut bien malgré nous. Nous n'avions ni recherché, ni souhaité bien sûr, la situation qu'il nous fallait affronter : nous l'avons subie. Pour en ressortir, il nous a fallu surmonter bien des obstacles, apprendre à réagir, à prévoir, à rester sur nos gardes, à improviser, à survivre... Mais je ne crois pas qu'on puisse assimiler l'instinct de survie à l'héroïsme. L'héroïsme, c'est de faire délibérément un choix qui peut mettre votre vie en danger, parce que l'on se bat pour une cause que l'on croit juste et belle. Cela, c'est le courage à l'état pur. Les héros, ce sont par exemple les bourgeois de Calais, ces six hommes qui, au XIVe siècle, se livrèrent en otages à l'assiégeant anglais pour épargner leur ville. Ou le Dr Korchac accompagnant en chantant les enfants dans les chambres à gaz. Ou encore Guynemer, Mermoz, pionniers de l'aviation. Nous, nous étions acculés, le dos au mur, sans autre choix que celui de nous défendre. Et pour tout dire, je trouvais tout simplement trop bête de mourir sans avoir connu l'amour.

*

Je voudrais maintenant revenir à mon prêtre du train, et aux autres « sauveurs » inattendus que nous trouvâmes sur notre chemin. Je pense au médecin de l'hôtel Excelsior, qui avait parfaitement compris que nous étions juifs, et qui n'a rien dit, alors qu'il était là pour ça. Au prêtre et à l'évêque de Nice, au directeur du Chantier de Jeunesse – une institution créée par le gouvernement de Vichy ! Et même à Ambroise Mancelier, pétainiste et collaborationniste convaincu, qui découvrit après coup qu'il avait « couvert » deux juifs. Mancelier, vous l'avez sans doute remarqué, expliquait qu'il fallait faire l'Europe. C'est ainsi : beaucoup de gens pensaient que l'Allemagne avait définitivement gagné, et qu'il n'y avait plus qu'à « collaborer » avec elle pour réaliser l'unité européenne... sous sa botte. Une tout autre façon de concevoir l'Europe que maintenant...

Tout ça pour dire qu'il y avait vraiment de tout dans cette France déboussolée. Un médecin qui sauve deux jeunes juifs, Dieu sait pourquoi, alors qu'il en a envoyé sans doute des centaines d'autres dans les camps de concentration. Il y eut aussi les « passeurs » qui risquaient leur vie pour aider les fugitifs à gagner la zone libre... et ceux qui les dépouillaient de tout avant de les abandonner en pleine campagne.

Pour ma part, je voudrais ici rendre hommage à certains Français de cette époque. Par exemple à Mgr Jules-Gérard Saliège, archevêque de Toulouse, pour son courageux message au peuple de France et son cri de révolte : « Les juifs sont des hommes, les juives sont des femmes, tout n'est pas permis contre eux, contre ces hommes, ces femmes, ces pères et mères de famille. Ils font partie du genre humain. Ils sont nos frères comme tant d'autres. Un chrétien ne peut l'oublier. » Ce message circula en France en septembre 1942. De façon analogue, il faut se souvenir que sans la complicité de certains gendarmes et policiers, qui alertaient les juifs en danger, les rafles organisées par les autorités auraient été bien plus efficaces. Je veux citer ici le témoignage de cet ancien commissaire de police, qui vit toujours, à Montpellier : « Il y a des circonstances où l'homme doit avoir le courage de désobéir. Les Français avaient fait la guerre aux Allemands, ils étaient vaincus ; l'arrestation de résistants me fendait le cœur, mais c'étaient les aléas de la guerre. En revanche, l'arrestation de Juifs, hommes, femmes, enfants, parce que juifs, ce n'était plus la guerre, c'était du racisme. » Ce même commissaire alla personnellement annoncer les arrestations imminentes. Certains ne le crurent pas : il dut les arrêter avec ses collègues le lendemain.

J'ajouterai que malgré les lois antisémites de Vichy, malgré l'exclusion des juifs de certains emplois, malgré humiliations et spoliations, les juifs de France surent conserver leur identité durant cette période grâce à un formidable sentiment de révolte, qui les engagea dans un combat pour leur survie, avec la solidarité d'une grande partie des Français et celle des organisations juives. Lorsque après les rafles de l'été 1942 il devint évident qu'avouer son judaïsme condamnait un homme à mort, les juifs décidèrent de se cacher, de combattre ou de fuir à l'étranger. Le régime de Vichy porte une grande part de responsabilité dans les déportations ; mais sans l'aide concrète du clergé de France et d'une grande partie de la population française, la « solution finale » dictée par les nazis aurait été bien plus lourdement appliquée.

*

Tout ceci me ramène à une autre des questions qui m'ont été le plus fréquemment posées : pourquoi n'avoir pas, dans le livre, donné le nom du village – Rumilly, en Haute-Savoie – où se passe le dernier épisode de cette odyssée ?

La réponse est bien simple. Toute cette histoire est vraie, et, même sans y être alors retourné, je savais bien que plusieurs protagonistes devaient être encore en vie. Toute cette époque, avec l'opposition des résistants et des « collaborateurs » ou des pétainistes, puis à la Libération, l'épuration avec ses châtiments mérités et aussi ses inévitables excès, a laissé partout des traces encore vives dans les mémoires. Je n'ai pas voulu donner l'impression que je « pointais du doigt » un village où les gens n'étaient ni meilleurs ni pires que n'importe où ailleurs.

Mais alors pourquoi le révéler à présent ? Tout simplement parce que la situation a changé depuis la parution du livre. Et je crois important de raconter cela. Deux ou trois ans après la publication, je reçus un coup de téléphone :

« Monsieur Joffo, l'auteur du *Sac de billes* ?

– Oui, c'est moi…

– Je suis Henry Tracol, adjoint au maire de Rumilly. »

Henry Tracol ! D'un coup je me revis en culottes courtes, jouant aux billes sur la place d'Armes avec un galopin de mon âge, le fils du chef de gare : Henry Tracol…

« Tu sais, Jo, m'expliqua-t-il ensuite, ici on s'est tous reconnus, le père Jean du Cheval Blanc, Lachat le crémier, avec l'histoire des reblochons… »

Et Henry m'expliqua l'objet de son appel. J'étais invité à Rumilly. Et plus précisément pour dédicacer mes livres, à la librairie Mancelier ! Cette même librairie où j'avais travaillé, sous les ordres du vieux Mancelier, parmi les portraits et les statuettes du maréchal Pétain !

Je dois dire que j'étais très ému. Cet appel me bouleversait, me ramenant trente ans en arrière. Il est vrai que je ne gardais pas dans mon cœur un très bon souvenir de Rumilly. Jusqu'alors, je n'y étais pas retourné. Pourtant ce fut sans hésitation que j'acceptai l'offre d'Henry Tracol. On fixa une date. Et un matin de mai, après une nuit passée dans le train, mon frère Albert et moi, nous descendions en gare de Rumilly.

Il était environ neuf heures du matin. La fatigue aidant, nous n'avions pas très bien réalisé ce qui se passait : la fanfare, les majorettes en tenue de combat, Henry Tracol, le conseil municipal, tout le monde était là. Je n'en croyais pas mes yeux. Albert, qui était descendu avant moi, se retourna et dit :

« Regarde, il y a peut-être quelqu'un derrière nous ! »

Il avait raison, c'était évident, tous ces honneurs ne pouvaient être pour nous. Je me retournai : il n'y avait personne d'autre. Nous étions les seuls, ce jour-là, à descendre du train.

Quel accueil ! Après le discours d'Henry Tracol sur le quai de la gare, c'est encadrés par les majorettes que nous sommes arrivés à la mairie. Le maire, Louis Dagand, nous attendait, ainsi que le député de la circonscription, le rabbin d'Annecy et la télévision, venue tout exprès de Grenoble. Chacun d'entre eux fit un long discours dans lequel, je dois le dire, ma modestie fut mise à rude épreuve.

Mais ce fut sans conteste Louis Dagand, à qui je tiens particulièrement à rendre hommage, qui me fit le plus grand des plaisirs. C'est par sa bouche que j'appris que j'étais fait « citoyen d'honneur de la ville ». Ce titre me fait plus plaisir que n'importe quelle décoration, et ce pour une raison très simple : les gens qui ont la légion d'honneur, la croix de guerre, se comptent par milliers, mais « citoyen d'honneur » de Rumilly, il n'y en a qu'un et je suis celui-là.

Je reçus ce jour-là un télégramme de Françoise Mancelier avec ses félicitations. J'appris également qu'elle habitait Montauban, où elle était mariée avec un joueur de rugby. Elle avait trois enfants.

La plus belle photo fut prise par mon ami Tracol lorsque la « Savoisienne des fromages » me pesa mon poids de Beaufort. La signature à la librairie Mancelier fut aussi un grand moment. Merci à mon ami « Pounet », propriétaire de cette belle librairie de la rue Montpezat dans laquelle je suis revenu bien souvent depuis ; et aussi aux Rumillyens dont l'accueil a été plus que chaleureux et dont la gentillesse, la spontanéité, m'ont fait oublier tous les mauvais souvenirs.

*

Et voici une des questions les plus troublantes que l'on m'ait jamais posées. Elle vient de cet écolier qui me dit un jour : « Monsieur, je suis juif. Mon grand-père, qui est rabbin, m'a dit après avoir lu votre aventure, que lui n'aurait jamais échangé son étoile jaune contre un sac de billes. Il a ensuite écrit, dans un article qu'il vous a consacré, que n'avoir pas avoué votre judaïsme pouvait être considéré comme une forme de conversion, et qu'en d'autres circonstances, vous seriez devenus des *marranes*. J'aimerais savoir si vous êtes d'accord. »

Je précise ici qu'on appelait *marranes*, autrefois, en Espagne, les juifs ayant renoncé à leur religion afin de pouvoir rester dans le pays et rester en vie. Ils n'étaient pas toujours très bien considérés… Toujours est-il que sur l'essentiel, je ne suis pas d'accord avec le point de vue du grand-père de ce garçon. Et je citerai cette réponse du grand philosophe et théologien juif Maïmonide, dans son *Guide des égarés*, à une communauté juive du Yémen qui lui avait écrit pour lui demander si un juif, se trouvant en danger de mort, avait le droit de renier sa foi. Maïmonide répondit que le premier devoir d'un homme, et d'un juif, est de se conserver en vie, à condition de rester juif dans le fond de son cœur. Dieu seul, qui nous donne la vie, a le droit de nous l'enlever. Je voudrais ajouter que si les nazis avaient laissé le choix aux juifs qui sont morts dans les chambres à gaz, il n'y aurait pas eu, à coup sûr, une telle hécatombe, car la mort est irréversible.

Voilà ce que je répondis, ce jour-là, à mon jeune interlocuteur. Avec le temps, je crois que j'aurais dû ajouter ceci : je préfère un marrane en vie à un juif mort. Un marrane peut toujours revenir au judaïsme. Un mort ne peut être que pleuré par les siens. Cela dit, chacun d'entre nous peut réagir de façon différente devant la mort. Ne pas abjurer sa foi peut être dans certains cas suicidaire, ou considéré comme un acte de bravoure ou d'héroïsme. Pour ma part, je suis d'accord avec Maïmonide.

Dans un ordre d'idées assez voisin, beaucoup de jeunes gens m'ont dit ne pas comprendre pourquoi les juifs s'étaient laissé arrêter sans résistance, et m'ont demandé si je n'aurais pas préféré me battre, les armes à la main.

Je crois qu'ici il convient de se replacer très précisément dans les circonstances de l'époque.

Il faut savoir que les nazis avaient parfaitement organisé leurs projets criminels. Jusqu'au dernier moment, les juifs ignoraient qu'ils allaient à la mort. Les témoignages sur les chambres à gaz vous expliqueront que, jusqu'à la fin, une mise en scène épouvantable faisait croire à ceux qui allaient mourir qu'ils entraient dans de vastes salles de douche. De plus, il est difficile à une famille avec des femmes et des enfants de se défendre, sans arme, contre des soldats parfaitement équipés. Le père de famille se trouve alors confronté à un cas de conscience : il ne veut, il ne peut en aucune façon mettre la vie des siens en péril. Une maman, nous le savons tous, ne veut en aucun cas se trouver séparée de ses enfants. Les nazis poussaient la cruauté jusqu'à entretenir une certaine forme d'espérance chez leurs victimes, leur laissant croire qu'elles allaient être emmenées dans des camps de travail où elles pourraient vivre sans problèmes.

Et puis beaucoup d'entre nous, il faut l'avouer, se refusèrent à voir la vérité en face. Le crime était tellement énorme, tellement colossal, qu'après la libération des camps, le monde entier fut frappé de stupeur, de douleur et de honte. Pourtant, il y a une chose que vous devez savoir, c'est que lorsque les juifs surent, comme à Varsovie, que la mort était au bout du chemin, ils opposèrent aux nazis une résistance héroïque. Cinquante mille juifs du ghetto de Varsovie, affamés, sans armes lourdes, tinrent en échec plusieurs divisions S.S. pendant plus d'un mois. Cette révolte est restée dans les annales des actes d'héroïsme du peuple juif. Elle a duré plus longtemps que la campagne de France en 1940.

Je vous dirai encore qu'en ce qui me concerne j'aurais préféré faire la guerre les armes à la main. Que bien qu'étant un pacifiste convaincu, j'estime qu'il y a des moments où la guerre est inévitable. Il aurait fallu réagir bien plus tôt contre Hitler et sa politique de conquêtes. La faiblesse des démocraties est souvent interprétée par les dictateurs comme un signe de lâcheté.

Bien entendu, il m'arrive encore de penser à tout ce que j'ai vécu. Cette histoire me colle à la peau, elle fait partie intégrante de ce que je suis : un juif à part entière, qui a payé pour cela ! Et je puis vous assurer que si de tels événements devaient se reproduire, je chercherais tous les moyens de me défendre les armes à la main. Ou mieux, je tâcherais de fuir vers des cieux plus cléments. Il ne faut pas tomber deux fois dans le même piège.

Et s'il m'arrivait d'ailleurs d'oublier que je suis juif, j'ai bien l'impression que la vie se chargerait vite de me le rappeler. Pour preuve cette histoire récente. Une de mes clientes, habituée de mon salon de coiffure, me dit un jour : « Monsieur Joffo, j'arrive de votre pays, c'est formidable ! » Quoique ayant parfaitement compris ce qu'elle voulait dire, je joue les naïfs : « Ah, la Touraine ? C'est vrai, les Tourangeaux sont formidables. » Tout le monde sait dans mon salon que j'ai depuis fort longtemps une propriété en Touraine. Alors elle : « Qu'avez-vous de commun avec les Tourangeaux ? Je voulais dire Israël ! »

J'aurais dû et j'aurais pu alors me lancer dans une longue polémique, lui expliquer ce qu'elle savait parfaitement, que les juifs nés en France sont français et qu'être juif en France c'est tout simplement être de religion juive au même titre qu'un français de religion catholique, protestante, bouddhiste ou musulmane. Et que ce qu'elle venait d'exprimer était aussi offensant pour moi que lorsqu'un homme politique demande à un autre homme politique, juif, s'il a la double nationalité. Mais il y a des cas où les dictons populaires sont une source de sagesse :

« Le silence est le plus grand
de tous les mépris. »

A quoi bon tenter de lui expliquer tout cela ? Aurait-elle seulement voulu m'entendre ? Je ne pense pas que cette dame était antisémite. Pourtant, comme beaucoup d'esprits un peu faibles, il lui aurait fallu peu de chose pour le devenir dans le sens concret du terme. On s'en est aperçu en 1940 lorsque tout allait mal : plus de quatre-vingts pour cent de nos compatriotes ont suivi le Maréchal et Pierre Laval. N'avaient-ils pas toutes les excuses puisque moi, petit juif de dix ans, j'y ai cru aussi. Le Maréchal, vous rendez-vous compte, avait sauvé la France en 1914, il avait gagné la bataille de Verdun, contre ces mêmes Allemands vainqueurs d'aujourd'hui. La France meurtrie, humiliée, avait besoin d'espérer, de croire que tout n'était pas perdu. Elle avait besoin de héros et s'en était trouvé un à la mesure de son angoisse : le Maréchal.

Oui, j'y ai cru, lorsque j'ai vu sa photo dans ma classe, accrochée au-dessus du bureau du prof. Mais je me trompais de héros. Le vrai se trouvait en exil de l'autre côté de la Manche, à Londres : de Gaulle.

*

Ceci nous amène tout naturellement à une autre question : y a-t-il, ou faut-il craindre, une résurgence de l'antisémitisme en France aujourd'hui ? Question inévitable... et j'ajoute : question sans fin. Si l'on parcourt l'histoire du judaïsme depuis le Moyen Age, on constate que chaque fois que les dirigeants d'un pays ont eu besoin, pour quelque cause que ce soit, d'un bouc émissaire, ce sont les juifs qui ont rempli ce rôle. C'était pratique et cela ne coûtait rien. Les juifs étaient considérés par les chrétiens comme « déicides », c'est-à-dire responsables de la mise en croix de Jésus-Christ. De plus ils étaient minoritaires et sans défense. Alors ils ont subi la loi du plus fort, comme on le voit au temps des Croisades et de l'Inquisition.

Après la Libération et la découverte de l'holocauste, on a pu croire que l'antisémitisme serait définitivement révolu. Il n'en fut rien. En Pologne, des juifs rescapés des camps de la mort trouvèrent une fin atroce. La Pologne est un pays où la communauté juive est devenue quasi inexistante par suite de l'extermination, et où, cependant, l'antisémitisme resurgit actuellement. Tout le monde a pu entendre à la télévision les propos de passants dans une grande ville polonaise, rendant les juifs responsables de toutes les difficultés de ce pays, et convaincus qu'ils étaient encore partout, cachés sous de faux noms ! Je dis et je maintiens que si Auschwitz était en Pologne, ce n'est pas le seul fait du hasard.

Je crois donc qu'il faut rester vigilants. L'antisémitisme peut se répandre très vite, comme on l'a vu en 1933-39, période où l'on ne pouvait ignorer l'antisémitisme nazi, officiel et manifeste, et où, cependant, aucune mesure n'a été prise pour l'enrayer en France. Le résultat, on le connaît...

Si aujourd'hui la France devait à nouveau traverser une grave crise économique, avec cinq ou six millions de chômeurs, cela ferait, je crois, le jeu de ceux qui prêchent la xénophobie, le racisme, et bien sûr l'antisémitisme. Peu de temps avant le début de la guerre du Golfe, je m'arrêtai un jour devant un kiosque à journaux, place Victor-Hugo, dans le XVIe arrondissement de Paris. Et je vis, affiché, un hebdomadaire dont je ne sais plus le nom, mais dont je n'ai pu oublier le titre : *Qui veut la guerre ? Les Juifs et les Arabes*. Le marchand de journaux, à qui je faisais part de mon étonnement, m'objecta fort judicieusement que nous étions en démocratie, et que nul n'était obligé d'acheter cette publication. Il ajouta qu'elle se vendait fort bien. Et que j'étais le seul client à lui avoir fait remarquer qu'un tel titre constituait un appel à la discrimination raciale, et une insulte à des hommes dignes de ce nom.

Mais qu'est-ce qu'être juif ? Voilà encore un thème souvent revenu. Qu'est-ce que cela signifie pour moi ? Et suis-je fier d'être juif ?

J'ai souvent entendu certains juifs dire au cours de discussions avec des non-juifs : « Je suis juif et fier de l'être. » Il ne faut pas interpréter cela comme une forme de provocation. Il faut au contraire chercher à mieux comprendre le sens de cette fierté qui, pendant des millénaires, s'est souvent trouvée bafouée. Je ne citerai pour exemple qu'un extrait du tristement célèbre *Mein Kampf* : « Le juif est et demeure le parasite-type, l'écornifleur, qui tel un bacille nuisible s'étend toujours plus loin, sitôt qu'un sol nourricier favorable l'y invite. L'effet produit par sa présence est celui des plantes parasites ! Là où il se fixe, le peuple qui l'accueille s'éteint au bout d'un temps plus ou moins long. »

Il en est ainsi depuis la Diaspora. Et lorsque la pression décroît, ces hommes retrouvent alors leur dignité et leur fierté d'hommes. En ce qui me concerne, sans être aucunement un juif « honteux », je ne tire pas pour autant gloire de mon état. Je suis ce que je suis, et je m'affirme en tant que tel, chaque être humain doit reconnaître qu'il ne doit sa venue sur terre qu'au plus grand des hasards, au plus heureux des hasards, celui de l'amour et des rencontres. Je pense en toute sincérité qu'un homme, de quelque religion qu'il soit, ne doit être fier que des grandes actions qu'il accomplit, pour le bonheur de l'humanité. S'il est dans ce cas, il sera plein d'humilité. Alors essayons tout simplement de nous conduire dans la vie comme des hommes, ce qui n'est déjà pas si facile, mais pas impossible avec un peu de bonne volonté.

Je vous dirai maintenant ce que signifie pour moi être juif, en France ou ailleurs, au vingtième siècle. Je pense que c'est être l'héritier d'une tradition religieuse qui remonte à Abraham, père des grandes religions monothéistes, à Moïse, le prophète des prophètes, le seul homme qui ait rencontré Dieu, qui l'ait entendu.

Il en ramena la preuve : les dix commandements.

C'est aussi de croire dans l'unité de Dieu : « L'Eternel est notre Dieu, l'Eternel est Un ! »

C'est encore appartenir au peuple du Livre, l'Ancien Testament. A ce propos, je vais vous conter une petite histoire dont je prends l'entière responsabilité. Un vieux juif très pieux qui, sa vie durant, n'avait commis l'ombre d'un péché, meurt de sa belle mort. Immédiatement, il arrive au Paradis. Là, il est reçu par Dieu lui-même, qui l'installe à sa droite et le comble d'honneurs, le félicitant de s'être conduit toute sa vie comme un bon juif et surtout comme un homme. Mais le vieux juif semble triste, rien ne peut le dérider. De temps à autre, Dieu le surprend en train d'essuyer une larme. Il lui demande donc : « Que se passe-t-il ? Tu as l'air soucieux. Je suis l'Eternel ton Dieu, tu dois tout me dire. » Mais le vieux juif hoche la tête… Il est évident qu'il ne veut pas parler. Alors Dieu insiste, il se fâche : « Tu dois me dire ce qui ne va pas ! Je suis ton Dieu et je peux tout arranger. »

Qui peut résister à Dieu ? Alors le vieux juif parle : « Ecoute, Eternel, je n'osais pas te le dire, mais j'ai un fils, un fils unique que j'ai essayé d'élever comme un vrai juif.

Ça n'a servi à rien: Il ne m'a pas suivi dans ma foi… et s'est converti. »

Alors là, Dieu éclate de rire, un rire qui retentit aux quatre coins de la galaxie. Puis il regarde le vieux juif avec tendresse et compassion : « Je t'assure que cela n'est pas grave : il faut pardonner… mon fils aussi s'est converti ! »

Le vieux reprend courage : « Quelle fut ta réaction ? Quelle fut sa punition ? »

– Oh ! C'est tout simple. J'ai fait un nouveau testament ! »

Etre juif, c'est aussi ne pas manquer d'humour. C'est aussi ne pas accepter qu'un homme politique, aussi grand soit-il, dise en parlant du peuple juif : « peuple sûr de lui et dominateur ».

C'est bien sûr aimer sa famille, la respecter, honorer son père et sa mère tel qu'il est dit dans les dix commandements. Ne pas oublier ses origines quelle que soit sa réussite sociale. Ne pas omettre le soir du Shabbath le couvert du pauvre. C'est encore bien sûr traîner derrière soi plus de cinq mille ans d'inquiétude et de traditions, et ne pas chercher à s'en défaire puisque, envers et contre tout, malgré les persécutions, le génocide, le peuple juif a réussi à survivre.

*

Il me reste à satisfaire à une autre curiosité, celle qui touche à mon expérience d'écrivain.

Ecrire ce livre n'a pas d'abord été, pour moi, une expérience littéraire. Il s'agissait d'exorciser mon enfance, de me « défouler » si l'on veut. De deux maux, il faut choisir le moindre : j'ai préféré l'écriture à la psychanalyse, et je crois avoir fait le bon choix.

Il s'agissait aussi de transmettre à mes enfants un témoignage, une expérience et des valeurs que je crois essentielles. Etre courageux, se débrouiller, ne compter sur personne ; contrôler ses émotions, prendre ses responsabilités ; tenter en un mot de devenir invulnérable : autant d'efforts nécessaires pour faire face à la vie et à ses pièges.

Il est écrit dans la Bible qu'un homme doit faire trois choses dans sa vie : se marier et avoir des enfants, construire sa maison, et laisser derrière lui quelque chose qui lui survive. Pour moi, cela aura été ce livre. Je n'étais pas préparé à une telle entreprise, et je voulais même le publier à compte d'auteur, c'est-à-dire en payant moi-même l'impression. Le succès qu'il a finalement rencontré m'a surpris : le manuscrit avait été refusé par quatre éditeurs avant que Michel-Claude Jalard et Jean-Claude Lattès ne l'acceptent, et que Claude Klotz ne m'apporte son aide précieuse pour relire et corriger mon texte. Il a aussi surpris mes enfants, à qui j'avais tant de fois raconté cette histoire.

La plupart des auteurs commencent par un livre autobiographique. Ce fut mon cas, bien sûr. Mon second livre fut encore très proche de moi, puisqu'il racontait l'histoire de ma mère. Par la suite, dans le volumineux courrier que je reçus, je constatai que beaucoup de lecteurs avaient envie de savoir ce que j'étais devenu après la Libération. C'est ainsi que j'écrivis *Baby-foot*, la suite du *Sac de billes*. J'y évoquais ma vie dans le Paris étonnant, formidable et difficile de cette époque. J'étais passé directement de l'enfance à l'âge adulte, au prix d'une expérience folle dont il m'arrive aujourd'hui encore de me demander si ce n'est pas un rêve, s'il est bien vrai que je l'ai vécue…

La Vieille Dame de Djerba, mon quatrième livre, fut un défi. Certains critiques avaient laissé entendre que lorsque j'aurais tari la source personnelle et familiale de mon inspiration, je n'aurais plus rien à dire. Moi, je n'avais pas cette impression-là. *La Vieille Dame de Djerba* est le fruit d'une rencontre. J'avais alors vingt-cinq ans et ne songeais pas le moins du monde à une carrière littéraire. J'étais parti avec quelques amis dans l'île tunisienne de Djerba, le royaume du bridge. Hôtel agréable, farniente, plage, douceur de vivre… Pourtant, ne jouant pas au bridge, je m'ennuyais. Un matin, au bord de la piscine, je vois s'approcher le directeur de l'hôtel : « Dites-moi, vous avez l'air de vous ennuyer, pourquoi ne pas visiter l'île ? Il y a les souks, les bazars, et si vous aimez les vieilles pierres, il y a également une synagogue qui date de plus de trois mille ans. Elle est le témoin de la présence juive en Tunisie, et en particulier à Djerba, bien avant la Diaspora. »

Je dois reconnaître que le directeur de l'hôtel avait piqué ma curiosité. Le lendemain, je partis à la découverte de l'île.

Le matin, ce furent les souks, les boutiques, le shopping. A midi, déjeuner typique : le couscous, les merguez, le café turc. A trois heures de l'après-midi, je me trouvais devant la synagogue. Et là, j'eus vraiment un choc : elle ressemblait à une mosquée à s'y méprendre. Même rite que pour la religion musulmane : avant d'entrer, il faut enlever ses chaussures. C'est là que l'on voit à quel point les grandes religions monothéistes sont à certains égards proches les unes des autres.

A l'intérieur, je découvris des mosaïques qui dataient d'avant les Romains, des vitraux qui n'avaient rien à envier à ceux de Chagall. Et le rabbin, personnage folkl. rique, enturbanné à la mode orientale, qui me montra la Thora trois fois millénaire.

J'étais très ému, impressionné. C'était pour moi un retour aux sources. Je sors de là, le soleil qui cogne, la foule bariolée de mendiants, les Arabes qui ressemblent aux Juifs, les Juifs qui ressemblent aux Arabes... Un peu à l'écart se tenait une vieille dame, tout de noir vêtue, aux yeux d'un bleu transparent, aux cheveux blancs qui lui tombaient jusqu'à la moitié du dos. Je sortais de la synagogue. Je me suis dit : « Fais ta B.A. annuelle. » Je me suis approché, et j'ai glissé un billet de cinq dinars dans la poche de sa djellaba. Mais elle m'a pris la main, m'a regardé dans les yeux, et m'a dit :

« Non, pas toi, mais si tu as quelques instants à m'accorder, j'ai des tas de choses à te dire. »

J'ai éclaté de rire et je lui ai dit :

« Que peux-tu bien avoir à me dire ? Je ne te connais pas, tu ne me connais pas, prends mes cinq dinars et va boire un thé à la menthe.

— Détrompe-toi ; je te connais, tu t'appelles Joseph Joffo ! »

Comme je suis d'un naturel sceptique, je pensai à mes amis de l'hôtel ; je me dis qu'ils m'avaient envoyé la voyante de service. Je répondis donc :

« Allons, ne te fatigue pas, je connais des tas de gens qui font le même numéro au music-hall, on leur met une carte d'identité dans une enveloppe et ils vous donnent l'âge du capitaine ! »

La vieille dame hocha la tête et murmura :

« Je savais que tu ne me croirais pas. Mais je peux remonter beaucoup plus loin dans le temps : j'ai connu ton arrière-grand-mère à Kremartchak en Russie, elle se nommait Elisabeth Talchinki-Markof ! »

Là, j'eus vraiment l'impression que le sol se dérobait sous mes pieds. Il ne pouvait plus y avoir de supercherie : j'étais le seul à connaître le nom de mon arrière-grand-mère et de son village. J'ai donc fait ce que vous auriez fait à ma place : je l'ai prise par la main et emmenée au café face à la synagogue prendre le thé des retrouvailles. Pendant des heures, Liza a parlé. Elle m'a dit avoir été sur terre bien avant les hommes, lorsque les arbres parlaient. Elle racontait cette histoire étrange : « Lorsque l'arbre de vie vit arriver pour la première fois les bûcherons dans la forêt, et que tous les autres arbres pleuraient et se lamentaient autour de lui, il leur dit : ne pleurons pas mes frères, n'oublions pas que le manche de la hache est des nôtres ! »

Elle fit ensuite un parallèle avec les juifs, qui pendant la guerre, attendaient devant leur porte, avec leur balluchon, que les nazis viennent les chercher, en disant : « Nous n'avons rien à craindre d'eux, ce sont des hommes... »

Je ne raconterai pas ici toutes les histoires de Liza. Ce qui est sûr, c'est que tout le temps que dura notre entretien, je fus sous le charme. Nous parlâmes de la vie, de l'amour, des enfants, de bien d'autres choses...

Sincèrement je ne crois pas que Liza fut un rêve. Il y a des moments dans la vie où la réalité rejoint la fiction. A présent Liza fait partie de moi, et je ne pense pas pouvoir la retrouver un jour, tant elle est devenue une part de moi-même...

Vint ensuite *Le Tendre Eté*, que j'écrivis pendant une très grave maladie. J'avais vu ma fille Alexandra grandir, devenir une vraie jeune fille. Le livre mêlait le réel à l'imaginaire. J'ai remarqué que de tous mes livres, c'est celui que préfèrent les jeunes filles de troisième. Sans doute parce que mes héros, Alexandra et Jean-Pierre, ressemblent aux adolescents d'aujourd'hui.

Le Cavalier de la Terre Promise retrace la carrière d'un jeune homme qui est tour à tour officier du tsar, bolchevique, et qui finalement, après bien des péripéties, devient un pionnier du sionisme et va jusqu'au bout de ses idées en s'enfuyant en Palestine, après avoir été agitateur, bagnard, proscrit.

Ce livre vous entraînera dans un long, mais beau voyage : Pologne, Russie, Turquie, Moyen-Orient... jusqu'à la Terre Promise.

Puis il y eut *Simon et l'enfant*, un livre dans la lignée du *Sac de billes* : l'histoire d'un garçon de dix ans qui voit sa mère vivre avec un monsieur qui n'est pas son père. Immédiatement, il entre en conflit avec ce monsieur, le déteste parce qu'il lui vole l'amour de sa mère. Et pourtant, ils vont vraiment devenir père et fils. Mais dans des circonstances dramatiques... Nous sommes en 1942, le petit garçon est chrétien, le monsieur juif. Ce livre vous promènera aux quatre coins de la France libre ou occupée, vous fera découvrir le camp de Drancy, et sa libération. Je me dois de vous dire que ce livre m'a apporté une immense satisfaction : il a été traduit en allemand et fait partie du programme scolaire en Allemagne.

Abraham Lévy, curé de campagne est une histoire toute simple. J'ai imaginé ce que serait devenu Monseigneur Lustiger si, au lieu de devenir évêque de Paris, il avait été curé de campagne. Cela va poser quelques problèmes à Monsieur le maire, à qui l'on annonce lors de la réunion du conseil municipal que le nouveau curé arrive demain, et qu'il se nomme tout simplement Abraham Lévy... Bien sûr, tout le monde le sait, il est difficile d'être juif... Mais chrétien et juif à la fois, c'est encore plus compliqué. Mais notre curé en a vu bien d'autres, il a fait la guerre, et rien ne pourra l'arrêter dans son entreprise.

J'allais oublier deux contes pour enfants : *Le Fruit aux mille saveurs*, et *La Carpe*.

*

J'aimerais conclure par une anecdote. Elle m'a été confiée par le proviseur d'un lycée où j'étais venu parler de mes livres. Comme nous bavardions lors de la réception amicale organisée à l'occasion de ma venue, il me raconta qu'un matin, à l'heure où il prenait son service, il entendit soudain un vacarme inhabituel dans la cour de récréation. Aussitôt il va voir ce qui se passe, et découvre des gamins de l'établissement, occupés à se bagarrer furieusement, rouges, essouf-

flés, et échangeant des insultes : « Youpins, têtes de chiens !
Sale juif, retourne dans ton pays ! Tu bouffes le pain des
Français ! » Le proviseur court vers eux, s'interpose, met fin
à l'empoignade et les apostrophe : « Que faites-vous ? Vous
rendez-vous compte, seulement, de ce que vous dites ? »
Après un court instant de silence, enfin, un des gamins sourit
et prend la parole : « Monsieur… C'est pour rire. On joue à
Joffo… Au *Sac de billes* ! »

« Le plus stupéfiant, conclut ce proviseur, c'est que les
gamins qui traitaient les autres de "sales youpins" étaient de
petits juifs… Et que c'étaient les autres, les non-juifs, qui
tenaient le rôle des juifs. Je me suis demandé ce que vous
penseriez de cette histoire… »

Ce que j'en pense ? Que peut-être ces enfants, à travers ce
jeu, voulaient en savoir davantage, comprendre ce que nous
avions pu ressentir. Je pense aussi que personne ne peut ainsi
se mettre à la place de quelqu'un d'autre : la situation étant
recréée, provoquée, devient forcément fausse.

Mais j'ajouterai ceci, qui me paraît le plus important : je
n'étais pas mécontent de voir mon aventure devenue un jeu
d'enfants. Je serais encore plus heureux qu'elle le reste, et
que les adultes, eux, n'aient plus jamais envie d'y jouer.

Joseph JOFFO.

Table

Cet ouvrage a été composé dans les ateliers
d'INFOPRINT à l'île Maurice.

Imprimé en France sur Presse Offset par

BRODARD & TAUPIN

GROUPE CPI

La Flèche (Sarthe).
N° d'imprimeur : 32872 – Dépôt légal Éditeur : 66902-02/2006
Édition 40
LIBRAIRIE GÉNÉRALE FRANÇAISE – 31, rue de Fleurus – 75278 Paris cedex 06.

ISBN : 2 - 253 - 02949 - 1   30/5641/3